DAS TIEFE BLAU DER WORTE

Cath Crowley

DAS TIEFE BLAU DER WORTE

Aus dem Englischen von Claudia Feldmann

Zitat auf Seite 8 aus: David Foster Wallace, *Der bleiche König*, übersetzt von Ulrich Blumenbach. Verlag Kiepenheuer & Witsch GmbH & Co. KG, Köln 2013. Mit freundlicher Genehmigung von Andrew Nurnberg Associates Limited, London.

Zitat auf den Seiten 120 und 282 aus: Charles Dickens, *Große Erwartungen*, übersetzt von Melanie Walz. Carl Hanser Verlag GmbH & Co. KG, München 2011. Mit freundlicher Genehmigung des Verlages.

Carlsen-Newsletter: Tolle Lesetipps kostenlos per E-Mail!
Unsere Bücher gibt es überall im Buchhandel und auf carlsen.de.

Alle deutschen Rechte bei Carlsen Verlag GmbH, Hamburg 2018
Originalcopyright © 2016 by Cath Crowley
Originalverlag: Pan Macmillan Australia Pty Ltd, Sydney
Originaltitel: Words in Deep Blue
Umschlagfotografie © Lilly Basic/MISS BOOKCOVER
Umschlaggestaltung und -typografie: formlabor
Aus dem Englischen von Claudia Feldmann
Lektorat: Franziska Leuchtenberger
Satz: Dörlemann Satz, Lemförde
Herstellung & Innenlayout: Björn Liebchen
Druck und Bindung: GGP Media GmbH, Pößneck
ISBN: 978-3-551-58372-7
Printed in Germany

Für Michael Crowley und Michael Kitson, in Liebe

Ein Buch muss die Axt sein für das gefrorene Meer in uns.
KAFKA

Der bleiche König
von David Foster Wallace

Markierung auf Seite 585

Jede Liebesgeschichte ist eine Geistergeschichte.

Gesammelte Gedichte

von T. S. Eliot

Brief zwischen Seite 4 und 5

12. Dezember 2012

Lieber Henry,

ich lege diesen Brief zwischen die Seiten mit »J. Alfred Prufrocks Liebesgesang«, weil du das Gedicht liebst und weil ich dich liebe. Ich weiß, du
bist mit Amy zusammen, aber scheiß drauf — sie liebt dich nicht, Henry.
Sie liebt sich selbst, und zwar ziemlich. Ich liebe es, dass du liest. Ich liebe
es, dass du gebrauchte Bücher liebst. Ich liebe so ziemlich alles an dir, und
ich kenne dich jetzt zehn Jahre, das will also schon was heißen. Morgen
fahre ich. Bitte ruf mich an, wenn du das hier liest, egal wie spät es ist.

Rachel

Salz und Wärme und Erinnerung

RACHEL

Um Mitternacht öffne ich die Augen, geweckt vom Rauschen des Meeres und vom Atmen meines Bruders. Es ist zehn Monate her, dass Cal ertrunken ist, aber die Träume fliehen immer noch davor.

In den Träumen bin ich ohne Angst, ein Teil des Meeres. Ich atme unter Wasser, die Augen offen, ohne Brennen vom Salz. Ich sehe Fische, einen Schwarm silberbäuchiger Monde, die unter mir flirren. Cal erscheint, bereit sie zu identifizieren, aber es sind keine Fische, die wir kennen. »Hering«, sagt er, und seine Worte kommen in Blasen heraus, die ich hören kann. Aber die Fische sind keine Heringe. Auch keine Brassen oder irgendeine von den anderen Arten, die wir vorschlagen. Sie sind pures Silber. »Eine unbekannte Art«, sagen wir und schauen zu, wie sie uns umschließen und wieder freigeben. Das Wasser hat die Textur von Trauer: Salz und Wärme und Erinnerung.

Cal ist in meinem Zimmer, als ich aufwache. Milchweiß in der Dunkelheit, tropfnass vom Meer. Unmöglich, aber so real, dass ich Salz und Apfelkaugummi riechen kann. So real, dass ich die Narbe an seinem linken Fuß sehe – ein längst verheilter Schnitt von einer Glasscherbe am Strand. Er redet über die Traumfische: pures Silber, unbekannt und fort.

Ich taste in der Luft nach dem Traum, berühre stattdessen jedoch die Ohren von Cals Labrador Woof. Seit der Beerdigung folgt er mir überallhin, eine lange schwarze Linie, die ich nicht abschütteln kann. Meist schläft er auf dem Fußende meines Betts oder im Türrahmen meines Zimmers, aber die letzten beiden Nächte hat er neben meinen gepackten Koffern geschlafen. Ich kann ihn nicht mitnehmen. »Du bist ein Meereshund.« Ich streiche ihm mit dem Finger über die Schnauze. »In der Stadt würdest du durchdrehen.«

Nach Träumen von Cal ist es vorbei mit dem Schlafen, deshalb klettere ich aus dem Fenster und gehe zum Strand. Der Mond ist drei viertel leer. Die Nacht ist so warm wie der Tag. Gran hat Ende letzter Woche gemäht und an meinen Füßen sammeln sich warme grüne Halme.

Zwischen unserem Haus und dem Wasser ist fast nichts. Nur die Straße, ein schmaler Streifen Gebüsch und dann Dünen. Die Nacht besteht nur aus Gewirr und Geruch. Salz und Baum; Rauch von einem Feuer weit hinten am Strand. Und auch aus Erinnerung. Sommerschwimmen und Nachtspaziergänge, die Suche nach Feigenschnecken und Schleimfischen und Seesternen.

Drüben beim Leuchtturm ist die Stelle, wo der Schnabelwal gestrandet ist: ein Riese von sechs Metern, die rechte Seite seines Kopfes auf dem Sand, das eine sichtbare Auge offen. Später standen eine Menge Leute drum herum – Wissenschaftler und Einheimische, die ihn studierten und bestaunten. Doch am Anfang waren da nur Mum und Cal und ich, in der Kühle des frühen Morgens. Ich war neun Jahre alt, und mit seinem langen Schnabel sah er für mich so aus, als wäre er halb Meereswesen, halb Vogel. Ich wollte so gerne das Wasser erforschen, aus dem er gekommen war, und die Dinge, die er vielleicht gesehen hatte. Cal und ich suchten den ganzen Tag in Mums Büchern und im Internet. *Der Schnabelwal zählt zu den am wenigsten erforschten Meereswesen*, schrieb ich in mein Tagebuch. *Er lebt in solchen Tiefen, dass der Druck tödlich wäre.*

Ich glaube nicht an Geister und frühere Leben und Zeitreisen und das ganze seltsame Zeug, mit dem sich Cal so gerne beschäftigt hat. Aber jedes Mal, wenn ich am Strand stehe, wünsche ich uns zurück – zu dem Tag mit dem Wal, zu dem Tag, als wir hierhergezogen sind, zu jedem beliebigen Tag, bevor er gestorben ist. Mit dem, was ich über die Zukunft weiß, wäre ich bereit. Ich würde ihn retten, wenn es so weit wäre.

Obwohl es schon so spät ist, sind bestimmt Leute von der Schule am Strand, deshalb gehe ich ein Stück weiter weg zu einer ruhigen Stelle. Ich setze mich in die Dünen, bedecke meine Beine bis zu den Hüften mit Sand und starre auf das Wasser. Es ist mit Mond übergossen, lauter silberne Flecken auf der Oberfläche.

Ich möchte reingehen und kann es nicht. Ich will am Strand sein und weit weg. Ich habe versucht zu schwimmen, ohne an den Tag zu denken, an dem Cal ertrunken ist, aber es geht nicht. Ich höre seine Worte. Ich höre seine Schritte im Sand. Ich sehe ihn eintauchen: ein langer, schmaler Bogen, der im Meer verschwindet.

Ich weiß nicht, wie lange ich schon hier bin, als ich Mum über die Dünen kommen höre; ihre Füße rutschen auf dem Sand. Sie setzt sich neben mich und zündet sich eine Zigarette an, schirmt sie gegen die Nacht ab.

Nach Cals Tod hat sie wieder angefangen zu rauchen. Sie und Dad hatten sich nach der Beerdigung hinter der Kirche versteckt. Ich stellte mich schweigend zwischen sie, nahm ihre freien Hände und wünschte mir, Cal hätte den seltsamen Anblick unserer rauchenden Eltern sehen können. Dad arbeitet seit der Scheidung vor zehn Jahren bei Ärzte ohne Grenzen. Mum unterrichtet Naturwissenschaften an der Highschool hier in Sea Ridge. Beide haben unser Leben lang Zigaretten als »Sargnägel« bezeichnet.

Wir schauen aufs Wasser. Mum geht auch nicht mehr rein, aber wir treffen uns jeden Abend am Flutsaum. Sie war diejenige, die Cal und mir das Schwimmen beigebracht hat: wie man das Wasser umfasst, wie man es zurückschiebt und seinen Fluss kontrolliert. Es war Mum, die uns gesagt hat, wir sollten keine Angst haben. »Aber schwimmt nie alleine«, sagte sie und abgesehen von dem einen Mal haben wir das auch nie getan.

»Hast du alles gepackt?«, fragt sie und ich nicke.

Morgen verlasse ich Sea Ridge und fahre nach Gracetown,

einem Vorort von Melbourne, wo meine Tante Rose lebt. Ich bin bei der Abschlussprüfung durchgerasselt, und da ich nicht vorhabe, es nächstes Jahr noch mal zu versuchen, und nicht weiß, was ich hier mit mir anfangen soll, hat Rose mir einen Job im Café des St. Albert's Hospital besorgt, wo sie als Ärztin arbeitet.

Cal und ich sind in Gracetown aufgewachsen. Wir sind vor drei Jahren nach Sea Ridge gezogen, als ich fünfzehn war. Gran brauchte Hilfe, und wir wollten nicht, dass sie das Haus verkauft. Wir haben seit unserer Geburt sämtliche Sommer- und Winterferien bei ihr verbracht, deshalb war Sea Ridge wie ein zweites Zuhause für uns.

»Der Highschool-Abschluss ist nicht alles«, sagt Mum.

Vielleicht nicht, aber vor Cals Tod hatte ich mein Leben bis ins kleinste Detail durchgeplant. Ich hatte Supernoten und war glücklich. Ich wollte Ichtyologin werden und Fische wie den Schnabelwal erforschen. Ich wollte Joel, Reisen, Uni, Freiheit.

»Es kommt mir so vor, als hätte das Universum Cal betrogen und uns gleich mit«, sage ich.

Vor Cals Tod hätte Mum mir ruhig und sachlich erklärt, dass das Universum sämtliche existierende Materie und sämtlichen existierenden Raum umfasst, mit einem Durchmesser von zehn Milliarden Lichtjahren, Galaxien und Sonnensystemen, Sternen und Planeten. Und dass nichts davon in der Lage ist, jemanden zu betrügen.

Jetzt zündet sie sich eine neue Zigarette an. »Hat es auch«, sagt sie und bläst den Sternen Rauch ins Gesicht.

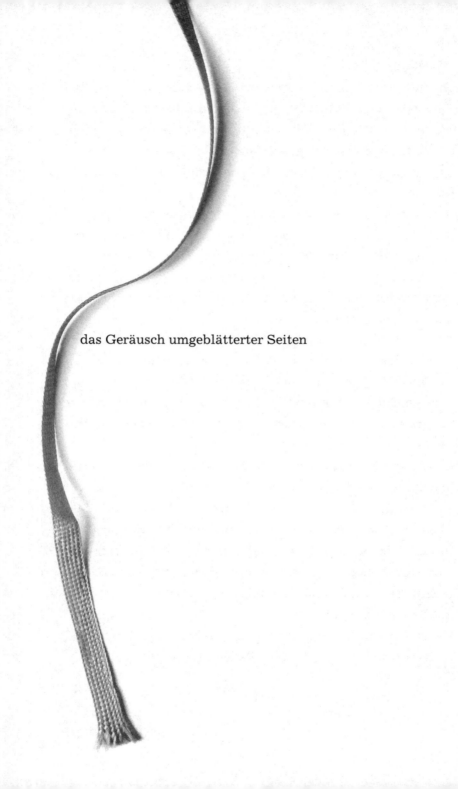

das Geräusch umgeblätterter Seiten

HENRY

Ich liege zusammen mit Amy in der Ratgeberecke von Howling Books. Wir sind allein. Es ist Donnerstagabend, zehn Uhr, und um ehrlich zu sein: Ich habe gerade einen ziemlich unpassenden Ständer. Das liegt nicht nur an mir, mein Körper entwickelt da manchmal ein seltsames Eigenleben.

Normalerweise ist das die Zeit und der Ort, wo Amy und ich uns küssen. Das ist die Zeit, wo unsere Herzen außer Atem geraten und sie neben mir liegt, warmhäutig und witzig, und mich wegen meiner zerzausten Haare aufzieht. Es ist die Zeit, wo wir über die Zukunft reden, die für mich noch vor einer Viertelstunde absolut gebucht und bezahlt war.

»Ich will Schluss machen«, sagt sie, und zuerst denke ich, es soll ein Witz sein. Vor nicht mal zwölf Stunden haben wir uns genau hier geküsst. Und noch eine ganze Menge anderer netter Sachen gemacht, denke ich, als sie mich anstupst.

»Henry? Sag was.«

»Was denn?«

»Keine Ahnung. Was du denkst.«

»Ich denke, dass das hier total unerwartet und ziemlich scheiße ist.« Ich setze mich mühsam auf. »Wir haben Flugtickets. Nicht erstattungsfähige und nicht umtauschbare Flugtickets für den *12. März.*«

»Ich weiß, Henry.«

»Wir fliegen in *zehn* Wochen.«

»Jetzt reg dich nicht auf«, sagt sie, als wäre ich derjenige, der spinnt. Vielleicht spinne ich wirklich, aber ich habe immerhin meine gesamten Ersparnisse auf den Kopf gehauen, um ein Rund-um-die-Welt-Ticket mit sechs Zwischenstopps zu kaufen: Singapur, Berlin, Rom, London, Helsinki, New York. »Wir haben eine Versicherung abgeschlossen und uns Pässe besorgt. Wir haben Reiseführer und diese kleinen Kissen fürs Flugzeug gekauft.«

Sie kaut rechts auf ihrer Unterlippe herum und ich versuche mit aller Kraft und völlig erfolglos, nicht daran zu denken, sie zu küssen.

»Du hast gesagt, du liebst mich.«

»Das tue ich auch«, sagt sie, und dann fängt sie an, Liebe in all ihre kursivierten Feinheiten zu zerlegen. »Ich bin halt nur nicht in dich *verliebt.* Obwohl ich's versucht habe. Ich hab mir *wirklich* Mühe gegeben.«

Das dürften wohl die deprimierendsten Worte in der Geschichte der Liebe sein. *Ich hab mir wirklich Mühe gegeben, dich zu lieben.*

Ich sollte sie bitten zu gehen. Ich sollte sie daran erinnern, dass wir, als wir die Tickets gebucht haben, eine Abmachung hatten, einen Pakt, eine feste Vereinbarung, dass sie nicht wieder mit mir Schluss machen würde. Ich sollte sagen: »Weißt du was? Ich will gar nicht mit dir fliegen. Ich will die Länder, in denen Dickens geschrieben hat, in denen Karen Russell und Junot Diáz und Balli Kaur Jaswal immer noch schreiben, nicht mit einem Mädchen bereisen, das *sich wirklich Mühe gibt, mich zu lieben.*«

Aber ich Idiot bin nun mal Optimist und ich will diese Länder mit ihr bereisen, also sage ich: »Falls du deine Meinung änderst, weißt du ja, wo ich wohne.« Zu meiner Verteidigung muss ich sagen, dass wir schon seit der Neunten immer wieder mal zusammen waren; sie hat mich schon öfter sitzen lassen und ist wieder zurückgekommen, deshalb gibt mir die Vergangenheit Grund zur Hoffnung.

Wir liegen in der Ratgeberecke, einem Raum ganz hinten im Laden, ungefähr so groß wie ein Kleiderschrank. Der Platz reicht gerade für zwei nebeneinanderliegende Leute.

Sie kommt nur hier raus, indem sie über mich drüberklettert, und so vollführen wir unseren seltsamen Pas de deux, als sie aufsteht, eine Art sanften Entwirrungskampf. Einen Moment lang schwebt sie über mir, ihre Haare kitzeln meine Haut, und dann beugt sie sich herunter und küsst mich. Es ist ein langer Kuss, ein guter Kuss, und solange er dauert, wage ich die Hoffnung, dass er vielleicht so gut ist, dass sie ihre Meinung ändert.

Doch dann steht sie auf, zupft ihren Rock zurecht und winkt mir verhalten und traurig zu. »Mach's gut, Henry«, sagt sie. Und dann geht sie und lässt mich da liegen, auf dem Fußboden der Ratgeberecke – ein toter Mann. Einer mit einem

nicht erstattungsfähigen, nicht umtauschbaren Weltreiseticket.

Irgendwann krieche ich aus der Ratgeberecke hinaus und
schleppe mich zum Literatursofa, der langen blauen Samt-
liege vor dem Regal mit den Klassikern. Ich schlafe kaum noch
oben. Ich mag das staubige Rascheln der nächtlichen Buchhandlung.

Ich liege hier und denke an Amy. Ich gehe die letzte Woche durch, Stunde um Stunde, und versuche herauszufinden,
was sich zwischen uns verändert hat. Aber ich bin noch derselbe, der ich vor sieben Tagen war. Ich bin derselbe wie in der
letzten Woche und der davor. Ich bin derselbe, der ich an dem
Morgen war, als wir uns kennengelernt haben.

Amy kam von einer Privatschule drüben auf der anderen
Seite des Flusses. Sie zog auf unsere Seite der Stadt, nachdem die Buchhaltungsfirma von ihrem Dad Stellen gestrichen
hatte und er sich einen neuen Job suchen musste. Sie zogen in
eines der neuen Mietshäuser an der Green Street, nicht weit
von unserer Schule.

In ihrem neuen Zimmer konnte Amy den Verkehr hören und
die Toilettenspülung ihrer Nachbarn. In ihrem alten Zimmer
konnte sie Vögel hören. Diese Sachen erfuhr ich, bevor wir
zusammen waren, in kurzen Gesprächen auf dem Heimweg
von Partys, im Englischunterricht, beim Nachsitzen, in der
Bibliothek oder wenn sie am Sonntagnachmittag im Buchladen vorbeischaute.

20

Bei unserer ersten Begegnung erfuhr ich oberflächliche Dinge – sie hatte lange rote Haare, grüne Augen und helle Haut. Sie roch blumig. Sie trug Kniestrümpfe. Sie saß alleine an einem Tisch und wartete darauf, dass sich Leute zu ihr setzten. Was sie auch taten.

In unserer ersten gemeinsamen Englischstunde saß ich vor ihr und hörte, wie sie sich mit Aaliyah unterhielt. »Wer ist das?«, hörte ich sie fragen. »Henry«, antwortete Aaliyah. »Witzig. Schlau. Süß.«

Ich winkte nach hinten, ohne mich umzudrehen.

»Und ein Lauscher«, fügte Amy hinzu und trat leicht gegen die Lehne meines Stuhls.

Offiziell sind wir erst in der Zwölften zusammengekommen, aber zum ersten Mal geküsst haben wir uns in der Neunten. Das war, nachdem wir im Englischunterricht Ray Bradburys Kurzgeschichten durchgenommen hatten. Wir hatten »Die letzte Nacht der Welt« gelesen, und da kam unsere Stufe auf die Idee, dass wir auch alle eine Nacht so verbringen sollten, als wäre sie unsere letzte, und das tun, was wir täten, wenn die Apokalypse tatsächlich bevorstünde.

Als der Direktor hörte, was wir vorhatten, verbot er es uns; das mit der Apokalypse sei gefährlich. Also machten wir das Ganze heimlich.

In den Schränken tauchten Flugblätter auf, in denen das Ende für den 12. Dezember angekündigt wurde, den letzten Schultag. An dem Abend sollte bei Justin Kent zu Hause eine Party steigen. *Überlegt euch, was ihr tun wollt* stand auf den Zetteln. *Das Ende ist nah.*

Am Abend vor dem Ende blieb ich lange wach und versuchte Amy einen perfekten Brief zu schreiben, der sie überzeugen würde die letzte Nacht mit mir zu verbringen. Als ich zur Schule ging, steckte ich ihn ins äußerste Fach meiner Tasche. Obwohl ich ahnte, dass ich mich nicht trauen würde ihn ihr zu geben, hoffte ich, dass ich es vielleicht doch schaffte.

Ich hatte damals eine tolle beste Freundin namens Rachel, die ich jetzt nicht mehr habe, obwohl ich nicht so richtig weiß, warum, und mein Plan war, die letzte Nacht mit ihr zu verbringen, sofern nicht ein Wunder geschah und Amy in den Bereich des Möglichen rückte.

An dem Tag hörte im Unterricht keiner mehr zu. Überall gab es kleine Anzeichen, dass das Ende bevorstand. Zeichen, die die Lehrer nicht sahen, aber wir. In unserem Aufenthaltsraum hatte jemand alle Zettel am Pinnbrett verkehrt herum aufgehängt. In die Tür zum Jungenklo hatte jemand von innen DAS ENDE geritzt. Als ich meinen Schrank aufmachte, fand ich dort einen Zettel, auf dem *Noch ein Tag* stand, und da fiel mir auf, dass sich niemand Gedanken darüber gemacht hatte, wann die Welt denn nun genau untergehen würde. Um Mitternacht? Bei Sonnenaufgang?

Während ich noch darüber nachdachte, drehte ich mich um und sah, dass Amy neben mir stand. Der Brief war in meiner Tasche, aber ich traute mich nicht, ihn ihr zu geben. Stattdessen hielt ich den Zettel hoch – *Noch ein Tag* – und fragte sie, was sie mit der Zeit anfangen wollte, die ihr noch blieb.

Sie musterte mich eine Weile und dann sagte sie: »Ich dachte, du würdest mich vielleicht fragen, ob ich sie mit dir verbringen will.« Es waren mehrere Leute im Flur, die das mitbekamen, und niemand konnte mein Glück fassen, ich selbst am wenigsten.

Amy und ich beschlossen, dass das Ende bei Sonnenaufgang sein sollte, also laut Wetterkanal um 5.50 Uhr. Wir trafen uns um 17.50 Uhr an der Buchhandlung, genau zwölf Stunden vorher. Von dort aus gingen wir zum Abendessen zum Shanghai Dumplings. Gegen neun zogen wir weiter zu Justins Party, und als es uns zu laut wurde, gingen wir zum Benito Building und fuhren mit dem Aufzug ganz nach oben – an den höchsten Punkt von Gracetown.

Wir setzten uns auf meine Jacke und schauten auf die Lichter, und da erzählte mir Amy von der neuen Wohnung, wie klein die Zimmer waren und dass sie das Vogelgezwitscher vermisste. Erst Jahre später erzählte sie mir die Sache mit ihrem Dad, dass er seinen Job verloren hatte, und wie schrecklich es gewesen war, ihn weinen zu hören. An dem Abend deutete sie die Probleme ihrer Familie nur an. Ich bot ihr an, in den Laden zu kommen, wenn sie mal rausmüsste. Wenn sie sich in den Lesegarten setzte, würde sie vielleicht sogar Vögel hören. Und ich sagte ihr, dass das Geräusch umgeblätterter Seiten überraschend tröstlich war.

Da küsste sie mich, und obwohl wir erst Jahre später richtig zusammenkamen, fing in dem Moment etwas an. Manchmal, wenn sie am Ende einer Party allein war, küssten wir uns wieder. Die anderen Mädchen wussten, dass ich zu ihr gehörte, selbst wenn Amy zu der Zeit mit einem anderen Typen zusammen war.

Und dann, eines Abends in der Zwölften, wurde daraus etwas Festes. Amy kam zur Buchhandlung. Es war schon spät und der Laden war geschlossen. Ich saß am Tresen und lernte. Sie war damals mit einem Typen namens Ewan zusammen, der in ihrem alten Viertel zur Schule ging, aber an dem Nachmittag hatte er mit ihr Schluss gemacht. Sie brauchte jemanden, auf den sie sich verlassen konnte, für den Abschlussball. Und so stand sie um Mitternacht an der Ladentür, klopfte gegen die Scheibe und rief meinen Namen.

mit sanften Bleistiftmonden

RACHEL

Mum geht ins Haus zurück, aber ich bleibe mit Woof am Strand. Ich hole den Brief heraus, den ich mit mir herumtrage, seit ich mich entschieden habe wieder in die Stadt zurückzugehen – den letzten Brief, den Henry mir geschickt hat. Ich habe ihn, zusammen mit all den anderen von ihm, in einer Schachtel hinten in meiner Sockenschublade aufbewahrt. Als ich nach Sea Ridge gezogen war, schrieb Henry mir ungefähr drei Monate lang jede Woche, bis er irgendwann begriff, dass wir nicht mehr befreundet waren.

»Ich denke nicht dran, ihm zurückzuschreiben, solange er mir nicht die Wahrheit erzählt«, sagte ich jedes Mal, wenn ein Brief kam, zu Cal, und jedes Mal starrte Cal mich an, ganz ernst hinter seiner Brille, und sagte so was wie: »Das ist Henry. Dein bester Freund. Der Henry, der uns damals geholfen hat das Baumhaus zu bauen. Der uns Bücher geschenkt hat. Der uns beiden in Englisch geholfen hat. *Henry*.«

»Du hast das mit dem Mistkerl vergessen«, erinnerte ich ihn dann. »Der Henry, der ein Mistkerl ist.«

Bis zum Anfang der Neunten war es nicht so schlimm, dass ich Henrys beste Freundin und außerdem in ihn verliebt war. Er hat sich immer wieder mal in andere Mädchen verguckt, aber nie irgendwas unternommen, und es hielt auch nie lange an, und ich war immer noch diejenige, mit der er zusammensaß und die er spätabends anrief.

Aber dann kam Amy. Sie hatte lange, rote Haare und diese unglaublich helle Haut ohne eine einzige Sommersprosse. Ich bin von oben bis unten übersät von all den Sommern am Strand. Und klug war Amy auch noch. Wir haben uns in dem Jahr beide um den Mathepreis beworben und sie hat gewonnen. Ich bekam den Biologiepreis. Und sie bekam Henry.

Sie hatte es mir vorher gesagt, am letzten Tag der Neunten, vor den Sommerferien. Wir hatten in Englisch den Autor Ray Bradbury durchgenommen. In einer von seinen Geschichten ging es um ein Paar in der letzten Nacht der Welt, und irgendwer war auf die Idee gekommen, wir sollten uns alle vorstellen, es wäre *unsere* letzte Nacht. Im Grunde war es nur ein Vorwand, um sich zusammenzutun; ein Freifahrtschein, um demjenigen, in den man verliebt war, zu sagen, dass man in ihn verliebt war. Ich hatte nicht vor, es Henry zu sagen, aber da es außerdem meine letzte Nacht vor dem Umzug war, hatte er gemeint, wir sollten sie zusammen verbringen.

»Du magst ihn«, sagte Amy an dem Morgen und sah mich im Spiegel des Waschraums an.

Henry und ich hatten uns ein paar Jahre davor auf dem Pausenhof der Grundschule kennengelernt. Er hatte *Die Entdeckung des Hugo Cabret* gelesen, ein wunderschönes Buch mit sanften Bleistiftmonden. An unser erstes Gespräch kann ich mich nicht erinnern, aber ich erinnere mich an die, die danach kamen: über Bücher, Planeten, Zeitreisen, Küsse, Geister, Träume. Ich wusste alles, was es über Henry zu wissen gab. *Mögen* traf es nicht mal im Ansatz.

»Er ist mein bester Freund«, sagte ich zu Amy.

»Tja, ich werde ihn fragen«, erwiderte sie.

Ich wusste, was sie meinte, und sagte ihr, dass er die Nacht mit mir verbringen würde.

Nachmittags teilte Henry mir mit, dass er ihr zugesagt hatte. Wir lagen hinter der Schule im hohen Gras und sahen den Insekten zu, wie sie auf den Sonnenstrahlen skateten. »Wenn es dir wirklich so viel ausmacht, kann ich hingehen und wieder absagen«, meinte er. Dann kniete er sich vor mich hin und machte Bittebitte.

Ich schloss die Augen und sagte, es sei schon okay.

»Was hätte ich denn sonst sagen sollen?«, fragte ich Lola abends. »Ich liebe dich schon ewig, und wenn es zwei Leute gibt, die *definitiv* die letzte Nacht der Welt zusammen verbringen sollten, dann sind wir es, Henry und Rachel?«

»Wieso nicht?«, entgegnete sie. Sie saß im Schneidersitz auf meinem Bett und aß Schokolade. »Im Ernst, warum sagst du ihm nicht einfach: *Du*, mein Freund, bist derjenige, den ich küssen will, und ich glaube, wir würden super zusammenpassen, und diese Amy hat die merkwürdige Angewohnheit, sich stundenlang im Spiegel des Waschraums zu bewundern?«

Ich machte mir nicht die Mühe zu antworten. Lola war *Lola Hero*, das Mädchen, das Songs schrieb und Bassgitarre spielte,

29

das Mädchen, das alle möglichen Leute nannten, wenn man sie fragte, wer sie gerne sein würden. Wenn ihr ein Mädchen gefiel, fragte sie sie sofort, ob sie was mit ihr unternehmen wollte. Die Liebe, über die sie schrieb, war nicht die Sorte Liebe, die Leute wie ich erlebten.

Warum nicht? »Weil ich mich nicht gerne gnadenlos blamiere.«

Doch gegen elf, als wir uns durch eine Packung Eiscreme, zwei Tafeln Schokolade und eine Tüte Marshmallows gefuttert hatten, überkam mich ein Anfall von Wahnsinn. Ich beschloss in die Buchhandlung einzusteigen und einen Liebesbrief an Henry in der Briefbibliothek von Howling Books zu hinterlegen.

An dem Abend erschien mir meine Welt zu klein. Ich hatte Henry gegenüber noch nicht mal angedeutet, dass ich ihn mochte, aber jetzt, wo die Uhr tickte, war es plötzlich das Wichtigste, was ich noch tun musste, bevor sie ablief, und die Briefbibliothek war der perfekte Ort dafür.

Die Briefbibliothek ist eine Abteilung mit Büchern, die nicht zu verkaufen sind. Kunden können darin lesen, aber sie können sie nicht mit nach Hause nehmen. Sie können Lieblingswörter oder -sätze umkringeln und Kommentare an den Rand schreiben. Und sie können in den Büchern Briefe an andere hinterlegen, die auch zum Lesen dorthin kommen.

Henry liebt die Briefbibliothek. Und seine ganze Familie auch. Ich habe nicht so recht verstanden, wozu es gut sein soll, irgendwem einen Brief in ein Buch zu legen. Die Chancen, eine Antwort zu kriegen, sind doch viel größer, wenn du demjenigen eine Mail schickst. Henry meinte immer, wenn ich die Briefbibliothek nicht verstünde, könne er sie mir auch nicht erklären. Das sei etwas, das man instinktiv begreifen müsse.

Die Buchhandlung hatte keine Alarmanlage, und das Schloss vom Klofenster, das zur Charmer Street hinausging, war kaputt. Lola und ich kletterten hinein und lauschten einen Moment, um sicher zu sein, dass niemand im Laden war.

Es war dunkel, aber die Straßenlaterne spendete genug Licht, um sich zurechtzufinden. Ich hatte den Brief zu Hause geschrieben, bevor wir losgegangen waren, und meine Hände hatten dabei gezittert. Es war im Wesentlichen *Ich liebe dich*, mit einem Hauch von *Scheiß drauf* – laut Lola der perfekte Liebesbrief.

Ich überließ nichts dem Zufall und legte ihn nicht in ein Buch, das er nie las, sondern in T. S. Eliots *Gesammelte Gedichte*. Ich war sogar noch wagemutiger und legte ihn zwischen die Seiten mit seinem Lieblingsgedicht: »J. Alfred Prufrocks Liebesgesang«.

Dann beschloss ich, wenn ich das hier schon machte, dann richtig, und schlich leise hoch in Henrys Zimmer. Er war noch mit Amy unterwegs, aber das Buch, das er gerade las, lag auf dem Bett, die Seite, auf der er war, markiert durch eine umgeknickte Ecke. Ich legte einen Zettel hinein:

Schau heute Nacht noch in den T. S. Eliot – Rachel.

Lola und ich kletterten durch das Klofenster wieder hinaus und lachten, als wir draußen waren. Es war ein heißer Tag gewesen, aber jetzt waren die Straßen nass vom Regen. »Das ist das Ende«, dachte ich, aber ich meinte damit nicht das Ende der Welt, sondern das Ende von Henry und mir. Ich stellte mir den Moment vor, wenn er den Brief las und nichts mehr so war wie zuvor. Wir würden eine andere Rachel, ein anderer Henry sein. Ich sah ein Paar auf der anderen Straßenseite, das sich küsste, John und Clara aus der Schule, und spürte, wie der Regen auf meiner Haut zischte.

Wir winkten uns ein Taxi herbei und setzten erst Lola ab. Als ich schließlich zu Hause ankam, checkte ich alle paar Minuten mein Handy. Ich stellte mir Henrys Stimme vor und wie sie mit dem Wissen von mir darin wohl klingen würde. Irgendwann schlief ich ein.

Gegen drei weckte mich Lola und fragte, ob er sich gemeldet hatte. Hatte er nicht. Er hatte sich auch nicht gemeldet, als wir am nächsten Morgen um neun aufbrachen. Um zehn, als wir auf dem Weg nach Sea Ridge waren, schickte er mir eine SMS: *Sorry, hab verschlafen!! Ruf dich nachher an.*

Henry benutzt keine Ausrufezeichen, dachte ich, während ich darauf starrte. Er mag ihren Anblick nicht, es sei denn, sie bedecken eine ganze Seite, dann sehen sie aus wie Regen. Ganz besonders hasst er es, wenn jemand zwei hintereinander verwendet, und in dem Moment verstand ich, warum. Zwei zeigen, dass jemand sich zu sehr bemüht. Zwei sind verlogen.

Amy liebt Ausrufezeichen. Ich habe mal eine Kurzgeschichte von ihr gelesen, und sie hat sie jedes Mal benutzt, wenn jemand etwas sagte. Die SMS war von ihr. Ich stellte mir vor, wie sie meinen Brief über Henrys Schulter hinweg las und zu ihm sagte: »Tu so, als hättest du ihn nie bekommen. Sie zieht doch eh weg.«

Henry hat meinen Brief und das, was darin stand, nie erwähnt, kein einziges Mal. Seine Briefe waren voll von Amy. Ich habe bei jedem so getan, als hätte ich ihn nie bekommen.

Henry weiß das mit Cal nicht. Wenn er es gehört hätte, wäre er auf jeden Fall zur Beerdigung gekommen. Aber ich habe es ihm nicht gesagt und Mum auch nicht. Rose muss jedes Mal weinen, wenn sie darüber spricht, und sie weint nie in der Öffentlichkeit. Cal war nicht auf Facebook. Er hatte einen Account, aber es interessierte ihn nicht.

Tim Hooper, sein bester Freund aus Gracetown, war ein paar Monate vor Cals Tod nach Westaustralien gezogen, deshalb schickte ich ihm einen Brief, als es passierte. Ich brauchte ihm nicht zu sagen, dass er es nicht auf Facebook & Co. posten sollte, dass ich die Vorstellung nicht ertrug, wie irgendwelche Leute Kommentare darüber abließen. Tim wusste es einfach.

»Früher hat Henry oft gesagt, wir wären uns so nah, dass wir uns mittels Telepathie unterhalten könnten«, sage ich zu Woof und der Nacht um mich herum. Ich lese nur den Anfang des Briefes, dann falte ich ihn wieder zusammen, mache ein großes Loch in den Sand und vergrabe ihn darin.

Liebe Rachel,

da du nie schreibst, muss ich wohl annehmen, dass du mich vergessen hast. Ich erinnere dich noch mal an den Blutschwur, den wir in der Dritten abgelegt haben.

gebrauchte Bücher sind voller Geheimnisse

HENRY

Als ich Freitagmorgen aufwache, steht meine Schwester George neben dem Literatursofa, auf dem ich letzte Nacht eingeschlafen bin und auf dem ich die ganze nächste Woche weiterschlafen will.

Ich habe die Trennung nicht gut verkraftet, was nicht weiter überraschend ist, und ich habe auch nicht vor, sie in Zukunft gut zu verkraften. Mein Plan ist, auf dem Sofa liegen zu bleiben, mit kurzen Unterbrechungen, um aufs Klo zu gehen oder ein überbackenes Sandwich zu essen, bis Amy zu mir zurückkommt. Sie kommt immer zu mir zurück. Es ist nur eine Frage der Zeit.

Gestern Abend habe ich mir alle Bücher rausgesucht, die ich wahrscheinlich brauchen werde, und so liegen sie in Stapeln um mich herum: ein paar von Patrick Ness, eins von Ernest Cline, außerdem Neil Gaiman, Flannery O'Connor, John Green, Nick Hornby, eins von Kelly Link und für Notfälle Douglas Adams.

»Steh. Auf«, sagt George und stupst mich sanft mit dem

Knie an, was ihre Version einer Umarmung ist. Ich habe meine Schwester wirklich gern, aber wie der Rest der Welt verstehe ich sie nicht so ganz, und um ehrlich zu sein, habe ich ein bisschen Angst vor ihr.

Sie ist siebzehn und kommt dieses Jahr in die Zwölfte. Sie liebt das Lernen, aber sie hasst ihre Schule. In der Siebten hat sie ein Stipendium für eine Privatschule auf der anderen Seite des Flusses bekommen und Mum besteht darauf, dass sie da bleibt, obwohl sie lieber auf die Gracetown High gehen würde.

Sie zieht fast nur schwarze Sachen an, meistens T-Shirts mit Sprüchen wie *Lest, ihr Arschlöcher* vorne drauf. Manchmal denke ich, sie liest postapokalyptische Romane so gerne, weil ihr die Vorstellung, dass die Welt untergehen könnte, wirklich gefällt.

»Hast du vor irgendwann in nächster Zeit aufzustehen?«, fragt sie und ich verneine. Ich erkläre ihr meinen Plan, der im Wesentlichen daraus besteht, in horizontaler Lage darauf zu warten, dass das Leben wieder besser wird.

Sie hat eine fettgetränkte braune Papiertüte in der Hand und ich bin ziemlich sicher, dass darin ein Zimt-und-Zucker-Donut ist. »Zurzeit habe ich nichts, wofür es sich lohnt aufzustehen«, sage ich und greife danach.

»Niemand hat irgendwas, wofür es sich lohnt aufzustehen. Das Leben ist sinnlos, aber trotzdem stehen alle auf. So funktioniert nun mal die menschliche Spezies«, sagt sie und gibt mir noch einen Kaffee zu dem Donut.

»Es gefällt mir nicht, wie die menschliche Spezies funktioniert.«

»Niemandem gefällt, wie die menschliche Spezies funktioniert«, sagt sie.

Nachdem ich den letzten Bissen gegessen habe, strecke ich mich wieder auf dem Sofa aus und starre an die Decke. »Ich habe ein nicht erstattungsfähiges Weltreiseticket.«

»Dann schau dir die Welt an«, sagt George. In dem Moment kommt Dad rein.

»Steh auf, Henry«, sagt er. »Du gammelst. Sag ihm, dass er gammelt, George.«

»Du gammelst«, sagt George und schiebt mich zur Seite, damit sie sich neben mich setzen kann. Sie hebt meine Beine hoch und legt sie über ihre.

»Ich verstehe das nicht«, sagt Dad. »Ihr wart so fröhliche Kinder.«

»Ich war nie ein fröhliches Kind«, sagt George.

»Stimmt, aber Henry.«

»Jetzt bin ich's nicht mehr. Genau genommen kann ich mir im Moment kaum vorstellen, wie mein Leben noch beschissener sein könnte«, sage ich, und George hält das Buch hoch, das sie gerade liest. *Die Straße* von Cormac McCarthy.

»Okay. Es könnte noch beschissener sein, wenn irgendwas Weltuntergangsmäßiges passiert und die Leute anfangen sich gegenseitig aufzuessen. Aber das ist eine völlig andere Beschissenheits-Ebene. Auf der normal-menschlichen Beschissenheits-Skala rangiert mein Leben derzeit ganz oben.«

»Es gibt noch andere Mädchen, Henry«, sagt Dad.

»Warum erzählen mir das alle? Ich will kein anderes Mädchen. Ich will dieses. Nicht irgendein anderes. Dieses.«

»Amy liebt dich nicht.«

George sagt es ganz sanft – als ob sie mir voller Mitgefühl eine Glasscherbe ins linke Auge rammt.

Doch, Amy liebt mich. Sie hat mich jedenfalls mal geliebt. Sie wollte eine nicht näher definierte Menge an Zeit mit mir verbringen und das ist ungefähr dasselbe wie für immer. »Wenn jemand für immer mit dir zusammen sein will, dann ist das Liebe.«

»Aber sie wollte nicht für immer mit dir zusammen sein«, sagt George.

»*Jetzt. Jetzt* will sie nicht mehr für immer mit mir zusammen sein. Aber vorher wollte sie es und *für immer* löst sich nicht einfach über Nacht in Luft auf.« Wenn doch, dann sollte es irgendein naturwissenschaftliches Gesetz dagegen geben.

»Jetzt dreht er durch«, sagt George.

»Geh duschen, Junge«, sagt Dad.

»Nenn mir einen guten Grund.«

»Du arbeitest heute«, sagt er und ich schleppe mich mit gebrochenem Herzen ins Bad.

Laut George ist es eine allgemein anerkannte Wahrheit, dass unsere Familie zu blöd für die Liebe ist. Selbst unser Kater, Ray Bradbury, sagt sie, kriegt keine der Katzen in der Nachbarschaft rum.

Mum und Dad haben sechsmal versucht wieder zusammenzukommen, aber letztes Jahr haben sie dann die Scheidung eingereicht, und Mum ist aus dem Laden in eine kleine

Wohnung in Renwood gezogen, ein paar Vororte weiter. Wenn George nicht in der Schule ist, sitzt sie die ganze Zeit im Schaufenster und schreibt in ihr Tagebuch. Dad ist ziemlich angeschlagen, seit Mum fort ist, und futtert jeden Abend eine ganze Tafel Pfefferminzschokolade, während er zum x-ten Mal Dickens liest.

Ich sehe das anders als George. Ich meine, nicht dass wir toll wären, was die Liebe angeht, aber ich glaube, die ganze Welt stellt sich dabei ziemlich blöd an, also sind wir, statistisch gesehen, Durchschnitt, und damit kann ich leben.

Amy liebt mich. Ja, sie verlässt mich ab und zu, aber sie kommt immer wieder zurück. Und man kommt ja nicht immer wieder zu jemandem zurück, den man nicht liebt.

Während ich in der Dusche stehe, versuche ich herauszufinden, was ich falsch gemacht habe. Es muss irgendeinen Moment gegeben haben, wo ich Mist gebaut habe, und wenn ich dahin zurückfinde, lässt sich der Moment vielleicht reparieren.

Warum?, simse ich Amy, als ich mich abgetrocknet habe. *Es muss doch einen Grund geben. Kannst du mir den wenigstens sagen?*

Ich drücke auf Senden und gehe runter in den Laden.

»Er sieht besser aus«, sagt Dad, als ich wieder unten bin.

George hebt den Kopf, sieht mich an und beschließt, dass es klüger ist, den Mund zu halten.

»Wie ging noch dieser wunderbare Satz aus *Große Erwar-*

tungen?«, sagt Dad. »Das gebrochene Herz. Du denkst, du stirbst, aber du lebst einfach weiter, einen schrecklichen Tag nach dem anderen.«

»Überaus tröstlich, Dad«, sagt George.

»Die schrecklichen Tage werden irgendwann besser«, versichert er uns, aber es klingt nicht sehr überzeugend.

»Ich gehe auf Büchersuche«, verkündet er dann, was ungewöhnlich ist für einen Freitag. Ich frage ihn, ob ich mitkommen soll, aber er winkt ab und sagt, ich soll mich um den Laden kümmern. »Wir sehen uns zum Abendessen – um acht im Shanghai Dumplings.«

Seit meinem Schulabschluss im November habe ich jeden Tag im Laden gearbeitet. Wir verkaufen gebrauchte Bücher und das sind die richtigen Bücher für diese Seite der Stadt. Dad und ich kümmern uns um die Suche. Es wird schwieriger. Nicht, Bücher zu finden – Bücher sind überall und ich habe meine speziellen Orte, die Dad mir gezeigt hat –, sondern echte Schnäppchen. Heutzutage weiß jeder, was die Dinge wert sind, und du findest nicht einfach eine Erstausgabe von *Casino Royale* bei jemandem im Regal, ohne dass er weiß, was er da hat. Wenn du sie kaufen willst, dann musst du den Preis dafür bezahlen.

Ich lese immer wieder Artikel über das Ende von Secondhandbuchläden. Unabhängige Läden, die neue Bücher verkaufen, halten sich über Wasser, sind sogar wieder im Kommen. Aber Läden mit gebrauchten Büchern sind anscheinend bald Geschichte.

In letzter Zeit denke ich öfter darüber nach, weil Mum seit

der Scheidung immer wieder davon spricht, den Laden zu verkaufen. Jedes Mal, wenn sie das Thema anschneidet, überzeugen mich ihre Argumente ein wenig mehr. Ich liebe den Laden, aber sicher nicht so sehr wie Dad. Ihm ist es egal, ob wir damit Geld verdienen. Er ist sogar bereit zusätzlich woanders zu arbeiten, damit wir ihn behalten können.

Er und Mum haben den Laden vor zwanzig Jahren gekauft, da war es noch ein Blumengeschäft. Der Preis war günstig, weil es schnell verkauft werden sollte. Der Besitzer war aus irgendeinem Grund abgehauen. Als Mum und Dad den Laden besichtigten, standen noch überall Eimer herum und alles roch nach verwelkten Blumen und gammeligem Wasser. Die Scheine waren aus der Kasse verschwunden, aber die Münzen waren noch in den Fächern.

Mum und Dad haben den hölzernen Tresen rechts vom Eingang, die alte grüne Registrierkasse und die rote Lampe behalten, die der Blumenmann dagelassen hat, aber sonst haben sie fast alles an dem langen, schmalen Raum verändert. An der Vorderseite haben sie ein großes Schaufenster eingesetzt und Dad und sein Bruder Jim haben die Dielen abgeschliffen. Sie haben auf der ganzen Länge Regale eingebaut, die vom Boden bis zur Decke reichen, und lange Holzleitern, damit die Leute an die Bücher ganz oben herankommen. Dazu die Vitrinen, in denen wir die Erstausgaben aufbewahren, und die halbhohen Regale, die im hinteren Teil des Ladens frei im Raum stehen. Und natürlich die Regale, in denen unsere Briefbibliothek untergebracht ist.

In der Mitte des Ladens, gegenüber vom Tresen, steht der

Aktionstisch und daneben das Literatursofa. Hinten links ist die Treppe, die nach oben in unsere Wohnung führt, rechts ist die Nische mit der Ratgeberabteilung und geradeaus geht es durch die Glastür zum Lesegarten. Jim hat ihn überdacht, damit die Leute bei jedem Wetter draußen sitzen können, aber er hat das Efeu und den Jasmin gelassen, die an den Blausteinmauern hochwachsen. Im Garten stehen Tische mit Scrabble-Brettern und Stühle und Sofas.

In der Mauer auf der rechten Seite ist eine verschlossene Tür, die zu Frank's Bakery führt. Wir haben Frank vorgeschlagen sie zu öffnen, damit die Leute sich bei ihm einen Kaffee holen und ihn bei uns im Garten trinken können, aber er hat kein Interesse. Seit ich ihn kenne – sprich: seit meiner Geburt –, hat er nie irgendwas in seinem Laden verändert. Da sind immer noch dieselben schwarz-weißen Fliesen und derselbe verglaste Tresen mit den Lederhockern davor. Er backt dieselben Kuchen, er weigert sich Soja-Latte anzubieten, und er spielt von morgens bis abends Frank Sinatra.

Als er mir an diesem Morgen meinen Kaffee gibt, findet er, ich sehe schrecklich aus. »Hab ich schon gehört«, sage ich, schütte Zucker hinein und rühre um. »Amy hat mich verlassen. Ich habe ein gebrochenes Herz.«

»Du weißt gar nicht, was ein gebrochenes Herz ist«, sagt Frank und schenkt mir ein Blaubeerteilchen, an der Unterseite angebrannt, genau wie ich es mag.

Ich gehe mit meinem Kaffee und dem Teilchen zurück in den Laden und mache mich daran, die Bücher durchzugehen, die ausgepreist werden müssen.

Ich blättere jedes einzelne durch, denn was ich an gebrauchten Büchern mag, sind die Spuren, die man darin findet: Kaffeeringe, angestrichene Wörter, Kommentare am Rand. Im Lauf der Jahre haben George und ich schon alles Mögliche in den Büchern gefunden: Briefe, Einkaufszettel, Busfahrkarten, Träume. Außerdem kleine Spinnen, platt gedrückte Zigaretten und Tabakkrümel. Und einmal sogar ein Kondom (verpackt und unbenutzt, aber seit zehn Jahren abgelaufen – eine Geschichte für sich). Einmal habe ich eine Ausgabe der *Encyclopedia of World Flora* aus dem Jahr 1958 gefunden, in der jemand mit Blättern die Seiten mit seinen Lieblingspflanzen markiert hatte. Die Blätter hatten sich fast völlig aufgelöst, als ich das Buch aufschlug. Nur die Skelette waren noch übrig.

Gebrauchte Bücher sind voller Geheimnisse, deshalb mag ich sie so.

Als ich das denke, kommt Frederick herein. Er ist selbst eine Art Geheimnis. Er ist seit dem Tag der Eröffnung Stammkunde bei uns. Laut Mum und Dad war er unser erster offizieller Kunde. Damals war er in den Fünfzigern und jetzt muss er ungefähr siebzig sein. Er ist ein eleganter Mann und er liebt graue Anzüge, dunkelblaue Krawatten und Derek Walcott.

Seit es den Laden gibt, sucht Frederick nach einer speziellen Ausgabe der Gedichte von Walcott. Er könnte eine neue Ausgabe bestellen, aber er will eine gebrauchte. Und zwar eine ganz bestimmte. Er sucht nach dem Buch, das ihm einst gehört hat. Und das zu finden dürfte nahezu unmöglich sein.

Trotzdem sollte er meiner Meinung nach nicht aufhören zu suchen. Wie kann ich denn wissen, ob er es nicht doch findet? Die Chancen stehen ziemlich schlecht, aber manchmal geschieht das Unmögliche. Vielleicht finde ich es sogar für ihn. Vielleicht ist es gar nicht so weit von hier entfernt. Gebrauchte Bücher reisen oft ganz schön herum. Aber was wegreist, kann auch wieder zurückkommen.

Frederick will mir nicht verraten, was in dem Walcott drin ist, den er sucht. Er ist sehr zurückhaltend und höflich, immer mit einer frischen Blume im Knopfloch und mit den traurigsten Augen, die ich je gesehen habe.

Ich gebe ihm die drei Ausgaben, die ich im vergangenen Monat gefunden habe. Die ersten beiden legt er gleich beiseite, aber bei der dritten zögert er. Die Art, wie er sie in der Hand hält, weckt in mir die vage Hoffnung, dass ich vielleicht die richtige gefunden habe. Er schlägt sie auf, blättert darin und bemüht sich dann, nicht enttäuscht auszusehen.

Er nimmt seine Brieftasche heraus, aber ich sage ihm – wie jedes Mal –, dass er die Bücher nicht kaufen muss, wenn ich nicht die richtige Ausgabe gefunden habe. »Die verkaufen sich auch so und ich halte einfach weiter Ausschau.«

Doch er besteht – wie jedes Mal – darauf, und ich stelle mir vor, wie jemand nach Fredericks Tod durch sein Haus geht, dort Hunderte von Ausgaben desselben Gedichtbands von Walcott vorfindet und sich fragt, was das zu bedeuten hat.

Frederick ist nicht der einzige Stammkunde. Da ist Al, der eine Menge Science-Fiction liest und auch so aussieht. Er schreibt seit Jahren an einem Roman über einen Typen, der in ein virtuelles Utopia entführt wird. Wir versuchen alle ihm schonend beizubringen, dass es den Roman schon gibt. Und

44

James, der alles kauft, was mit den Römern zu tun hat. Und
Aaron, der mindestens alle zwei Monate spätabends betrunken an unsere Ladentür hämmert, weil er aufs Klo muss, und
Inez, die offenbar den Geruch alter Bücher liebt, und Jett, die
gebundene Bücher stiehlt, um sie an einen anderen Secondhandbuchladen zu verkaufen.

Dann gibt es noch Frieda, die hier seit zehn Jahren regelmäßig mit Frederick Scrabble spielt. Sie ist ungefähr so alt wie
er und trägt strenge, elegante Kleider, und man weiß einfach,
dass sie eine von diesen Englischlehrerinnen ist, die fünfzig
Jahre lang unterrichtet haben und Shakespeare in- und auswendig kennen. Sie hat den Lesekreis gegründet, der sich einmal im Monat bei Howling Books trifft.

Es kommen jedes Mal dieselben Leute. Ich stelle die Stühle
hin, öffne den Lehrerinnen und Bibliothekarinnen die Tür, ver-
teile eine Menge Wein und Käse und trete dann einen Schritt
zurück. Ich beteilige mich so gut wie nie an der Diskussion,
aber wenn sie mich interessiert, was fast immer der Fall ist,
lese ich hinterher das Buch. Letzten Monat haben sie über
Summer Skin von Kirsty Eagar gesprochen. George hat es
nach dem Treffen gelesen, weil sie über die Sexszenen gesprochen haben, und vielleicht habe ich es zum Teil auch deshalb
gelesen. Aber vor allem wegen der Art, wie Frieda über die
Hauptfigur Jess Gordon gesprochen hat. Sie hat mich ein bisschen an die beste Freundin erinnert, die ich mal hatte, Rachel
Sweetie. Mir hat das Buch gefallen, und George auch, deshalb
haben wir eine Ausgabe davon in die Briefbibliothek gestellt.

Die Briefbibliothek ist das, wofür Howling Books bekannt

ist, zumindest hier im Umkreis. Ab und zu schreibt jemand in seinem Blog über uns, als Tipp, wenn man mal in der Stadt ist.

Sie ist im hinteren Teil des Ladens, bei der Treppe zu unserer Wohnung, getrennt von den übrigen Regalen. Dort stehen Bücher, die die Leute besonders mögen – Romane, Sachbücher, Schmöker und Science-Fiction, Gedichte und Atlanten und Kochbücher. Die Kunden dürfen in die Bücher hineinschreiben. Sie können Wörter markieren, die ihnen gefallen, und Sätze unterstreichen. Sie können Kommentare an den Rand schreiben und Gedanken über die Bedeutung der Dinge hinterlassen. Von manchen Büchern, zum Beispiel *Rosenkranz und Güldenstern* von Tom Stoppard oder *Das Schicksal ist ein mieser Verräter* von John Green, mussten wir mehrere Ausgaben anschaffen, weil sie so vollgekritzelt sind.

Sie heißt Briefbibliothek, weil eine Menge Leute nicht nur Kommentare an den Rand schreiben – sie schreiben ganze Briefe und legen sie zwischen die Seiten eines Buchs. Briefe an den Autor oder an ihre diebische Exfreundin, die ihre Ausgabe von *High Fidelity* mitgenommen hat. Meistens jedoch schreiben sie an Fremde, die dieselben Bücher mögen wie sie – und manchmal schreibt einer von diesen Fremden zurück.

Stolz und Vorurteil und Zombies

von Jane Austen und Seth Grahame-Smith

Notiz auf der Titelseite: *Dieses Buch gehört George Jones.*
Also verkauf es nicht im Laden, Henry.
Briefe zwischen Seite 44 und 45

23. November–7. Dezember 2012

Liebe George,

du bist wahrscheinlich überrascht, diesen Brief in deinem Buch zu finden. Vielleicht fragst du dich, wer ihn dort hineingelegt hat. Ich beabsichtige das geheim zu halten, zumindest fürs Erste.

Genau genommen habe ich ihn noch nicht hineingelegt – ich sitze noch in meinem Zimmer und schreibe ihn – und ich schätze, es wird nicht einfach sein, ihn dorthin zu bekommen. Am besten versuche ich es, wenn du mal den Klassenraum verlässt, um zur Toilette zu gehen, und dein Buch auf dem Tisch liegen lässt. Aber ich weiß, dass du es magst, wenn du in gebrauchten Büchern etwas findest, also werde ich mir Mühe geben.

Und jetzt ist es so weit, du liest ihn, also muss es mir gelungen sein.

Ich weiß, du bist neugierig, also verrate ich dir zumindest ein bisschen: Ich bin ein Junge, so alt wie du, und wir haben mindestens einen Kurs zusammen.

Wenn du Lust hast zurückzuschreiben, kannst du das Buch in die Briefbibliothek in eurem Laden stellen und einen Brief zwischen Seite 44 und 45 legen.

Ich bin kein Stalker. Ich mag Bücher. (Ich mag dich.)

Pytheas (natürlich nicht mein richtiger Name)

An Pytheas — oder Stacy oder wer von ihren Freundinnen das hier geschrieben hat. Lass mich in Ruhe. Wenn ich dich bei uns im Laden erwische, rufe ich die Polizei.

George

Liebe George,

danke, dass du geantwortet hast, auch wenn es nur war, um mir zu sagen, dass du die Polizei auf mich hetzen willst.
Ich will dich nicht ärgern und ich bin nicht eine von Stacys Freundinnen. Ich mag Stacy nicht besonders und sie kann mich nicht ausstehen. Das hier ist kein Scherz. Du bist witzig und klug und ich möchte dir wirklich gerne schreiben.

Pytheas (Würde eine von Stacys Freundinnen sich Pytheas nennen?)

Pytheas,

du bist also keine von Stacys Freundinnen? Beweise es.

George

Liebe George,

das ist schwierig. Wie soll ich dir beweisen, dass ich dich nicht auf den Arm nehme? Wenn wir eine mathematische Gleichung wären, wäre es leicht. Aber da wir das nicht sind, wirst du es wohl einfach drauf ankommen lassen müssen.

Ich erzähle dir ein bisschen was von mir — vielleicht hilft das? Ich mag Naturwissenschaften. Ich mag Mathe. Ich mag es, Probleme zu lösen. Ich glaube an Geister. Ganz besonders interessiere ich mich für Zeitreisen und das All und das Meer.

Ich weiß noch nicht, was ich machen werde, wenn ich mit der Schule fertig bin, aber wahrscheinlich werde ich entweder das All oder das Meer studieren. Aber vorher will ich reisen. Als Erstes möchte ich in die Atacama-Wüste. Die ist über 1000 Kilometer lang und reicht von der südlichen Grenze von Peru bis nach Chile. Sie verläuft am Südpazifik entlang und gilt als der trockenste Ort der Erde. Es gibt Bereiche, in denen es noch nie geregnet hat, und da ohne Feuchtigkeit nichts verrottet, würde etwas, das dort stirbt, für immer erhalten bleiben. Stell dir das mal vor. Du kannst dir die Wüste auf Seite 50 vom Atlas in der Briefbibliothek ansehen. (Ich habe auch noch ein paar andere Orte in Südamerika markiert, die ich mir ansehen will.)

Erzählst du mir auch etwas über dich?

Pytheas

Pytheas,

warum schreibst du mir? In der Schule halten mich alle für einen Freak.

Liebe George,

ich mag Freaks.

Pytheas

ein Traum von meiner Vergangenheit

RACHEL

Am frühen Freitagnachmittag verlasse ich Sea Ridge in Grans Auto. Es ist alt – ein dunkelblauer Volvo von 1990 –, aber es gehört mir. Es war Grans Idee, dass ich zu Rose ziehen sollte, und um mir Mut zu machen, hat sie mir das Transportmittel geschenkt.

Bei einer unserer Sitzungen hat Guy, mein Therapeut, mich gefragt, wie ich mich ohne das Meer fühlen würde. »Erleichtert«, habe ich gesagt und an die Straße gedacht, die sich vom Meer wegschlängelt. Grans Haus ist so gebaut, dass man von jedem Fenster aus das Wasser sehen kann. Ich wache jeden Morgen in der blauen, salzigen Luft auf und muss mich daran erinnern, dass ich das alles hasse.

In der Stadt laufe ich nicht mehr dauernd meinem Exfreund Joel über den Weg oder den Lehrern, die ich enttäuscht habe, oder den Freunden, bei denen ich mich nicht mehr melde. Ich muss die Leute vom Rettungsschwimmerklub nicht mehr sehen, wo ich vor Cals Tod gearbeitet habe, und die Kinder, denen ich das Schwimmen beigebracht habe.

Aber heute arbeitet alles gegen die Erleichterung – die Farbe des Himmels, das Licht. Es ist genau die Zeit, zu der Mum, Cal und ich vor drei Jahren hier angekommen sind. Als wir uns der Küste näherten, haben wir wie immer nach dem Meer Ausschau gehalten, und da war es, erst in kleinen Dreiecken, dann in großen Ausbuchtungen.

Cal hatte einen von seinen Atlanten aufgeschlagen auf den Knien, einen alten aus dem neunzehnten Jahrhundert. Er hatte ihn an dem Tag in einem Secondhandladen entdeckt. Als ich mich zum Rücksitz umdrehte, sah ich, wie er mit der Hand über das Südpolarmeer strich, heller an den Rändern, dunkelblau in den Tiefen.

Wir sammelten die Fakten, während wir weiterfuhren. Viertgrößter Ozean. Siebzehntausendneunhundertachtundsechzig Kilometer Küstenlinie. Durchschnittliche Tiefe: vier- bis fünftausend Meter. Ich weiß noch, wie wir alle drei einen Moment schwiegen, beeindruckt von den Zahlen.

Im Kofferraum ist ein Karton mit Sachen von Cal, den Gran vor meiner Abfahrt dort hineingepackt hat. Ich frage mich kurz, ob der Atlas dabei ist, schiebe den Gedanken dann aber beiseite. Ich wollte den Karton nicht mitnehmen, aber Gran hat mir keine Wahl gelassen. Da sind lauter Sachen drin, von denen Gran nicht weiß, was sie damit machen soll, deshalb will sie, dass ich sie mir ansehe. Auf dem Karton ist ein Fragezeichen aufgemalt und darunter das Wort *Krimskrams*. Ich hasse die Vorstellung, dass alles, was von Cals Leben übrig geblieben ist, ein Haufen Kartons ist, auf denen *Sportsachen*, *Hobbys*, *Computerkram*, *DVDs* und so weiter steht. Am liebs-

54

ten würde ich anhalten und den Karton von den Klippen werfen.

Stattdessen gebe ich Gas. Ich biege auf die Straße landeinwärts ab und fahre so schnell, wie das Auto mitmacht. Das Meer und die Sträucher verschwinden im Hintergrund und ich stelle mir vor, dass die Zeit zurückgedreht wird zu dem Punkt, als die Welt noch eine andere war. Ich halte den Blick auf die Straße gerichtet und warte auf die Erleichterung des Betons und die Befreiung vom Meer.

Es ist schon fast dunkel, als ich ankomme, und ich verpasse die erste Abfahrt nach Gracetown, sodass ich die nächste nehmen muss. Das bedeutet, dass ich durch Charlotte Hill zurückfahren muss, die High Street entlang und an Howling Books vorbei.

Ich bin seit unserem Umzug nicht mehr in der Stadt gewesen. Während ich mich durch den Verkehr schlängele, habe ich ein ganz seltsames Gefühl – als wäre es ein Traum von meiner Vergangenheit, durch den ich fahre. Ein paar Kleinigkeiten haben sich verändert: Beat Clothing ist jetzt ein Bioladen und der DVD-Laden ist jetzt ein Café. Sonst ist alles genau wie früher.

Als ich auf der Höhe von Howling Books bin, sehe ich Henry auf dem Hocker hinter dem Tresen sitzen, die Füße auf der Querstrebe, die Ellbogen auf den Knien, ein Buch in der Hand und vollkommen konzentriert. Das einzige Zeichen dafür, dass drei Jahre vergangen sind, ist, dass ich ihn nicht küssen will.

Ich verspüre einen leisen Drang, ihn in den Hintern zu treten, aber das ist auch alles.

Amy ist nicht zu sehen, aber sie ist bestimmt irgendwo in der Nähe. Ich habe zwar nicht auf Henrys Briefe geantwortet, aber gelesen habe ich sie alle. Ich habe sie in eine Schachtel gepackt und sie hinten in meine Sockenschublade gestopft. Ich weiß, dass er und Amy sich in der letzten Nacht der Welt geküsst haben. Ich weiß, dass es damals angefangen hat.

Während ich da im Verkehr feststecke, kommt Henry raus, um die Bücher reinzuholen, die draußen ausgestellt sind. Der Wind spielt mit seinen Haaren. Sie haben immer noch diesen blauschwarzen Schimmer. Ich sehe ihn an und lausche in mich hinein, doch da ist kein Ziehen in meiner Brust, kein Funkeln am Himmel.

Ich denke an die ersten Monate in Sea Ridge zurück, als ich jedes Mal, wenn ich an ihn dachte, vor lauter Wut und Scham einen knallroten Kopf bekam. Das Einzige, was meine Haut wieder beruhigen konnte, war das Meer.

Ich bin froh, als die Autos vor mir sich wieder in Bewegung setzen.

Rose wohnt in einer Nebenstraße der High Street, wo lauter Kaffee-, Klamotten- und Plattenläden sind. Für Cal und mich fühlte sich die Nordhälfte von Gracetown immer wie der Secondhandteil der Stadt an und das gefiel uns. In der Südhälfte, auf der anderen Seite des Flusses, sind die Straßen breiter und die Klamotten schicker, aber wenn ich schon in der Stadt leben muss, dann lieber hier. Im Kino laufen alte und neue Filme, die Mauern sind mit Graffiti besprüht und der Himmel ist von Stromkabeln durchzogen.

Roses vorige Wohnung, die direkt gegenüber vom Krankenhaus lag, hatte nur ein Schlafzimmer. Wenn Cal und ich bei ihr übernachtet haben, hat sie uns eine Matratze ins Wohnzimmer gelegt. Jetzt wohnt sie in einem alten Lagerhaus aus Backstein mit der verwitterten Aufschrift *Autowerkstatt*. Links ist eine einfache Holztür und rechts eine mit zwei Flügeln, wo vermutlich früher die Autos reingefahren sind.

Rose ist meine Lieblingstante – und sie war auch Cals –, aber sie ist ein unruhiger Geist. Sie taucht auf und verschwindet wieder. Wenn sie in Sea Ridge auftauchte, hat sie immer den Rasen gemäht oder die Garage aufgeräumt oder in den Dünen gesessen und geraucht. Wenn sie verschwand, dann immer an irgendwelche exotischen Orte – eine Reise durch Afrika, ein Job in London, ein Hilfseinsatz in Chile.

Einmal habe ich sie gefragt, warum sie keine Kinder hat.

»Ich wollte nie welche«, sagte sie. »Ich habe zu viel um die Ohren. Außerdem fluche ich wie ein Fischweib.«

Aber ich wusste, dass es sie nicht störte, wenn Cal und ich bei ihr waren. Es heißt, ich hätte als Säugling ständig geschrien. Rose kam nach ihrer Arbeit im Krankenhaus manchmal vorbei und kümmerte sich um mich, damit Mum und Dad ein bisschen schlafen konnten. Einmal wachte Mum nachts auf und hörte, wie Rose mir das Periodensystem aufsagte. »Das ist die einzige Geschichte, die ich kenne«, meinte sie.

Bevor ich aussteige, schicke ich Mum und Gran eine kurze SMS, dass ich gut angekommen bin, dann schalte ich das Handy stumm und hole meine Sachen aus dem Kofferraum. Cals Karton lasse ich, wo er ist, fest verschlossen.

»Ich habe schon gehört, dass sie dir das Auto geschenkt hat«, sagt Rose, als sie die Tür aufmacht. »Wie war die Fahrt?«

»Ziemlich gut.«

»Gib's zu, du hattest den ganzen Weg über Schiss.«

»Den halben«, sage ich und schaue mich um. Es ist unordentlich, weil sie gerade renoviert, aber das ist nicht das Problem. »Hier sind ja gar keine Wände.«

Sie klopft gegen die Außenwand.

»Ich meine, *innen drin*.«

Es ist ein einziger riesiger Raum mit lackiertem Betonboden, an der einen Seite komplett verglast. Hinten rechts in der Ecke ist eine Küche und vorne sind zwei Bereiche als Schlafzimmer zu erkennen. Ich kann jetzt direkt in Roses Leben hineinschauen. Ihr Bett ist zerwühlt, ein blaues Durcheinander mit einer Kommode daneben und einem Regal voller Medizinbücher. Ihre Kleider, hauptsächlich Jeans und T-Shirts, liegen entweder auf dem Boden oder hängen halb aus den Schubladen. Außerdem gibt es noch einen Kleiderständer mit ein paar schicken schwarzen Kleidern und darunter mehrere Paare hohe Stiefel.

Mein Bereich ist an der Fensterseite. Er besteht aus einem noch nicht bezogenen Bett, einer Kommode und einem leeren Kleiderständer.

»Natürlich sollen hier irgendwann Wände eingezogen werden, aber fürs Erste müssen wir einfach den Privatbereich des anderen respektieren. Das Bad hat Wände.« Rose deutet auf eine Metalltür neben der Küche.

Ich folge mit dem Blick ihrem Finger und versuche das als tröstlich zu empfinden.

»Gefällt's dir nicht?«, fragt sie.

»Doch. Es ist nur nicht das, was ich erwartet hatte.«

Aber in Wirklichkeit denke ich: Man kann sich nirgends verstecken.

Da ich nicht viel auszupacken habe und nichts zu essen im Haus ist, fahren Rose und ich erst mal einkaufen. Unterwegs denke ich an das Lagerhaus und frage mich, worauf ich mich da eingelassen habe. Ich habe mich daran gewöhnt, allein zu sein und mein eigenes Ding zu machen – an den Strand zu gehen, im Bett liegen zu bleiben und die Schule zu schwänzen; und zu weinen, wenn mir danach ist, ohne dass es jemand mitkriegt.

»Ich rede mit dir«, sagt Rose.

»Was?«

Sie zeigt durch die Windschutzscheibe. »Wir sind da. Du holst einen Wagen und wir treffen uns drinnen.«

Da Rose keine besonders gute Köchin ist, kaufen wir Sachen, die ich kochen kann oder die wir nur warm machen müssen. Es tut gut, in der Stadt einzukaufen und nicht in Sea Ridge, wo jeder jeden kennt und alle uns immer noch anglotzen. Dieser Supermarkt ist neu. Cal und ich haben nie hier vor dem Süßigkeitenregal gestanden und darüber debattiert, ob wir normale M&Ms nehmen oder die mit Erdnüssen. Wie sich zeigt, debattiert Rose überhaupt nicht. Sie packt einfach beide Sorten in den Wagen.

»Deine Gran sagt, du isst nicht genug«, sagt sie im Weitergehen. »Und sie sagt, du hast dich in einen Zombie verwandelt, der sich in seinem Zimmer versteckt, den ganzen Tag schläft und die Nächte mit seiner Mutter, die auch zu einem Zombie geworden ist, am Strand verbringt.«

Rose wirft Dosen mit Thunfisch in den Wagen, während ich versuche im Blech einer Keksdose zu erkennen, ob ich wirklich wie eine Untote aussehe. Das klingt nicht gut.

»Mach dir keine Gedanken«, sagt Rose. »Sie weiß gar nicht, was ein Zombie ist.«

»Doch. Cal hat es ihr beigebracht. *Shaun of the Dead* ist ihr absoluter Lieblingsfilm.«

»Ich fasse es nicht. Als wir jung waren, durften wir noch nicht mal fernsehen. Jetzt guckt sie sich Horrorfilme an und erklärt mir, meine Nichte bräuchte Sex. Keine Sorge«, sagt sie, als sie meine entsetzte Miene sieht. »Das habe ich ihr sofort ausgeredet.«

»*Gut.*«

»Ich habe ihr gesagt, Zombies haben keinen Sex.«

Ich stelle die Keksdose wieder weg. Während wir an den Regalen entlanggehen, beschwert sich Rose darüber, dass Gran sie in letzter Zeit mit Anrufen bombardiert, und jedes Mal geht es um mich. »Von früh bis spät«, sagt sie und wirft eine Packung Cracker in den Wagen.

Laut unserer Familiengeschichte streiten Gran und Rose sich schon, seit Rose drei Jahre alt war, über alles und nichts. Gran findet, Rose flucht zu viel, arbeitet zu viel und kommt viel zu selten nach Hause.

»Wenn sie dich zu mir geschickt hat, muss es wirklich schlimm sein.«

»Ich habe *versucht* meine Abschlussprüfung zu schaffen«, sage ich zu meiner Verteidigung.

»Wenn du es wirklich versucht hättest, hättest du es auch geschafft. Du könntest die Abschlussprüfung mit geschlossenen Augen schaffen.«

Ich denke daran, wie ich hinter der Schule auf der Wiese gelegen habe, statt zum Unterricht zu gehen – die Sonne im Gesicht und das warme Gras unter meinem Rücken. »Meine Augen waren tatsächlich die meiste Zeit geschlossen.«

»Es gibt immer einen Neuanfang«, sagt Rose, als wäre das etwas, was sie bestellen kann.

Als wir zum Auto zurückkommen, sehe ich, dass jemand einen Flyer unter den Scheibenwischer geklemmt hat, mit einer Werbung für eine Band namens The Hollows. Ich weiß sofort, dass es Lolas Band ist. Den Namen haben sie und Hiroko sich in der Neunten ausgedacht, als die Band nur in ihrer Vorstellung existierte. Er stand auf all ihren Schulheften, ihren Ordnern und ihren Schultaschen. Lola hat sogar

T-Shirts damit bedrucken lassen, bevor es die Band überhaupt gab.

Ich sehe mir den Flyer an, während Rose den Rest unserer Einkäufe im Auto verstaut. Es ist ein Foto von den beiden darauf, wie sie an einer Bushaltestelle stehen, mit Lolas Bassgitarre und Hirokos sämtlichen Schlaginstrumenten. »Alte Freundinnen«, erkläre ich Rose.

»Alte Freundinnen schreiben«, sagt eine Stimme, und als ich aufblicke, steht Lola vor mir.

Das ist nicht allzu überraschend, da sie in der Nähe wohnt und offensichtlich gerade dabei ist, die Flyer von ihrer Band zu verteilen. Trotzdem kommt es mir wie ein kleines Wunder vor, als wäre sie einfach so aus der Vergangenheit aufgetaucht: klein und kurvig, mit langen braunen Haaren und olivfarbener Haut. Am liebsten würde ich sie umarmen, aber wenn ich das tue, bricht womöglich direkt hier auf dem Parkplatz alles aus mir heraus und ich fange an zu weinen.

»Ist lange her«, sage ich, um das Schweigen zu brechen.

»Viel *zu* lange«, sagt sie und spielt mit einem Ohrring, der in der schwachen Parkplatzbeleuchtung aussieht wie ein kleiner Nagel. »Ich dachte, du wärst tot.«

»Dann hätte ich dir Bescheid gesagt.«

Sie lächelt nicht, aber sie hört auf mit dem Nagel zu spielen. Wenn ich ihr das mit Cal sagen würde, würde sie mir sofort verzeihen, aber sie hätte auch ein schlechtes Gewissen, obwohl es dafür gar keinen Grund gibt. Außerdem fühlt es sich nicht richtig an, das auf einem schmuddeligen Parkplatz zu erzählen, während Rose Klopapier ins Auto packt.

»Das letzte Schuljahr war ziemlich stressig«, sage ich und sie streckt die Hand aus und berührt meine Haare, als hätte sie gerade erst gemerkt, dass sie jetzt kurz und hellblond sind.

Ihr Blick wandert an mir herunter, über mein schwarzes T-Shirt und meine Jeans und meinen mageren Körper. Sie hat ein kurzes silbernes Kleid an und ich versuche mich nicht so farblos zu fühlen, wie ich aussehe. »Gefällt's dir nicht?«, frage ich und streiche mir über den Kopf.

»Doch.«

»Verzeihst du mir?«

Sie sieht mich eine Weile an, dann nimmt sie mir den Flyer aus der Hand. »Wir spielen heute Abend in einem Laden namens Laundry«, sagt sie und kritzelt ihre Handynummer auf das Papier. »Henry ist da, und wenn es dir *wirklich* leidtut, kommst du trotzdem.«

Sie gibt mir den Flyer zurück und küsst mich auf die Wange, dann schwingt sie sich auf ihr Fahrrad und fährt los, bevor ich Zeit habe, mir eine Ausrede auszudenken und abzusagen. Ich höre noch, wie sie ruft: »Gott sei Dank, dass du wieder da bist!«

Auf dem Rückweg erzähle ich Rose von Lola und Hiroko. Lola singt und spielt Gitarre. Hiroko spielt Glockenspiel und alle möglichen anderen Schlaginstrumente, deren Namen ich nicht weiß. Sie spielen Coverversionen von anderen Bands, aber hauptsächlich schreiben sie ihre eigenen Songs. Während ich spreche, sehe ich die zwei in der Klasse vor mir, wie sie sich Zettel mit Songtexten zuschieben, wenn der Lehrer nicht hinsieht.

Ich stecke den Flyer in meine Tasche. Lola fehlt mir und ich möchte, dass sie mir verzeiht, aber ich gehe auf keinen Fall heute Abend ins Laundry. Das Leben ist schon deprimierend genug, ohne dass ich zusehen muss, wie Henry und Amy sich küssen.

»Wo wir gerade bei alten Schulfreunden sind«, sagt Rose. »Ich habe neulich Sophia getroffen, die Mutter von deinem Freund Henry. Und das war ein Glück, weil ich nämlich gerade erfahren hatte, dass das mit deinem Job im Krankenhaus nichts wird, und als ich ihr davon erzählte, meinte sie, du könntest doch bei Howling Books arbeiten.«

Rose spricht ziemlich schnell, sodass ich einen Moment brauche, bis ich begreife, was sie gesagt hat und was das bedeutet. Acht verkrampfte Stunden am Tag mit Henry zusammenarbeiten. Selbst wenn wir uns auf unterschiedliche Schichten verteilen, entkomme ich ihm nicht, weil er immer im Laden ist. Er schläft sogar da. Er wird die ganze Zeit auf dem Literatursofa liegen und über Amy reden.

»Nein«, sage ich.

»Wie, nein?«

»Nein danke. Sag Sophia, ich habe einen anderen Job gefunden.«

»Hast du denn einen anderen Job gefunden?«

»Natürlich nicht.«

»Dann nimmst du den. Du fängst morgen früh um zehn an.

Sophia sagt, sie sucht jemanden, der gut mit Leuten und mit Computern umgehen kann, und da bist du genau die Richtige.«

»Ich kann nicht mehr mit Leuten umgehen.«

»Stimmt, aber das habe ich ihr nicht erzählt. Ich habe ihr auch sonst nichts erzählt. Sie wissen das mit Cal nicht. Sie wissen auch nicht, dass du durch die Prüfung gefallen bist. Sie denken, du nimmst dir ein Jahr Auszeit vor der Uni. Sie brauchen jemanden, der den Bestand katalogisiert und dazu eine Datenbank erstellt. Das kannst du doch, oder?«

Ja, das kann ich. Aber ich will nicht.

Ich will ihr die demütigende Situation mit Henry nicht erklären, aber da mir nichts anderes übrig bleibt, erzähle ich ihr von meinen Gefühlen, von der letzten Nacht der Welt, von Amy, von meinem Liebesbrief und davon, dass Henry nie darauf reagiert hat. Jeder normale Mensch würde verstehen, warum ich den Job nicht annehmen kann.

»Du musst halt darüber hinwegkommen.«

Aber Rose ist kein normaler Mensch.

»Du willst dich verstecken. Du *willst* unglücklich sein, aber das kommt nicht in die Tüte. Du nimmst den Job bei Howling Books an. Du wirst keinen einzigen Tag damit zubringen, auf dem Bett zu liegen und die Decke anzustarren.« Sie parkt das Auto gegenüber dem Lagerhaus. Ich steige aus und knalle die Tür zu.

Mit jeder Einkaufstüte, die ich reintrage, wächst meine Entschlossenheit, nicht mit Henry zusammenzuarbeiten. »Es wird total unerträglich. Es wird erniedrigend.«

»So ist das Leben«, sagt Rose. »Und irgendwann musst du wieder daran teilnehmen.«

»Lieber putze ich Klos. Ich meine es ernst. Lass mich Klos putzen gehen.« Ich knalle die Dosen in die Schränke.

»Du magst ihn immer noch«, sagt Rose, die sie mir anreicht.

»Tue ich nicht. Ich mag niemanden.«

Manche Leute haben vielleicht jede Menge Sex, um besser über ihre Trauer hinwegzukommen, aber bei mir ging es in die entgegengesetzte Richtung. Ich habe mit Joel Schluss gemacht. Ich habe seit der Beerdigung niemanden mehr geküsst. Ich will niemanden küssen. Ich will auch nicht sehen, wie irgendwer irgendwen küsst. Und vor allem will ich nicht sehen, wie Henry Amy küsst.

»Es gibt eine Bedingung, wenn du hier wohnen willst«, sagt Rose in meine Gedanken hinein. »Du stehst jeden Morgen auf und gehst zur Arbeit. Wenn du das nicht tust, melde ich dich in der Schule an und du wiederholst die zwölfte Klasse. Du bist achtzehn, also kannst du selbst entscheiden. Entweder du bleibst hier und tust, was ich sage, oder du ziehst aus.«

Ich stelle die letzte Dose in den Schrank.

»Tut mir leid«, sagt Rose in die Stille hinein. »Es sollte nicht so harsch klingen. Wir machen uns nur alle verdammt große Sorgen um dich.«

Ich gehe ins Bad und schließe die Tür ab, weil das die einzige Tür ist, die man abschließen kann. Dann stehe ich da und schaue mich im Spiegel an. Ich erkenne mich und irgendwie auch wieder nicht. Ungefähr eine Woche nach der Beerdigung habe ich mir meine langen Haare abgeschnitten. Es war eine merkwürdige Nacht. Woran ich mich am meisten erinnere, ist der Himmel. So einen hatte ich noch nie vorher gesehen. Platt und ohne einen einzigen Stern, als wäre die Welt zu einer Schachtel mit Deckel drauf geworden. Ich konnte nicht schlafen. Ich saß auf dem Balkon und starrte lange hinauf. Ich wusste, da oben waren Planeten und Sterne und Galaxien, aber ich glaubte nicht mehr an sie.

Es gefällt mir, dass es eine klare Grenze gibt zwischen der Rachel, die ich vor Cals Tod war – das Mädchen mit langen blonden Haaren, das Naturwissenschaften liebte und das Kleider trug, weil es einfacher war, sich darunter den Badeanzug anzuziehen –, und der Rachel mit kurzen Haaren, die keinen Badeanzug mehr anzieht und der es egal ist, wie sie herumläuft.

»Ich will einfach nur, dass du wieder *du* bist.« Rose klopft mit den Fingernägeln an die Tür und sagt meinen Namen. »Erinnerst du dich noch an den Tag?«, fragt sie und ich weiß, welchen Tag sie meint, ohne dass sie Datum, Ort oder Zeit nennt. Sie fängt an ihn zu beschreiben, und ich will, dass sie aufhört, aber ich will auch keine große Sache daraus machen. Eigentlich ist gar nichts passiert und andererseits ganz viel.

In dem Sommer, bevor ich in die Zwölfte kam, war Rose zu Besuch gekommen. Sie war in Chile gewesen und tauchte am frühen Morgen bei uns auf, wie sie es meistens tat, stand einfach mit Kaffee, Croissants und Zeitung in der Küche. Es war sehr warm, obwohl es noch so früh war, und wir frühstückten draußen auf dem Balkon. Rose erzählte uns, dass sie auf Kap Hoorn gewesen war, der südlichsten Landspitze des chilenischen Feuerlandarchipels. Dahinter liegen die Südlichen Shetlandinseln, die zur Antarktis gehören, getrennt durch die Drakestraße. »Die Verbindung zwischen dem Atlantik und dem Pazifik«, sagte Cal, über sein Handy gebeugt. Er schob die Brille hoch und scrollte durch die Seiten. Während er uns daraus vorlas, legte Rose die Füße auf das Balkongeländer und sagte: »Eure erste Reise, egal wohin ihr fahrt, ob alleine oder zusammen – ich bezahle sie euch.«

Rose machte nie Versprechen, die sie nicht hielt. Cal und ich fingen an zu planen. Wir fuhren zusammen, so viel war klar. Ich würde warten, bis er mit der Schule fertig war. Das Schwierige war die Entscheidung, wo es hingehen sollte.

»Das Angebot steht noch«, sagt Rose jetzt. »Such dir einen Ort aus.«

Ich entscheide mich für die Vergangenheit.

Das Bad ist zu klein. Rose klopft immer wieder. Das fremde Mädchen starrt mich aus dem Spiegel an. Ich denke daran, wie gut es tun würde, wieder ins Auto zu steigen und zu fahren, sich zu konzentrieren und nicht zu denken.

Ich schließe die Badezimmertür auf und komme heraus.

»Können wir wenigstens darüber reden?«, fragt sie und ich sage, klar können wir reden.

»Aber morgen. Heute Abend gehe ich, glaube ich, doch zu Lolas Auftritt.«

Ich hole den Flyer hervor und Rose gibt mir ihren Zweitschlüssel für das Lagerhaus. Weil sie so besorgt aussieht, gebe ich ihr einen Kuss auf die Wange. »Entspann dich. Deine Botschaft ist angekommen. Ich bin wieder unter den Lebenden.«

»Ich bin nicht blöd. Wahrscheinlich fährst du den ganzen Abend durch die Gegend, um nicht reden zu müssen.«

Erst denke ich, jetzt geht es wieder von vorn los, doch sie überlegt kurz und lehnt sich dann an den Küchentresen. »Okay.« Sie nimmt sich einen Apfel. »Geh ruhig aus. Gute Idee.«

»Danke.« Ich bin schon halb an der Tür, als sie mir hinterherruft.

»Aber mach ein Foto von Lola auf der Bühne und schick es mir«, sagt sie und beißt in den Apfel. »Als Beweis, dass du wieder lebst.«

Gran fand Rose schon immer zu schlau. Und zu abenteuerlustig, zu direkt, zu unkonventionell und zu laut. Genau das mag ich an Rose. Außer, wenn es sich gegen mich richtet. Nun muss ich in den Club gehen, aber erst fahre ich ein bisschen herum, um das Unausweichliche noch eine Weile hinauszuschieben.

Alles sieht genauso aus wie früher: die Straßen, die Geschäfte, die Häuser. Ich komme an der Gracetown High vorbei, wo Mum unterrichtet hat und wo ich zur Schule gegangen bin. Cal war auf einer Privatschule auf der anderen Seite der Stadt, weil er Klavier gespielt hat und die dort einen guten musischen Zweig hatten.

Ich halte vor unserem früheren Haus in der Matthews Street, einem cremeweißen Bungalow im kalifornischen Stil. Die Leute, die jetzt da wohnen, haben unsere Stühle und Pflanzen vor dem Haus behalten, aber die Fahrräder, die an der Wand lehnen, sind andere und die Autos in der Einfahrt auch.

Die Rückseite des Hauses war verglast, als wir dort wohnten. Ich weiß noch, wie Cal und ich einen Abend im Wohnzimmer gesessen haben, als ein Gewitter aufzog. Cal und ich liebten Gewitter. Wir liebten es, wie die Luft sich auflud, wie sich die Spannung in den Wolken und an der Erdoberfläche steigerte und die Fronten aufeinander zusteuerten.

Cal interessierte sich für Naturwissenschaften und er war gut darin, aber er liebte sie nicht so wie ich. Er mochte sie wegen der vielen Möglichkeiten, aber was ihn wirklich faszinierte, waren Sachen wie Zeitreisen und alles Übernatürliche. Ich weiß noch, wie wir uns darüber gestritten haben, ob es Geister gibt. Cal glaubte daran, ich nicht. Mum erklärte uns, dass es sie aufgrund des Zweiten Hauptsatzes der Thermodynamik nicht geben konnte. »Der Mensch ist ein stark geordnetes System, und wenn diese Ordnung einmal endgültig zerfällt, baut sie sich nicht wieder auf.«

Cal glaubte trotzdem weiter daran. Ich stellte mich auf die Seite der Wissenschaft.

Doch nach der Beerdigung, als alle anderen die Kirche verlassen hatten, blieb ich da und wartete auf Cals Geist. Ich glaubte immer noch nicht an Geister, aber ich hatte die verrückte Idee, dass es sie vielleicht doch gab, weil *er* daran geglaubt hatte. Ich stellte mir vor, wie er sagte: »Siehst du, Rach, hier bin ich«, und den Arm hochhielt, um mir zu zeigen, wie das Sonnenlicht hindurchschien. Doch Geister sind nichts weiter als Staub und Einbildung und irgendwann sagte mir der Mann vom Beerdigungsinstitut, ich müsse jetzt gehen, weil gleich noch eine Beerdigung stattfinden würde.

Ich denke an Roses Ultimatum. Hierbleiben oder zurück nach Hause. Cal ist überall, aber hier in der Stadt denke ich wenigstens nicht an die Wellen, die ihn mir genommen haben.

Die Träume von den silbernen Fischen machen mich traurig, aber das sind nicht die schlimmsten. Die schlimmsten sind die, wo ich mit dem Wasser kämpfe, seinen Namen schreie, ihn auf den Sand schleife und verzweifelt versuche ihn zu beatmen.

Ich suche die Adresse vom Laundry und starte den Motor.

Stolz und Vorurteil und Zombies

von Jane Austen und Seth Grahame-Smith

Briefe zwischen Seite 44 und 45

8.–16. Dezember 2012

Okay, Pytheas, ich schreibe zurück, aber nur weil du mir leidtust. Was für ein Typ mag schon Freaks?

Ich erzähle dir etwas über mich, aber zuerst habe ich ein paar Fragen. Wer ist Pytheas? Haben wir schon mal miteinander gesprochen? Warum sehe ich nie, wie du die Briefe in das Buch legst? Ich beobachte das Regal sehr genau.

George

Liebe George,

bist du immer so misstrauisch? Mich stört das nicht, aber ich frage mich, ob du überhaupt jemandem vertraust. In der Schule bist du immer allein. Ich habe dich mal in der Cafeteria gefragt, ob ich mich zu dir setzen darf. Du hast mich angesehen, »ja, klar« gesagt, und dann bist du aufgestanden und gegangen. Nicht besonders nett.

Pytheas — ich bin froh, dass du danach fragst. Er lebte um 300 v. Chr. und war der Erste (zumindest nach dem derzeitigen Wissensstand), der über die Mitternachtssonne geschrieben hat. Er war der erste bekannte wissenschaftliche Besucher der Arktis und der Erste, der herausgefunden hat, dass die Gezeiten durch den Mond entstehen.

Du siehst deshalb nie, wie ich die Briefe in das Buch lege, weil ich unglaublich geschickt bin. ☺

Pytheas

PS: Ich habe gesehen, dass du auf der Karte die Vereinigten Staaten markiert hast — da will ich auch gerne hin. Meine Schwester und ich möchten irgendwann mal an der kalifornischen Küste tauchen.

———————————————————

Also gut, Pytheas, ein paar Sachen über mich:
Ich mag Buchläden. Ich lese viel. Ein paar von meinen Lieblingsautoren sind Hugh Howey, Kurt Vonnegut, Ursula K. Le Guin, Margaret Atwood, John Green, Tolstoi (habe gerade Anna Karenina gelesen), J. K. Rowling, Philip Pullman, Melina Marchetta, Charlotte Brontë und Donna Tartt. In letzter Zeit lese ich vor allem Verwurstungen von Klassikern (wie du ja schon gemerkt hast — Sinn und Sinnlichkeit und Seeungeheuer und dergleichen).
Ich mag chinesische Teigtaschen. Mein Geburtstag ist genau am Winteranfang und ich mag es, wenn mir kalt ist (außer an den Füßen). Was Musik angeht, mag ich The Finches, Jane's Addiction, Amber Coffman und Wish.
Das mit der Cafeteria tut mir leid. Ich erinnere mich nicht daran. Aber wenn ich gewusst hätte, dass du es bist, wäre ich dageblieben.

George

———————————————————

Liebe George,

*danke. Ich nehme deine Entschuldigung an. Falls ich je den Mut auf-
bringe, noch mal auf dich zuzugehen, rechne ich mit einem freundliche-
ren Empfang.*

*Ich verstehe dich sogar. Ich habe auch die Schule gewechselt — aber ich
habe jetzt einen guten Freund gefunden, das macht es erträglich. Ich
glaube, du würdest ihn mögen, und ich weiß, dass er dich mag. Du bist in
seinem Englischkurs und er findet dich interessant. Ihm hat dein Referat
über* Liar *gefallen.*

*Die Bands, von denen du geschrieben hast, kenne ich nicht, aber ich habe
mir mal ein paar Songs von ihnen runtergeladen. Die von Wish gefallen
mir. Sie klingen irgendwie traumartig. Hast du schon mal was von The
Dandy Warhols gehört? Ich glaube, die könnten dir gefallen.*

*Ich lese viele Romane, und ich mag Comics, aber am liebsten lese ich
Sachbücher. Wie ich schon sagte, interessiert mich alles, was mit Zeit-
theorien zu tun hat. Ich habe viel über das wachsende Blockuniversum
gelesen. Ich verstehe die Theorie zwar nicht ganz, aber es macht mir Spaß,
es wenigstens zu versuchen.*

Pytheas

*PS: Ich mag Freaks, aber ich glaube nicht, dass du einer bist. Oder falls
doch, dann auf eine gute Weise. Ich finde dich klasse. (Jetzt werde ich dir
nie verraten, wer ich bin.) Ich mag den blauen Streifen in deinem Haar
und ich mag es, wie du im Unterricht antwortest, ohne dich darum zu
scheren, was die anderen sagen. Ich mag es, dass du immer interessante
Sachen liest und dass du in einer Buchhandlung arbeitest.*

PPS: Ich habe ein Buch für dich in die Briefbibliothek gestellt. Es ist eins von meinen, du kannst es also behalten — WasserFarben von Mark Laita. Das ist eins von meinen absoluten Lieblingsbüchern. Ich habe ein Lesezeichen beim Nordpazifischen Riesenkraken reingelegt. Der kann sein Aussehen so verändern, dass er wie eine kunstvoll gemusterte Koralle aussieht. Er wird nur etwa vier Jahre alt, aber damit lebt er immer noch länger als die meisten anderen Arten.

Lieber Pytheas,

ich habe mal ein bisschen über die Zeittheorie gelesen, von der du schreibst. Wenn ich die Theorie vom wachsenden Blockuniversum glaube, dann muss ich auch glauben, dass die Vergangenheit existiert. Während ich also hier in der Gegenwart bin, bin ich gleichzeitig in der Vergangenheit? Das ergibt NULL Sinn, Pytheas. Und wenn die Vergangenheit genauso existiert wie ein Ort, warum kann ich dann nicht dorthin fahren?

Danke für das Buch. Es ist wirklich schön. Sind die Fotos bearbeitet? Die Fische sind so unglaublich bunt. Ich habe mir die Bilder im Dunkeln angesehen, nur mit einer kleinen Taschenlampe. Ich komme mir vor, als wäre ich unter Wasser. Hast du das auch gemacht?

Der Riesenkrake ist schon beeindruckend, aber mein Lieblingsfoto ist das von der Qualle. Ich gehe manchmal ins Aquarium, um mir die Quallen da anzuschauen. Sie sehen aus wie schwimmende Geister.

Danke auch für die ganzen Komplimente — ich würde mich gerne revanchieren, aber das geht ja leider nicht. In letzter Zeit kann ich mich in der Schule kaum noch konzentrieren, weil ich dauernd überlege, wer du bist. Du scheinst keiner von den beliebten Jungs zu sein (das meine ich absolut positiv).

Hast du vor, mir irgendwann zu verraten, wer du bist? Oder schreiben wir uns ewig so weiter?

George

Liebe George,

ich dachte mir schon, dass es seltsam für dich wird, wenn wir auf der gleichen Schule sind und du nicht weißt, wer ich bin. Aber ich kann es dir einfach nicht sagen. Ich habe Angst, dass dann alles anders wird, und ich möchte nicht mit dem Schreiben aufhören.

Mir gefällt die Qualle auch. Wusstest du, dass sie schon seit über fünfhundert Millionen Jahren im Meer sind? In der Republik Palau gibt es einen See namens Jellyfish Lake, der voll davon ist. Meine Schwester will auch in Palau tauchen – aber nicht in dem See. ☺

Das mit dem wachsenden Blockuniversum stellt unsere Vorstellung von Zeit auf den Kopf, oder? Stell es dir mal so vor: Das Universum wächst, und während es wächst, werden immer neue Scheiben Raumzeit hinzugefügt. Mit jeder Scheibe bewegst du dich vorwärts. Aber eine Reise in die Vergangenheit ist nicht möglich. Die Raumzeit bewegt sich nur in eine Richtung – vorwärts.

Pytheas

ein beobachtetes Handy klingelt nie

HENRY

Unsere Öffnungszeiten bei Howling Books sind flexibel. Wir machen um zehn Uhr morgens auf und haben mindestens bis fünf Uhr nachmittags geöffnet, manchmal auch länger. Und bei einem nächtlichen Buchnotfall machen wir eigentlich immer auf.

Aber am Freitagabend haben wir geschlossen, denn da ist unser Familienessen im Shanghai Dumplings. Als ich an diesem Freitagabend gerade die Rollregale von der Straße reinhole, um pünktlich Feierabend zu machen, taucht Lola auf und sagt, sie hätte Rachel gesehen.

Ich brauche sie nicht zu fragen, welche Rachel sie meint. Es gibt nur eine Rachel. *Die* Rachel. Rachel Sweetie. Meine beste Freundin, die vor drei Jahren weggezogen ist und mich vergessen hat.

Nachdem sie fort war, habe ich ihr Briefe geschrieben – *lange* Briefe – und ihr alle Neuigkeiten aus dem Laden erzählt. Ich habe über George und Mum und Dad und Lola und Amy geschrieben. Sie hat mir Ein-Satz-Briefe zurückgeschrieben, dann wurden daraus Ein-Satz-Mails, dann hat sie nur noch Rundmails geschickt und irgendwann kam gar nichts mehr.

»Sie ignoriert mich«, habe ich jedes Mal zu Lola gesagt, wenn Rachel ihr eine lange Mail geschickt hatte. »Hat sie dir gesagt, warum?«, habe ich immer wieder gefragt und sie hat den Kopf geschüttelt. Lola ist eine schlechte Lügnerin. Ganz klar hatte Rachel ihr gesagt, warum, aber da Lola zu loyal war, um es mir zu verraten, musste ich weiter rätseln.

»Ihre Haare sind jetzt ganz kurz und hellblond«, sagt Lola und sofort versuche ich mir Rachel vorzustellen, obwohl ich das gar nicht will. Ich will mich nicht fragen, wie sie aussieht oder was sie macht. »Ich weiß immer noch nicht, warum wir nicht mehr befreundet sind, aber so ist es nun mal, und deshalb habe ich keine Lust, über sie zu reden.«

Lola dreht sich mit dem Rücken zum Tresen und setzt sich darauf, direkt neben die Schale mit Pfefferminzbonbons. Sie nimmt sich eins und sagt: »Sie ist wieder da und ich will, dass wir was zusammen unternehmen, also komm drüber weg.«

»Ich bin drüber weg. Absolut. Ich bin drüber weg, dass sie dir geschrieben hat und nicht mir. Ich bin voll und ganz drüber weg, dass sie nicht drangegangen ist, wenn ich angerufen habe. Und ich bin so was von drüber weg, dass sie die Stadt verlassen hat, ohne sich von mir zu verabschieden.«

»In der Version, die ich gehört habe, hast du ihr eine SMS geschrieben, dass du verschlafen hast.«

»Ist das der Grund, warum sie mir nicht geschrieben hat? Ich verschlafe doch andauernd. Ich habe fast an jedem Tag meines Lebens verschlafen und das weiß Rachel. Sie hätte auf dem Weg aus der Stadt am Laden vorbeifahren können, mich wecken und Tschüss sagen.«

»Klar, du bist drüber weg«, sagt Lola.

»Weißt du, was sie stattdessen gemacht hat? Sie hat mir eine SMS zurückgeschickt, dass sie meine Ausgabe von *American Gods* auf die Treppe vor ihrem Haus gelegt hat. An dem Tag hat es geregnet. Das Buch war komplett ruiniert.«

»Wie gut, dass du in einer Buchhandlung arbeitest und fünf weitere Ausgaben im Regal und noch zwei in deiner persönlichen Sammlung hast.«

»Darum geht's nicht«, sage ich.

Sie gibt mir einen Flyer. »Heute Abend spielen die Hollows im Laundry. Was praktischerweise gleich hier um die Ecke ist.«

Lola und Hiroko spielen seit der Elften offiziell unter dem Namen The Hollows. Inoffiziell haben sie schon seit der Achten davon geträumt. Sie sind ein bisschen wie eine Mischung aus Arcade Fire, The Go-Betweens und Caribou, und sie sind gut.

Sie spielen freitagsabends im Laundry, wenn es dort Livemusik gibt. Der Besitzer ist ein Freund von Lolas Dad und Lola hat einen Deal mit ihm gemacht: Die Hollows spielen als Vorgruppe zu der eigentlichen Band und bekommen einen Anteil von dem Eintritt, der bis zehn Uhr eingenommen wird.

Sie rutscht vom Tresen. »Damit du Bescheid weißt: Ich habe auch Rachel eingeladen. Du solltest kommen und dich mit ihr versöhnen.«

Ich sage ihr, dass ich es mir überlege, aber ich bin mir ziemlich sicher, dass eine Versöhnung nicht möglich ist. Du kannst dich nicht mit jemandem versöhnen, der dich vergisst. Dann hast du nämlich für den Rest deines Lebens Angst, dass dieser Jemand dich wieder vergisst. Du weißt, dass der andere supergut ohne dich klarkommen würde, aber du nicht ohne ihn.

Nachdem Lola gegangen ist, schließe ich ab und mache mich auf den Weg zum Shanghai Dumplings. Unterwegs lenke ich mich von meinen Gedanken an Rachel ab, indem ich an Amy denke. Ich habe mein Handy den ganzen Tag auf stumm gelassen und absichtlich nicht nachgesehen, denn ein beobachtetes Handy klingelt nie, das ist eine allgemein anerkannte Wahrheit. Erst recht nicht, wenn du auf eine SMS von deiner Exfreundin wartest.

Da ist ein verpasster Anruf von ihr, aber keine Nachricht.

Während ich darüber nachdenke, ob ich sie zurückrufen soll oder nicht, rempele ich Greg Smith an. Ich sehe nach unten und er steht mir im Weg, sodass meine Schulter gegen seine stößt. Ich gehe weiter, ohne ihn zu beachten. Greg war auf der Schule in meiner Klasse und jedes Mal, wenn ich ihn sehe, stelle ich das Universum infrage. Er ist ein totaler Vollidiot, aber hat übernatürlich weiße Zähne und tolle Haare. Warum werden immer die Idioten belohnt? Wenn man nicht wollte, dass die Idioten gewinnen, würde man doch mal dafür sorgen, dass sie nicht so gut aussehen.

»Ich hab gehört, Amy hat dich sitzen lassen«, ruft er mir nach. Ich finde, es lohnt sich nicht, sich über Greg aufzuregen.

Aber jedes Mal, wenn ich ihn sehe, rege ich mich trotzdem auf. Ich rege mich auf, wenn er mich »schräg« nennt. Ich rege mich auf, wenn er Lola eine Lesbe nennt, als wenn daran irgendwas Schlimmes wäre. Ich rege mich auf, wenn er sagt, alle Gedichte sind scheiße. Ich gebe ja durchaus zu, dass manche Gedichte scheiße sind. Wenn Greg Gedichte schreiben würde, wären sie scheiße. Aber Pablo Neruda, T. S. Eliot, William Blake, Luis Borges, Emily Dickinson – um nur ein paar zu nennen – sind das absolute Gegenteil von scheiße.

»Sie hat mich nicht sitzen lassen. Wir sind noch zusammen. Am 12. März starten wir unsere Weltreise«, entgegne ich und gehe weiter, bevor er noch etwas sagen kann. Früher oder später kriegt er sowieso raus, dass ich gelogen habe, aber dann stehe ich nicht gerade vor ihm. Einer der Vorzüge, wenn man die Schule hinter sich hat, ist, dass man endlich die Deppen nicht mehr sehen muss.

Meine schlechte Laune bessert sich, als ich beim Restaurant ankomme. Wir bestellen immer Schweinefleischtaschen, Wan Tans mit Chilisoße, frittierte Tintenfischringe, Garnelen mit Gemüse und Frühlingsrollen.

Trotz der Trennung haben wir die Tradition beibehalten. Mum ist zwar aus dem Buchladen ausgezogen, aber sie kommt immer noch ins Shanghai Dumplings und zumindest für eine Stunde oder so sind wir wieder eine Familie.

Mai Li steht wie immer am Empfang. Ihrer Familie gehört das Restaurant. Ich kenne sie aus der Schule. Sie studiert jetzt

Journalismus, aber ihre große Liebe ist Performance-Dichtung, die sie in ihr Handy tippt, während sie spazieren geht. Ich weiß nie, ob sie tatsächlich wie eine Performance-Dichterin spricht oder ob es mir nur so vorkommt.

»Wie sein Leben, Henry?«, fragt sie und ich antworte: »Leben sein scheiße, Mai Li.«

»Scheiße warum?«

»Scheiße, weil Amy mich sitzen gelassen hat.«

Sie hört auf den Gästen Speisekarten in die Hand zu drücken und gibt der Neuigkeit die Beachtung, die sie verdient. »Leben sein mieser Verräter«, sagt sie und gibt mir eine Speisekarte. »Ich glaube, sie streiten sich.«

»Wirklich?«

»Keiner isst was. Und eben haben sie sich angeschrien«, sagt sie und ich steuere auf die Treppe zu.

Mum und Dad schreien sich nicht an. Sie gehören zu der Sorte von Leuten, die Literatur zitieren und versuchen über ihre Probleme zu reden. Selbst als Mum gegangen ist, haben sie sich nicht angeschrien. Das Schweigen in der Buchhandlung war so laut, dass George und ich nach nebenan zu Frank gegangen sind, um ihm zu entkommen. Aber ich bin ziemlich sicher, dass sie sich, auch wenn sie allein waren, leise gestritten haben.

Als ich beim Tisch ankomme, sehe ich, dass Mai Li recht hat – sie streiten sich wirklich.

Normalerweise reden wir bei unseren Freitagabenden hier nonstop über Bücher und die Welt. Letzte Woche war George zuerst dran. Sie hatte *1984* von George Orwell und *The One*

Safe Place von Tania Unsworth gelesen und *Die Straße* von Cormac MacCarthy angefangen.

Die erste Regel unseres Familien-Lesekreises lautet: Fasse dich kurz bei der Inhaltsangabe. Du kriegst höchstens fünfundzwanzig Worte dafür, aber du kannst dich endlos darüber auslassen, wie du es fandest. »Orwell: eine Welt, die vom Staat kontrolliert wird. Unsworth: spielt in einer Welt nach der globalen Erwärmung. McCarthy: Vater und Sohn überleben die Postapokalypse.«

Ich habe sie gefragt, was sie an diesen schrecklichen Welten so fasziniert, und sie hat eine Weile darüber nachgedacht. Was ich an George wirklich mag, ist, dass sie Ideen und Bücher und die Gespräche darüber ernst nimmt. »Es sind eher die Figuren als die Welt. Wie die Leute sich verhalten, wenn sie alles verloren haben oder wenn es gefährlich ist, selbst zu denken.«

Dann wandte sich das Gespräch mir zu und dem, was ich gelesen hatte. *Hier könnte das Ende der Welt sein* von John Corey Whaley. Ich hatte das Buch mitgebracht und gab es herum. Weil ich nicht zu viel verraten wollte, sagte ich nur, dass es um Cullen Witter geht, einen Jungen, dessen Bruder verschwindet. Das Buch fängt damit an, dass der Erzähler die ersten Leichen beschreibt, die er je gesehen hat, und dann konnte ich nicht mehr aufhören zu lesen.

Mum sprach über Jennifer Egans *Der größere Teil der Welt* und sie sah traurig aus, als sie George und mir erklärte, es ginge im Wesentlichen darum, wie übel die Zeit uns mitspielt. Dad hatte das Buch auch gelesen und er sah auch traurig aus, und mir kam der Gedanke, dass es vielleicht eher die Liebe ist, die uns übel mitspielt. »Vielleicht«, meinte Dad, als ich ihn später darauf ansprach. »Aber ich hoffe doch sehr, dass die Liebe ein wenig nachsichtiger ist als die Zeit.«

Aber heute Abend ist alles völlig anders. Niemand redet über Bücher. Dad rammt seine Gabel in eine Garnelentasche. »Wir müssen mit euch reden«, sagt Mum und genauso hat sie das mit der Scheidung eingeleitet. »Wir müssen mit euch reden« bedeutet nie etwas Gutes.

»Eure Mutter findet, es ist Zeit, den Laden zu verkaufen«, sagt Dad und es ist offensichtlich, dass er das nicht will.

»Wir haben mehrere ernst gemeinte Angebote«, sagt Mum. »Und zwar über beachtliche Summen.«

»Brauchen wir beachtliche Summen?«, fragt Dad.

»Gebrauchte Bücher sind nicht gerade ein sehr einträgliches Geschäft«, sagt Mum. »Wie viel habt ihr heute eingenommen, Henry?«

Ich schiebe mir eine ganze Teigtasche in den Mund, um nicht antworten zu müssen.

Es stimmt, der Verkauf von gebrauchten Büchern bringt nicht viel ein, und Mum ist offenbar überzeugt, dass sich das auch nicht mehr ändert. Wie Amy immer sagt: *Wach auf und stell dich dem Internet, Henry.* Aber müssen wir deswegen verkaufen? Ich weiß es nicht. »Beachtlich« und »Summen« sind zwei Wörter mit ziemlicher Schlagkraft.

In unserer Familie hat jeder eine Stimme, deshalb können Mum und Dad diese Entscheidung nicht ohne uns treffen. George starrt so konzentriert auf ihren Teller, als ob sie hofft, sie könnte ihn in ein Portal verwandeln und darin verschwin-

86

den. Ich schätze, sie hat sich noch nicht entschieden. Sie spielt jeden Abend mit Dad Scrabble und sie liebt es, mit Ray Bradbury auf dem Schoß im Schaufenster zu sitzen und zu lesen. Aber sie vermisst Mum so sehr, dass sie in ihrem Zimmer hockt und weint, wenn sie denkt, ich höre es nicht. Sie wird genauso stimmen wie ich, weil sie sich nicht auf eine Seite stellen will. Damit ist meine Stimme die entscheidende.

»Willst du im Laden arbeiten, bis er eingeht, Henry?«, fragt Mum und Dad sagt, er findet die Frage unfair, worauf sie sagt, er könne ja ein Gegenargument vorbringen, worauf er wiederum sagt: »Wenn wir alle die Dinge, die wir lieben, aufgeben würden, sobald es schwierig wird, wäre es eine schreckliche Welt.« Hier geht es um mehr als Bücher, deshalb wird George sich meiner Stimme anschließen.

Wenn ich in die Zukunft schaue – sagen wir, zwanzig Jahre –, ist mir klar, dass der Laden dann wahrscheinlich nicht mehr läuft. Ich sehe mich, wie ich hinter dem Tresen sitze und Dickens lese, genau wie Dad, und mich mit Frieda unterhalte, und die Sonne, die zum Fenster hereinscheint, fällt auf Universen aus Staub und die Relikte einer vergangenen Zeit: gebrauchte Bücher. Ich sehe mich, wie ich abends woanders arbeiten gehe, um die Rechnungen zu bezahlen, wie Dad es im Lauf der Jahre schon öfter machen musste. Und schließlich sehe ich eine Welt ohne Bücher und auf jeden Fall ohne Secondhandbuchläden. Dann fällt mir plötzlich ein, was Amy zu mir gesagt hat, als sie mir Geld geliehen hat, um die Reiseversicherung zu bezahlen. »Wenn du ein Leben haben willst, Henry, dann musst du dir einen richtigen Job suchen.«

»Wie schlimm ist es wirklich?«, frage ich Mum. Sie macht die Buchhaltung. Sie ist die praktisch Veranlagte, die an die Zukunft denkt.

»Es sieht schlecht aus, Henry. In manchen Monaten reicht es kaum, um die Kosten zu decken. Ich möchte nächstes Jahr die Studiengebühren für George bezahlen können. Ich möchte mich eines Tages zur Ruhe setzen. Ich möchte, dass ihr beide, du und George, eine Zukunft habt.«

Und auf einmal ist mir klar, warum Amy mit mir Schluss gemacht hat. Ich werde eines Tages arbeitslos sein. Sie wird eines Tages Anwältin sein. Mein derzeitiger Plan ist, mit meinem Dad und meiner Schwester im Laden wohnen zu bleiben. Ihr Plan ist, sich eine eigene Wohnung zu kaufen. Das kann nicht der einzige Grund sein, warum sie mit mir Schluss gemacht hat, aber es hat bestimmt etwas damit zu tun. Ich habe fast nie genug Geld, um mit ihr auszugehen.

Ich liebe gebrauchte Bücher. Ich liebe Bücher. Aber wenn es so schlimm ist, wie Mum sagt, dann ist es das Beste für uns alle, wenn wir verkaufen. »Wenn wirklich ein richtig dickes Angebot auf dem Tisch liegt, sollten wir vielleicht darüber nachdenken«, sage ich, ohne Dad anzusehen.

»Vielleicht sollten wir einfach mal mit dem Makler sprechen«, sagt Mum und nimmt unser Schweigen als Zustimmung.

George verschwindet zur Toilette, hauptsächlich um der Diskussion aus dem Weg zu gehen. Während sie weg ist, erklärt Mum mir, dass sie ein paar Leute angeheuert hat, um die Bücher zu katalogisieren, damit wir wissen, was wir am Lager haben. »Eine davon kennst du sogar – Rachel.«

Ich brauche sie nicht zu fragen, welche Rachel. Wie gesagt, es gibt nur eine Rachel.

»Letzte Woche habe ich ihre Tante im Supermarkt getroffen«, sagt Mum. »Sie hat mir erzählt, dass Rachel wieder in die Stadt zieht, aber dass aus dem Job im Krankenhauscafé, den sie für Rachel organisiert hatte, nichts wird. Rachel kennt sich mit Computern aus, deshalb habe ich Rose gesagt, sie kann bei uns arbeiten.«

Während ich Mum zuhöre, überlege ich, was passieren müsste, damit Rachel sich bereit erklärt zusammen mit mir bei Howling Books zu arbeiten. Vielleicht hat sie sich am Kopf verletzt und erinnert sich an nichts.

»Ich dachte, du würdest dich freuen«, sagt Mum. »Ihr seid doch gute Freunde.«

»Das war, bevor sie weggezogen ist«, sage ich. »Wir haben seit Jahren nicht mehr miteinander geredet.«

»Soll ich ihr absagen?«, fragt Mum. »Ich glaube, das kann ich nicht machen.«

Es wäre gelogen, wenn ich behaupten würde, dass ich Rachel nicht wiedersehen will. Dass ich sie nicht vermisst habe. Und wenn sie den Job angenommen hat, geht es ihr ja vielleicht genauso. »Nein, schon gut«, sage ich zu Mum. George kommt zurück und sagt, sie hat keinen Hunger mehr und will nach Hause.

Mum geht mit ihr, sodass nur noch Dad und ich übrig sind. Wir sitzen am Tisch, vor uns viel zu viele Teigtaschen und ein Haufen Schweigen. »Du bist enttäuscht«, sage ich. »Ich habe noch nicht offiziell abgestimmt.«

»Wir haben alle eine Stimme. Wir sind alle Teil der Entscheidung. Schau nicht so bekümmert.« Er legt die Hand auf meine Schulter. »Ich bin enttäuscht, aber nicht deinetwegen.«

»Ich habe in einem Artikel gelesen, dass gebrauchte Bücher eines Tages Relikte sein werden«, sage ich, immer noch in dem Versuch, mich für den Verlauf des Abends zu entschuldigen.

»Hast du eigentlich mal darüber nachgedacht, dass die Wörter *Relikt* und *Reliquie* verwandt sind?«, fragt er und hält mir die Schüssel mit den Krabbenchips hin.

Ich nehme mir einen und schüttele den Kopf.

»Relikte sind eigentlich wie Reliquien«, sagt er und bricht seinen Chip in der Mitte durch. »Nämlich heilig.«

Der Große Gatsby

von F. Scott Fitzgerald

Brief zwischen Seite 8 und 9

Undatiert

An meine Liebste

Wenn ich wüsste, wo du bist, würde ich dir diesen Brief schicken. Aber da ich es nicht weiß, muss ich ihn hier hinterlegen. Ich weiß, wie sehr du F. Scott liebst. Mehr als mich, fürchte ich. Ich habe die Regale von oben bis unten durchsucht und ich vermute, du hast unsere Ausgabe mitgenommen. Wir haben sie zusammen gekauft. Weißt du das nicht mehr? Also hattest du eigentlich kein Recht, sie mitzunehmen.
Dein Brief ist angekommen. Er war immer noch besser als eine SMS, aber du irrst dich. Es war nicht die bessere Art, Schluss zu machen. Wenn du es mir ins Gesicht gesagt hättest, hätte es genauso wehgetan, aber es hätte mich nicht so verletzt.
Wohin bist du gegangen, meine Liebste? Ich finde, nach mehr als zehn gemeinsamen Jahren steht es mir zu, das zu wissen. Schreib mir eine Zeile, damit ich weiß, wo du bist. Damit ich mich nicht den Rest meines Lebens, jedes Mal, wenn ich an dich denke, fragen muss, wie der Hintergrund zu deinem Gesicht aussieht.

John

beschissene Tage werden meist noch beschissener

HENRY

Ich gehe vom Restaurant zum Laundry und denke über Rachel und die Buchhandlung nach, darüber, ob wir verkaufen sollen oder nicht, und darüber, was ich tun soll, wenn ich sie sehe.

Das Problem mit dem Laden ist, dass es vernünftig wäre, ihn zu verkaufen. Mums Argumente sind gut und sie war schon immer die Praktische in unserer Familie.

Das Problem mit Rachel ist, dass ich nicht weiß, was ich sagen soll, wenn ich sie sehe. Ich weiß nicht, ob ich wieder mit ihr befreundet sein kann, wenn sie nicht sagt, dass sie mich vermisst hat, oder mir eine gute Erklärung dafür gibt, warum sie nicht geschrieben hat. Ich habe ja nicht viel Stolz, aber ein bisschen schon.

Während ich noch darüber nachgrübele, laufe ich buchstäblich in sie hinein. Wir stoßen auf der Straße zusammen und ich stammele schon eine Entschuldigung, bevor ich merke, dass sie es ist.

Als Erstes denke ich: Gott sei Dank, sie ist wieder da. Und als Zweites: Sie sieht großartig aus. Sie hat natürlich schon immer gut ausgesehen, aber jetzt sieht sie noch viel besser aus, als ich gedacht hätte. Irgendwas an ihr ist anders und meine Augen wandern immer wieder hin und her und suchen nach den Veränderungen – ihre Haare sind kurz und ganz hell, sie trägt ein altes schwarzes T-Shirt und schwarze Jeans und sie ist größer, oder vielleicht ist sie auch nur dünner, oder vielleicht auch beides.

»Hi«, sage ich.

»Hi«, sagt sie und schaut dann weg, als würde sie mich nicht erkennen.

»*Henry*«, sage ich. »Henry Jones. Sieben Jahre lang dein bester Freund. Klingelt da was?«

»Ich weiß«, sagt sie und sieht mich immer noch nicht richtig an.

Sie holt einen Flyer aus ihrer Tasche und faltet ihn auseinander. »Ich bin wegen Lola hier«, sagt sie und irgendwie habe ich das Gefühl, das Ende des Satzes lautet: »Nicht wegen dir.«

»Ich auch«, sage ich. »Jepp. Ich bin wegen Lola hier. Die übrigens jetzt meine beste Freundin ist, weil meine andere beste Freundin weggezogen ist und mich vergessen hat.« Ich kicke gegen den Pflasterstein. »Wie lange dauert es, einen Brief zu schreiben?«

»Ich habe dir geschrieben«, sagt sie.

»Ja, danke für dieses mehr oder weniger inhaltsfreie Blabla.«

»Gern geschehen.« Sie deutet über meine Schulter auf die Schlange. »Es geht weiter.«

Wir zahlen unseren Eintritt, kriegen einen Stempel aufs Handgelenk und gehen rein. Der Club ist in einem ehemaligen Waschsalon; die Maschinen sind rund um die Bar aufgereiht und in einigen Ecken riecht es immer noch nach Waschmittel und halb trockenen Laken. Ich laufe Rachel nicht hinterher, aber weil es so eng ist, muss ich hinter ihr hergehen, um zur Bar zu kommen. Trotzdem sieht sie mich über ihre Schulter hinweg an, als wäre ich ein Stalker.

Ich kapiere es nicht. Ich habe sie vermisst. Selbst jetzt, wo sie sich so komisch verhält, vermisse ich sie. »Wie kann es sein, dass du mich nicht vermisst hast? Wie ist das möglich?«

Einen Moment lang denke ich, sie gibt es zu. Sie lächelt fast. Doch dann sagt sie: »Keine Ahnung.«

»Du warst kurz davor, es zuzugeben. Du warst kurz davor zu sagen: Ich habe dich so sehr vermisst, dass ich jede Nacht geweint habe. Ich habe jeden Tag dein Foto geküsst.«

»Ich habe kein Foto von dir mitgenommen«, sagt sie und zeigt auf einen freien Tisch. »Sorry, da drüben sind ein paar Freunde von mir.«

Ich sehe zu, wie sie sich allein an den Tisch setzt, statt mit mir zu reden. Da kommt Lola auf mich zu. »Hast du sie gesehen?«, fragt sie.

»Ja. Und sie war richtig ruppig. Überhaupt nicht so wie früher.«

»Sie war schon immer ziemlich ruppig.«

»Nein, war sie nicht. Sie war witzig und klug und loyal. Klar, ein bisschen überorganisiert, mit all den Notizen, die sie sich im Unterricht gemacht hat, und den alphabetisch geordneten Schulbüchern in ihrem Schrank, aber jeder hat eine Macke und ihre hat mir im Lauf der Jahre oft geholfen. Ich habe immer noch die Notizen, die sie damals für mich gemacht hat, als ich krank war. Alles ordentlich beschriftet –«

»Von wem redest du?«, unterbricht Lola mich.

Ich deute auf den Tisch, an dem jetzt niemand mehr sitzt. Ich frage mich, ob ich sie mir nur eingebildet habe. »Rachel.«

»Ich meine Amy«, sagt sie und mir fällt auf, dass sie besorgt aussieht. »Hast du es noch nicht gehört?«

»Was?«

»Die schlechte Nachricht«, sagt sie. »Die richtig, richtig schlechte Nachricht. Die denkbar allerschlechteste Nachricht.«

Jetzt bin ich beunruhigt. Lola neigt nicht zu Übertreibungen. Im Gegenteil, sie neigt eher zu Untertreibungen. »Bitte mach es kurz und möglichst schmerzlos.«

Sie schließt die Augen und sagt: »AmyistmitGregSmithzusammen.«

Weil sie alles so eng zusammenquetscht, brauche ich einen Moment, um die Wörter auseinanderzupflücken. »Amy ist mit Greg Smith zusammen?«, wiederhole ich, als ich es begriffen habe. »Und mit *zusammen* meinst du ...?«

»Händchen halten und knutschen. Sie sind da drüben auf der anderen Seite der Bar.«

Das kann nicht sein. Greg Smith ist einer von der Sorte, der es witzig findet, einem anderen Jungen beim Schwimmen Handtuch und Klamotten zu klauen und dann ein Foto von ihm auf Facebook zu posten, wie er nackt dasteht und einen

96

Lehrer um Sachen bittet. Greg Smith ist ein Idiot gigantischen Ausmaßes. Amy kann ihn unmöglich mögen.

»Wie fühlst du dich?«, fragt Lola.

»So, als hätte mir gerade jemand bei lebendigem Leib sämtliche Organe herausgenommen.«

»Gut zu wissen, dass du nicht überreagierst. Ich muss jetzt spielen. Betrink dich nicht. Du benimmst dich wie ein Idiot, wenn du betrunken bist.«

Das stimmt. Ich benehme mich wie ein Idiot, wenn ich betrunken bin. Aber wenn es je eine passende Gelegenheit gegeben hat, sich wie ein Idiot zu benehmen, dann ist es diese.

Laut George ist auch das eine allgemein anerkannte Wahrheit: Beschissene Tage werden meist noch beschissener. Aus beschissenen Nächten werden beschissene Morgen und daraus beschissene Nachmittage und daraus wiederum beschissene, sternenlose Nächte. Beschissenheit, sagt meine Schwester, hat eine Ausdauer, die das Glück einfach nicht aufbringt. Ich bin eigentlich Optimist, aber an diesem Abend verstehe ich, was sie meint.

Ich schiebe mich durch die Menge zur Bar und zufällig steht Rachel da, als ich ankomme. Ich hoffe, ich sehe so elend aus, dass sie Mitleid mit mir hat und diesen albernen Streit beendet. »Ich habe gerade eine richtig miese Woche«, sage ich.

»Und ich meine wirklich extrem mies.«

»Interessiert mich nicht, Henry«, sagt sie und verschwindet Richtung Bühne.

»Ist sie das?«, fragt Katia, die Barkeeperin, nachdem ich
ein Bier bestellt habe. Sie schreibt es an, weil ich ihr umsonst
Englisch-Nachhilfe gegeben habe. Das war in dem Jahr, nach-
dem Rachel weggezogen war, deshalb weiß sie alles über uns.
»Ja, das ist sie«, sage ich. »Das ist Rachel, meine Ex-beste-
Freundin.«

»Die, in die du heimlich verliebt bist.«

»Ich bin nicht in sie verliebt.«

»Niemand redet so viel über ein Mädchen wie du über Rachel, wenn er nicht heimlich in sie verliebt ist.«

»Ich mag sie, aber ich bin nicht in sie verliebt«, sage ich
und trinke mein Bier in einem Zug. Ich bestelle noch eins und
trinke es noch schneller, weil ich im Moment nichts lieber wäre
als ein Zuschauer in meinem eigenen Leben: das Schlimme
beobachten, aber nicht fühlen. Ich bestelle und trinke, bestelle
und trinke, und das Verschwommene unter meiner Haut fühlt
sich nicht nur gut an, sondern richtig großartig.

Bis ich mich nach links drehe und Amy und Greg Händchen haltend nebeneinander auf den alten ineinandergehak-
ten Stühlen des Laundry sitzen sehe. Sie sieht so glücklich
aus. Sie lacht und sieht ihn so an, wie sie mich an unserem
ersten gemeinsamen Abend in der Zwölften angesehen hat.
Vollkommen konzentriert. Leicht vorgebeugt. Das rote Haar
offen über einem langen grünen Kleid.

Er sieht auch super aus, der Arsch. Das Licht der Strahler
lässt seine weißen Zähne schimmern und seine Haare glän-
zen. Ich betrachte mich im Spiegel an der Rückseite der Bar –
meine Haare hängen schlaff herunter und meine Zähne sind

nur durchschnittlich weiß. Ich trage dieselben Klamotten, die ich schon seit ein paar Tagen anhabe: mein Bukowski-T-Shirt mit dem Spruch *Liebe ist ein Höllenhund* und Jeans.

»Kein Wunder, dass sie mich nicht liebt«, sage ich zu Katia. »Alles an mir sieht aus, als hätte ich darin geschlafen.«

»Shakespeare, das Mädchen ist nichts für dich.«

»Sie ist meine Seelengefährtin.«

»Dann mache ich mir ernsthafte Sorgen um deine Seele«, sagt sie und wendet sich wieder den anderen Gästen zu.

Es ist nicht das erste Mal, dass jemand sagt, Amy wäre nichts für mich. Rachel hat sie noch nie gemocht. Lola auch nicht. Hiroko sagt höflich, sie maßt sich kein Urteil an, aber sie steuert auf die Tür zu, sobald Amy in der Nähe ist. George ist nicht so höflich. Sie sagt, Amy taucht in der Buchhandlung auf, wenn sie einsam ist, und verschwindet wieder, wenn sie es nicht mehr ist.

Aber so ist es nicht.

Es ist eher so, dass sie genauso wenig ohne mich sein kann wie ich ohne sie. Ich habe Amy immer wieder zurückgenommen. Ich werde sie immer wieder zurücknehmen. Auch wenn ich mir vornehme es nicht mehr zu tun – sobald sie in den Laden kommt, passiert etwas, das ich nicht kontrollieren kann. Sie ist mein Schicksal. Meins, nicht das von einer totalen Dumpfbacke.

Ich taumele durch die Menge auf sie zu und überlege dabei, was ich sagen soll, wenn ich dort ankomme. Es gibt die Worte, die sie zu mir zurückbringen, ich muss sie nur in die richtige Reihenfolge bekommen.

Aber ich habe zu viel getrunken, mein Ordnungsgefühl ertränkt, und so stehe ich ratlos vor ihnen. Ich starre sie an und schwanke ein bisschen und deute schließlich auf ihre ineinander verschlungenen Hände. »Das ist so ... unfassbar. Er ist – das ist – *Greg Smith*.«

»Henry«, sagt Amy, und weil Greg aufsteht, ohne ihre Hand loszulassen, wird sie mit hochgezogen. Sie sind unzertrennlich, dabei waren vor einer Woche noch Amy und ich unzertrennlich.

»Ich begreife es nicht. Er ist ein totaler Idiot. Sieh ihn dir doch mal an.«

Aber während ich das sage, sehe *ich* ihn mir an. Ich sehe mir Greg Smith richtig gründlich an. Er sieht gut aus; er ist gut angezogen; er muss sich garantiert nicht die letzten hundert Dollar für das Weltreiseticket von seiner Freundin leihen oder regelmäßig an der Bar anschreiben lassen. Bestimmt hat er Amys Drink bezahlt, sofort, in bar. Er geht auf die Uni. Er studiert Jura. Er hat einen Plan für sein Leben, der zu den weißen Zähnen passt.

Ich denke über eine Menge Dinge nach, während ich da stehe. Zum Beispiel darüber, dass Amy es wahrscheinlich hasst, auf dem Fußboden des Buchladens zu knutschen, und dass ich vorhabe für immer mit meinem Dad und George dort zu leben. Ich sehe mich selbst, in dem Anzug aus dem Secondhandladen, wie ich Amy mit dem Lieferwagen der Buchhandlung zum Abschlussball abhole. Sie sagte, das wäre nicht wichtig, aber vielleicht war es das doch. Vielleicht waren viele Dinge, von denen ich dachte, sie wären nicht wichtig, eben

100

doch wichtig. Vielleicht geht sie deshalb immer wieder und kommt zurück. Sie kommt zurück, weil sie mich liebt. Und sie geht, weil ich meinen Kram nicht auf die Reihe kriege. Ich muss meinen Kram auf die Reihe kriegen. Ich muss mir einen besseren Haarschnitt und einen anständigen Lebensplan zulegen. Und ich brauche Geld.

»Wir verkaufen die Buchhandlung«, sage ich zu ihr. »Wenn wir von unserer Reise zurückkommen, kann ich ausziehen.«

»Ihr geht nirgendwohin«, sagt Greg.

»Ich schon. Und Amy, ich will, dass du mitkommst.«

Vielleicht liegt es am Licht, aber sie sieht einen Moment unsicher aus. Und eine Sekunde Unsicherheit sagt mir alles, was ich wissen muss. Ich kann sie zurückhaben, wenn ich mich verändere.

Da versetzt Greg mir einen Stoß, nur ganz leicht, aber es genügt, um rücklings in die Menge zu fallen, die instinktiv zurückweicht. Als ich am Boden liege, schaue ich zu Amy hoch und sie sieht traurig zu mir herunter. In diesem Blick lese ich etwas. Ich lese, dass sie will, dass ich mich verändere. Wenn du dich veränderst, sagen ihre Augen, komme ich zurück.

Ich schließe die Augen, damit das Schwindelgefühl nachlässt, und spüre, wie Hände mich hochziehen. Ich denke, es ist Amy, die mir hilft, aber als ich die Augen aufmache, sehe ich, dass es Rachel ist. »Willst du sie zurückhaben?«, fragt sie und ich sage, ja, will ich, unbedingt.

Sie beugt sich vor, als wollte sie mir das verlorene Geheimnis der Liebe verraten. »Dann *steh auf*«, sagt sie leise. »Und hör auf dich so peinlich zu benehmen.«

du riechst nach Äpfeln

RACHEL

Ich bin definitiv nicht mehr in Henry verliebt und das ist eine Erleichterung. Er riecht genauso – nach Pfefferminz und Zeder und alten Büchern. Er klingt genauso – warmherzig und witzig. Aber ich habe nicht mehr dasselbe Gefühl. Ich denke nicht mehr daran, ihn zu küssen. Ich bin nicht mehr verrückt nach seinen Haaren. Ich bin geheilt.

Du hast also eine richtig miese Woche?, denke ich, nachdem ich ihn an der Bar zurückgelassen habe. Eine richtig miese Woche endet mit dem Tod, Henry. Ich weiß nicht, was dir diese Woche passiert ist, aber solange es nichts mit dem Tod zu tun hat, kann es nicht so schlimm sein.

Lola und Hiroko sind auf der Bühne. Ich konzentriere mich auf sie, um mich von Henry abzulenken. Sie spielen »Good Woman« von Cat Power. Mit Lolas bluesiger, rauer Stimme und Hirokos wehmütiger Steel Percussion machen sie daraus ihre eigene Version. Hiroko ist größer als Lola, nicht schüchtern, aber still. In der Neunten beendeten sie gegenseitig ihre Sätze, aber heute Abend spricht jede für sich – ihre Tonlinien kreisen umeinander und bereichern sich gegenseitig. Für die beiden wird da oben ein Traum wahr und ich freue mich für sie, aber trotzdem frage ich mich, warum manche Leute kriegen, was sie wollen, und andere nicht.

Ich mache ein Foto und schicke es an Rose; dann schicke ich es auch an Mum, weil ich so für heute um den Anruf bei ihr herumkomme. Sie sitzt jetzt bestimmt am Strand und ich will nicht im Hintergrund das Meer rauschen hören. Ich schalte das Handy aus und verliere mich in der Musik und in dem lichtflirrenden Club.

Nach einer Weile ist das erste Set zu Ende und Lola und Hiroko klettern von der Bühne. Lola nimmt Hirokos Wasserflasche, trinkt daraus und gibt sie ihr zurück. »Vielen Dank«, sagt Hiroko.

»Gern geschehen«, erwidert Lola, dann wendet sie sich zu mir und zeigt zur Bar. »Henry betrinkt sich.«

»Er hatte eine miese Woche«, sage ich.

»Amy hat ihn sitzen lassen und jetzt gehen sie nicht auf Weltreise und sie ist mit Greg Smith hier.«

»Amy hat ihn sitzen lassen?«, frage ich.

»Das tut sie dauernd«, sagt Hiroko und Lola bestätigt, dass das schon öfter vorgekommen ist.

»Wir spielen noch ein paar Sets«, sagt sie. »Du musst dich also um ihn kümmern. Jedenfalls wenn du willst, dass ich dir vergebe.«

»Wieso habe ich das Gefühl, manipuliert zu werden?«

»Weil es so ist«, sagt Hiroko.

Sie klettern wieder auf die Bühne, um das nächste Set zu

besprechen, und ich schiebe mich durch die Menge. Als ich bei der Bar ankomme, ist Henry verschwunden, aber nach einem Blick in die Runde sehe ich ihn, wie er gerade auf Amy zutaumelt.

»Ich glaube, Shakespeare könnte Hilfe gebrauchen«, sagt das Mädchen hinter der Bar und hält mir die Hand hin. »Ich bin Katia.«

»Rachel«, sage ich, ein wenig abgelenkt durch ihre knallpinken Haare.

»Ich weiß. Shakespeare hat mir von dir erzählt.« Sie macht mit der Hand eine Auf-und-zu-Bewegung, um Henrys unablässiges Reden zu imitieren. »Er vermisst dich«, sagt sie und der Gedanke gefällt mir. Es gefällt mir richtig gut, dass er Katia gesagt hat, wie sehr er mich vermisst.

»Amy ist nicht gut für ihn«, sagt Katia, während wir beide zusehen, wie er vor Greg und ihr steht und irgendwas faselt. »Er ist ein netter Kerl. Er hat mir umsonst Nachhilfe in Englisch gegeben.«

Henry *ist* ein netter Kerl. Okay, er ist hoffnungslos in ein Mädchen verliebt, das ich nicht leiden kann. Und vor drei Jahren war er ein Feigling. Aber abgesehen davon, dass er nicht wusste, was er tun sollte, als ich ihm meine Liebe gestanden habe, hat er mich nie enttäuscht.

Greg schubst ihn. Eigentlich nur ganz leicht, aber Henry fällt trotzdem hintenrüber und landet auf dem Boden. Es ist schwer mit anzusehen und Katia macht auch die Augen zu, aber ich lasse meine offen. Selbst nach allem, was passiert ist, bin ich auf Henrys Seite, wenn die zwei sich in die Haare kriegen.

105

Steh auf, denke ich. Steh auf und kehr ihr den Rücken zu. Sag ihr, dass sie den Boden nicht wert ist, auf den du gefallen bist. Aber das tut er nicht. Ich glaube, er kann es auch nicht. Er hat zu viel intus.

Bevor ich es mir anders überlegen kann, gehe ich zu ihm. Ich sage mir, dass jeder anständige Mensch das für einen anderen tun würde, ob sie nun zerstritten sind oder nicht. Ich dachte, es würde schnell und einfach sein. Ich dachte, ich würde ihn hochziehen und dann verschwinden. Aber er ist zu schwer und er hilft nicht mit.

Greg und seine Freunde lachen und Amy auch, deshalb beuge ich mich zu ihm hinunter und frage leise, damit die anderen es nicht hören: »Willst du sie zurückhaben?«

»Ja, will ich, unbedingt«, sagt er und ich kämpfe gegen den Drang an, ihm einen Tritt in den Hintern zu verpassen. Stattdessen beuge ich mich noch weiter zu ihm und sage streng: »Dann steh auf und hör auf, dich so peinlich zu benehmen.«

Er runzelt die Stirn, aber dann legt er den Arm um meine Schultern und zusammen schaffen wir es, ihn wieder auf die Füße zu bekommen. Ich manövriere ihn zu einem Stuhl, aber da er offensichtlich nicht imstande ist zu gehen, sehe ich mich nach jemandem um, der mir helfen kann ihn nach Hause zu bringen. Lola und Hiroko haben noch mindestens zwei Sets zu spielen, bevor sie fertig sind.

Amy frage ich nicht. Ich habe beschlossen sie zu ignorieren. Es ist lange her, seit wir dieses Gespräch im Waschraum hatten, seit Henry sie mir vorgezogen hat und seit ich in Henry

106

verliebt war. Es geht mich nichts mehr an, wenn er sich ihretwegen immer noch zum Deppen macht.

Doch dann sagt sie: »Tolle Frisur, Rachel.«

Es ist lange her, aber wie sich zeigt, habe ich ihr doch noch einiges zu sagen. Den Kommentar zu meiner Frisur ignoriere ich, weil es mir völlig egal ist, was sie über mein Aussehen denkt. Stattdessen komme ich direkt auf den Punkt. »Jungs stehen auf dich. Viele Jungs stehen auf dich. Aber du bist nicht gut genug für Henry. Du warst noch nie gut genug für Henry.«

»Er sieht das anders«, sagt sie.

»Auch kluge Leute irren sich mal.«

»Du stehst immer noch auf ihn«, sagt sie und das macht mich wütend, aber aus einem anderen Grund als vor drei Jahren. Ich stehe nicht mehr auf ihn, jedenfalls nicht auf diese Weise. Aber das hat er nicht verdient und ich habe keine Lust auf diesen Mist. »Er ist mein bester Freund«, sage ich zu ihr. »Und seit heute habe ich einen Job in der Buchhandlung, ich werde also ab sofort auf ihn aufpassen.«

Ich drehe mich um, um ihn hochzuziehen und nach Hause zu bringen, aber er ist verschwunden.

Ich suche den ganzen Club ab, finde ihn aber nicht. Trotz meiner veränderten Frisur erkennen mich ein paar Leute aus der Schule und ich bleibe dort hängen und unterhalte mich mit ihnen. Emily, Aziza und Beth wollen wissen, was ich studiere. Ich gebe nicht zu, dass ich durch die Abschlussprüfung gerasselt bin, weil das zu der größeren Geschichte führen

würde, die ich nicht erzählen will. Und selbst wenn ich irgendwann damit herausrücke, will ich das mit Cal nicht in den
Lärm eines Clubs herausbrüllen. Stattdessen sage ich ihnen,
dass ich ein Jahr Pause mache, um Geld zu verdienen, aber
danach Naturwissenschaften studieren und Meeresbiologin
werden will. Ihre Leben laufen so wie geplant: Emily studiert
die Sterne, Aziza interessiert sich für Umweltrecht und Beth
denkt über Medizin nach.

Bevor das Gespräch sich vertiefen kann, sage ich ihnen,
dass ich Henry suche, und frage, ob sie ihn gesehen haben.
Haben sie nicht, also suche ich weiter, wobei ich Leuten aus
dem Weg gehe, die ich erkenne oder die aussehen, als würden
sie mich erkennen.

Nach ungefähr einer halben Stunde gebe ich auf. Wahrscheinlich ist er alleine nach Hause geschwankt. Bevor ich
verschwinde, gehe ich noch mal zum Klo, und als ich mir die
Hände wasche, höre ich, wie jemand in der hintersten Kabine
betrunken Gedichte aufsagt.

Ich folge der Stimme, öffne die Tür, und da liegt er, mit dem
Kopf zwischen der Wand und der Kloschüssel. »Lass mich, Rachel. Ich will allein sein.«

Ich hocke mich neben ihn. »Kleiner Tipp: Wenn du allein
sein willst, dann besser nicht auf dem Boden vom Frauenklo.«

Er sieht mich verwirrt an.

»Hat dich die Sonderausstattung nicht stutzig gemacht?«,
frage ich.

Er hebt den Kopf und äugt zu dem Kasten auf der anderen
Seite hinüber. »Kein Briefkasten?«

»Nein, kein Briefkasten, Henry«, sage ich und versuche erfolglos ihn hochzuziehen.

»Lass mich hier. Ich bin tot.«

»Du bist nicht tot.«

»Stimmt. Tot wäre besser als das hier. Amy ist mit Greg Smith zusammen. In diesem Augenblick küsst die Liebe meines Lebens einen Schwachkopf.«

»Henry, wenn die Liebe deines Lebens einen Schwachkopf küsst, ist es vielleicht an der Zeit, darüber nachzudenken, ob sie wirklich die Liebe deines Lebens ist.«

Er macht eine kleine Kopfbewegung, um anzudeuten, dass ich vielleicht recht haben könnte, dann nimmt er meine Hand und rappelt sich mühsam hoch. Wir stehen eine Weile umschlungen da, während er nach seinem Gleichgewicht sucht.

»Du riechst nach Äpfeln«, sagt er.

»Hör auf an mir zu schnuppern.«

»Weißt du, Amy riecht immer ganz leicht nach Waschmittel. Und wenn sie ihren Pony hochpustet, segelt er wieder hinunter wie ein kleiner Fallschirm. Ich werde noch jahrelang einen Ständer kriegen, wenn ich Waschmittel rieche oder Dokus über Fallschirmspringer sehe.«

»Du musst nicht reden. Mir gefällt Stille auch ganz gut«, sage ich, während wir die Toilette verlassen und auf den Ausgang zusteuern.

»Schlaf dich aus, Shakespeare«, ruft Katia uns im Vorbeigehen zu und Henry winkt kurz. Bevor wir draußen sind, bemerke ich etwas, das Henry entgangen ist: Amy sitzt am anderen Ende der Bar und sieht zu uns herüber. Ich gehe jede

Wette ein, dass Henry für sie sofort attraktiver wird, wenn er mit jemand anders zusammen ist.

»Henry, du bist ein Idiot«, sage ich, und er weigert sich zu antworten, weil er fürchtet sich selbst zu belasten.

Draußen ist es immer noch warm; die Hitze hängt noch im Beton und im Himmel. Henry stützt sich mit seinem ganzen Gewicht auf meine Schulter, was vor zehn Monaten, als ich fit genug war, um zwei Kilometer im Meer zu schwimmen, noch in Ordnung gewesen wäre, aber jetzt tut mir mein Arm weh.

Es ist Freitagabend und ein Verkehr wie zur Rushhour, deshalb muss ich uns den längeren Weg zur Buchhandlung steuern, sprich: über die Fußgängerampeln. Henry quatscht jeden an, der uns entgegenkommt. Er hat eine ganze Menge über Amy und den Volltrottel zu erzählen. Ich versuche ihn weiterzuziehen, aber Henry gibt keinen Millimeter nach, wenn er mitten in einer Tirade ist, und so setze ich mich auf eine Bank und warte, während er ein Paar zutextet, das seine Dogge ausführt. Er breitet die Arme weit aus, um die Größe seiner Liebe zu Amy zu demonstrieren, und hält Daumen und Zeigefinger eng zusammen, um die Größe von Gregs Hirn anzuzeigen.

»Das da«, sagt er und zeigt in meine Richtung, »ist Rachel Sweetie, meine verloren geglaubte beste Freundin. Rachel und ich haben eine ganze Weile nicht miteinander geredet. Weil sie mich nicht vermisst hat. Sie hat die Stadt verlassen, ohne mich zu wecken. Und sie hat meinen Gaiman draußen im Regen liegen lassen.«

Kaum zu fassen, dass Henry sogar noch im betrunkenen Zustand seine Lüge aufrechterhält, denke ich, als das Paar weitergeht und er schwankend zu mir auf die Bank kommt. Er öffnet und schließt immer wieder das rechte Auge, als könnte er nicht klar sehen. »Du bist zurück. Ruppig und wunderschön«, seufzt er und lässt seinen Kopf auf meine Schulter sinken.

»Wunderschön stimmt nicht«, erwidere ich und streiche mir über die Haare.

»Damit siehst du aus wie Audrey Hepburn. Wenn sie eine Surferin gewesen wäre.«

»Ich bin keine Surferin.«

»Audrey Hepburn auch nicht«, sagt er, steht auf und streckt sich auf dem Grasstreifen aus. »Ich muss mich nur ein bisschen ausruhen. Du kannst gehen. Ich bin ja fast zu Hause.«

Ich überlege, ob ich gehen soll, aber die Aussicht, in das Lagerhaus zurückzugehen, ist nicht gerade verlockend, also beschließe ich mich neben ihn zu legen. Sein Arm berührt meinen und da ist die vertraute Wärme.

Ich hatte nie vor, Henry für immer zu ignorieren, nur so lange, bis er mir schreibt, dass es ihm leidtut, dass er meinen Brief ignoriert hat. Ich wollte nur, dass er mir sagt, er fühlt sich geschmeichelt, empfindet aber nicht dasselbe für mich. Ich hatte vor, ihm zu vergeben, sobald er ehrlich zu mir ist.

»Warum?«, fragt er nun wieder. »Ich meine, wir waren beste Freunde. Und ich *weiß*, dass du Lola geschrieben hast.« Er dreht den Kopf zur Seite, sodass sich unsere Gesichter beinahe berühren. »Warum?«

»Was glaubst du denn?«

»Dass du mich nicht vermisst hast.«

111

Henry ist ein extrem schlechter Lügner, und selbst wenn er das nicht wäre, ist er zu betrunken, um irgendwas anderes als die Wahrheit zu sagen. »Du hast den Brief nicht bekommen«, sage ich und frage mich gleichzeitig, wie das sein kann, weil er fast jeden Tag in den T. S. Eliot hineinschaut, und selbst wenn er das nicht getan hat, hätte er meinen Zettel in seinem anderen Buch finden müssen.

»Welchen Brief?«, fragt er und da weiß ich, dass mein Brief – wie auch immer – verschwunden sein muss. Vielleicht ist er herausgefallen, als Henry nach dem Buch gegriffen hat. Oder jemand hat den Brief herausgenommen, bevor er ihn finden konnte.

Er ist betrunken und denkt langsam, deshalb ist es nicht schwer, Zeit zu schinden. Ich schaue in den Himmel, zupfe am Gras und überlege, was ich darauf sagen soll. Er hat mir so viele Briefe geschrieben, lange, henrymäßige Briefe, und ich wollte jeden einzelnen davon beantworten, aber ich habe es nicht getan. Stattdessen habe ich mir vorgestellt, wie verletzt er sein würde, wenn er herausfindet, dass ich Lola schreibe, aber ihm nicht.

»*Welchen Brief?*«, fragt er erneut.

Beinahe erzähle ich es ihm. Ich sollte es sogar tun, damit er weiß, dass ich ihn nicht vergessen habe. Aber ich habe eine zweite Chance, das Gesicht zu wahren, und außerdem ist es jetzt auch nicht mehr wichtig. Wir haben uns weiterentwickelt. »Es war nur ein Abschiedsbrief. Ich habe ihn dir auf den Tresen im Laden gelegt, aber anscheinend ist er verloren gegangen.«

»Was stand darin?«

»Lebwohl, wie in den meisten Abschiedsbriefen, Henry.«

»Aber warum hast du nicht auf meine Briefe geantwortet?«

»Ich hatte viel zu tun. Ich habe einen Jungen kennengelernt – Joel.«

»Joel? Was ist das denn für ein Name?«

»Ein ziemlich verbreiteter.«

»Und er ist dein bester Freund geworden?«

»Pass auf«, sage ich, um das Thema zu beenden. »Ich hatte viel zu tun. Ich habe mich verliebt. Ich war mit der Schule und neuen Freunden beschäftigt. Aber ich hätte dir schreiben sollen, Henry. Es tut mir leid. Wirklich.«

»Hast du mich wenigstens ein bisschen vermisst?«, fragt er.

»Ja, habe ich«, sage ich und ermahne mich gleichzeitig, jetzt bloß nicht loszuheulen und ihm zu erzählen, wie verzweifelt ich mich danach gesehnt habe, ihn bei der Beerdigung bei mir zu haben. Ich versuche, nicht daran zu denken, dass ich ihn bei mir hätte haben können, wenn ich auf Cal gehört hätte und nicht so stur gewesen wäre.

»Sind wir dann wieder Freunde?«, fragt er und ich nicke.

»Gute Freunde?«

»Gute Freunde«, sage ich, und da er offenbar einen Beweis braucht, füge ich hinzu, dass ich den Job im Buchladen annehme.

»Solange der noch existiert«, sagt er.

Ich frage ihn, was das zu bedeuten hat, und er sagt, dass er an diesem Abend dafür gestimmt hat, ihn zu verkaufen. »Es löst alle meine Probleme. Wir verkaufen den Laden. Ich bekomme ein bisschen Geld. Amy und ich machen unsere Reise, und wenn wir zurückkommen, kann ich mir eine eigene Wohnung mieten. Schluss mit der Knutscherei in der Ratgeberecke.«

»Ihr knutscht in der Ratgeberecke?«, frage ich.

»Dann studiere ich und mache etwas aus mir.«

Du bist schon etwas, denke ich. »Bist du sicher?«, frage ich und er sagt, wenn er bei irgendwas sicher ist, dann bei Amy.

Ich weiß, dass es Zeit ist, wieder aufzustehen, weil Henry wieder anfängt Gedichte aufzusagen. Ich kriege meine Gedichte aus zwei Quellen – aus der Schule und von Henry – also habe ich schon eine Weile keine mehr gehört. Das letzte Gedicht, das er mir vorgetragen hat, war »Alfred J. Prufrocks Liebesgesang«. Das jetzt kenne ich nicht.

Die Worte tropfen trunken und schwer und ich sehe das Gedicht, während Henry es spricht – eine regnerische Welt, eine Sonne, die sich verbirgt, und ein Mensch, der darum ringt, diese düsteren Tage zu lieben. Henry sagt, es heißt »Dark August« und ist von Derek Walcott.

»Suchst du immer noch nach Fredericks Buch?«, frage ich und er nickt.

Henry glaubt an das Unmögliche, genau wie Cal es tat. Er denkt gegen jede Wahrscheinlichkeit, er kann diese eine, bestimmte Ausgabe finden.

Er sagt das Gedicht noch einmal auf, weil ich ihn darum bitte. Darin ist etwas, das ich finden muss. Vielleicht eine Antwort darauf, wie man es schafft, wie man wieder anfängt zu leben. Doch ich finde es nicht. Das Gedicht weckt nur einen Schmerz an unbestimmbaren Orten.

»Ich muss nach Hause«, sage ich, aber Henry ist zu betrunken, um ihm zu erklären, warum das nicht mehr möglich ist.

Im Laden brennt noch Licht, was dem Ganzen einen einladenden Schein verleiht. Ich habe den Laden immer geliebt. Ich liebte die schimmernden Dielen und den warmen, satten Ton der Holzregale. Ich liebte die Reihen der Buchrücken, alle ordentlich nebeneinander aufgestellt. Ich liebte den Laden, weil ich Henry immer dort finden konnte.

Ich drücke auf die Klingel, und während ich warte, betrachte ich das Schaufenster. Da ist der Platz, wo George immer mit Rad Bradbury auf dem Schoß gesessen hat. Die Bücher im Fenster sind neu – Zadie Smith, Jeffrey Eugenides, Jonathan Safran Foer, Simmone Howell, Fiona Wood, Nam Le – und ich habe keines davon gelesen.

Das Buch in der Mitte des Schaufensters – *Der Wolkenatlas* von David Mitchell – sehe ich mir genauer an. Unten auf dem pinkfarbenen Cover steht eine kleine Schreibmaschine, aus der Papier fliegt, und das Papier verwandelt sich beim Aufsteigen in Wolken. Ich kann nicht benennen, was das Bild in mir auslöst; vielleicht Traurigkeit, weil ein Atlas für Wolken so sinnlos ist, ein Atlas für Dinge, die sich von Minute zu Minute verändern.

Michael öffnet uns zusammen mit Frederick die Tür. »Was für ein Glück, dass ich zum Scrabblespielen gekommen bin«, sagt Frederick, als die beiden mir Henry abnehmen. Ich folge ihnen mit der Brieftasche und dem Schlüsselbund, die ihm aus der Tasche gefallen sind.

»Mein Vater«, sagt Henry, als er durch die Tür taumelt.

»Mein Sohn«, erwidert sein Dad und hilft ihm zum Literatursofa.

»Amy ist jetzt mit Greg Smith zusammen«, sage ich als Erklärung für Henrys Zustand. »Ich habe ihn auf dem Frauenklo gefunden.«

»Zu meiner Verteidigung: Ich war zu betrunken, um zu merken, dass es das Frauenklo war«, sagt Henry.

»Schlaf dich aus«, sagt sein Dad. »Morgen früh sieht alles schon ganz anders aus.«

»Nimm's mir nicht übel, Dad, aber unerwiderte Liebe ist morgens genauso beschissen wie abends. Wahrscheinlich sogar noch schlimmer, weil du einen ganzen Tag vor dir hast.«

»Ich nehm's dir nicht übel«, sagt Michael. »Du hast wahrscheinlich recht.«

»Man sollte die Opfer unerwiderter Liebe einfach erschießen«, sagt Henry. »Ein Gnadenschuss in dem Moment, wo es passiert.«

»Das würde die Bevölkerung beträchtlich reduzieren«, sagt Michael und deckt ihn zu.

Henry ruft mich und winkt mich zu sich hinunter. Sein Atem riecht nach Bier. »Ich wünschte, ich hätte den Brief bekommen.«

»Vergiss den Brief.«

»Okay. Aber ich will, dass du eins weißt.«

»Was denn?«

»Ich *habe* dich vermisst«, sagt er und küsst mich auf den Mund. Dann sinkt sein Kopf zurück aufs Sofa und er schläft augenblicklich ein.

Ich gebe es ja nicht gerne zu, aber ich spüre Henrys Kuss den ganzen Weg nach Hause. Es war ein betrunkener Kuss, ein irrtümlicher Kuss, und er ist so neben der Kappe, dass er wahrscheinlich dachte, er würde Amy küssen, außerdem mag ich ihn nicht, aber ich denke trotzdem darüber nach.

Ich parke vor dem Lagerhaus, bleibe aber im Auto sitzen und ärgere mich darüber, dass ich den Kuss noch spüre. Gleichzeitig sage ich mir, dass ich nichts dafür kann, schließlich würde sich jeder komisch fühlen, nachdem ein Freund ihn geküsst hat. Da kommt Rose aus dem Haus und setzt sich auf den Beifahrersitz. »Du gehst mir aus dem Weg«, sagt sie.

»Ich gehe mir selber aus dem Weg«, entgegne ich. »Tut mir leid. Das vorhin.«

»Mir auch«, sagt sie und holt tief Luft. »Ich habe Gran angerufen. Sie pries den Wert des Kompromisses.«

»Soll heißen, sie hat gesagt, du wärst stur und solltest ab und zu auf andere Leute hören?«

»So ungefähr, ja. Für dich tue ich alles. Sogar meine Mutter anrufen.« Sie dreht sich zu mir. »Willst du eine gute Nachricht hören?«

»Die könnte ich jetzt wirklich gebrauchen.«

»Ich glaube, ich habe einen anderen Job für dich gefunden, als Putzfrau im Krankenhaus.«

»Wenn das die gute Nachricht ist, stecken wir echt in der Scheiße«, sage ich.

»Fluch nicht. Sonst denkt Gran, du hättest das von mir.«

»Wir geben Henry die Schuld. Für einen Typen mit großem Wortschatz benutzt er verdammt oft das Wort *beschissen*«, sage ich. »Denk nicht, dass ich das mit dem Putzfrauenjob nicht zu schätzen weiß, aber ich habe beschlossen in der Buchhandlung zu arbeiten.«

»Genau deshalb habe ich keine Kinder«, sagt sie und steigt aus dem Auto. »Und denk dran, das Angebot mit der Reise steht nach wie vor.«

Ich liege im Bett und denke über heute Abend nach, über Henry und den Kuss, der zu Gedanken führt, die ich nicht will. Gedanken an Joel, den Letzten, dessen Küsse mir etwas bedeutet haben.

Wir sind uns in der Zehnten begegnet, am Strand bei den schwarzen Felsen, wo der Sand flach und fest ist. Er schaute in die Priele und Cal ging zu ihm, um herauszufinden, was er da machte. Ich blieb ein Stück entfernt und sah zu, wie Joel ihm verschiedene Dinge zeigte. Die beiden hockten eine Ewigkeit dort am Priel und Joel betrachtete die winzigen Besonderheiten des Strandes: kleine Muscheln, die sich auf der rauen Oberfläche der Felsen angesiedelt hatten.

Da ich Joel aus der Schule kannte, ging ich nach einer Weile zu ihnen. Ich konnte seinen Blick auf meiner Haut spüren. Mit Henry hatte ich Jahre verbracht und er hatte kaum zur Kenntnis genommen, dass ich ein Mädchen war, und auf einmal war ich für jemanden sichtbar.

Später in dem Jahr küssten wir uns auf einer Party. Joel lächelte, und ich wusste, was es bedeutete. Wir gingen zu einem ruhigen Platz am Strand. Der Mond lag wie flüssiges Licht auf dem Wasser. Wir zogen uns aus und schwammen mitten hindurch.

»Du kannst zurückkommen«, sagte er an dem Abend, als wir Schluss machten. »Wenn es dir wieder besser geht.«

Ich sagte ihm, er solle nicht darauf warten.

Ich schließe die Augen und träume von Joel und dem Sand, von Wolken und nicht enden wollendem Regen. Und von Henry.

Große Erwartungen

von Charles Dickens

Widmung auf der Titelseite: *Liebe Sophia, für dich, am ersten Tag deines neuen Lebens im Buchladen. Schau mal auf S. 508 nach. Michael*

Markierungen auf Seite 508

Sie vergessen! Sie sind ein Teil meines Lebens, ein Teil meiner selbst. Sie waren in jeder Zeile enthalten, die ich gelesen habe, seit ich zum ersten Mal herkam, der grobe, gewöhnliche Junge, dessen armes Herz Sie schon damals verwundeten. Sie waren in jeder Landschaft enthalten, die ich seither sah — auf dem Fluss, auf den Segeln der Schiffe, auf den Marschen, in den Wolken, im Licht, in der Dunkelheit, im Wind, in den Wäldern, im Meer, in den Straßen.

Brief zwischen Seite 508 und 509

12. Januar 2016

Michael,

da du mich nicht zurückrufst, was den Verkauf der Buchhandlung angeht, und jedes Mal verschwindest, wenn ich vorbeikomme, bleibt mir anscheinend nichts anderes übrig, als dir zu schreiben. Ich hoffe, auf diesem Weg erreiche ich dich besser als per Post.

Ich habe beschlossen den Verkauf über Bernardine and Saunders Real Estate laufen zu lassen. Ich habe meine Wohnung über sie gefunden und war sehr zufrieden mit dem Service.

Als Käufer kommen wahrscheinlich vor allem Firmen infrage, die das

Gebäude haben wollen, aber nicht das Geschäft. Sollen wir anfangen das Lager aufzulösen? Es an andere Buchläden zu verkaufen, wenn wir können?

Bitte lass mich wissen, was du denkst.

Sophia

die Qualität des Kusses war nicht Thema

HENRY

Als ich auf dem Literatursofa aufwache, habe ich einen Mordskater und mir zerspringt fast der Schädel, als Rachel sagt, ich soll aufstehen. Sie zieht meine Lider hoch wie früher in der Highschool, wenn wir die ganze Nacht durchgequatscht und dann morgens verschlafen hatten. »Henry. *Steh. Auf.*«

»Wie spät ist es?«, frage ich und schlage ihre Hand weg.

»Elf. Der Laden ist seit einer Stunde geöffnet. Kunden fragen nach Büchern, die ich nicht finden kann. George brüllt einen Typen namens Martin Gamble an, der hier ist, um mir bei der Erstellung der Datenbank zu helfen. Und außerdem wartet Amy im Lesegarten.«

»Amy ist hier?« Ich setze mich auf und fahre mir durch die Haare. »Wie sehe ich aus?«

»Ich verzichte auf eine Antwort, da du technisch gesehen mein Chef bist und ich meinen neuen Job nicht gleich mit einer Beleidigung anfangen will.«

»Danke«, sage ich. »Sehr rücksichtsvoll von dir.«

Ich ziehe die Decke fest um meine Schultern und der Kunde,

der in der Klassikerabteilung stöbert, wirft mir einen mit-fühlenden Blick zu. Ich tue dasselbe, denn sosehr ich Bücher liebe – wenn jemand am Samstagmorgen als Erstes auf die Klassiker zusteuert, ist in seinem Leben auch irgendwas nicht ganz in Ordnung.

Während ich zu Amy gehe, die in ihrem hellblauen Kleid fantastisch aussieht, denke ich an die seltsamen Träume der letzten Nacht. Im ersten war Amy unsichtbar. Ich wusste, dass sie da war, aber ich konnte sie nicht sehen, sosehr ich es auch versuchte. Im zweiten war ich im Frauenklo und habe mich mit Rachel unterhalten, und im dritten habe ich Rachel auf den Mund geküsst. Der Traumkuss war sehr schön und die Erinnerung daran ist ziemlich beunruhigend. Großer Gott, ich hoffe, ich habe sie nicht wirklich geküsst. Was, wenn ich es versucht habe? Je mehr ich darüber nachdenke, desto sicherer bin ich, dass ich sie tatsächlich geküsst habe. Ich kann ihre Lippen auf eine Weise spüren, die sich nicht wie ein Traum anfühlt.

Amy berührt meinen Arm, als ich mich neben sie setze, und wir sehen uns eine Weile an. »Du riechst nach Bier«, sagt sie schließlich, was zwar stimmt, aber nicht sehr ermunternd ist. Ich rücke ein Stück weg und versuche in die entgegengesetzte Richtung zu atmen.

»Das gestern Abend tut mir leid«, sagt sie nach einer er-neuten Pause. »Ich hätte dir das mit Greg sagen sollen, aber es ging so schnell. Und ich glaube, wenn ich ehrlich bin, also so richtig ehrlich, dann war ich schon immer ein bisschen in Greg Smith verliebt.«

Es müsste einen Trennungsknopf geben, auf den man drücken kann, wenn man verlassen wird: Du hast mich mies behandelt, deshalb liebe ich dich nicht mehr. Ich erwarte ja gar nicht, dass der Knopf mit einem Sitz verbunden ist, der den anderen aus dem Universum katapultiert; es genügt, wenn er aus dem Herzen gelöscht wird.

»Hörst du mir überhaupt zu?«, fragt Amy.

»Es ging so schnell, und wenn du ehrlich bist, warst du schon immer ein bisschen in Greg Smith verliebt«, wiederhole ich.

Ich sollte ihr sagen, dass sie gehen soll. Ich sollte das bisschen Würde bewahren, das ich noch habe – was nicht viel ist, in Anbetracht dessen, dass ich in eine Decke gewickelt bin und nach Bier rieche. Aber meine Familie ist nicht nur zu blöd für die Liebe, sondern auch völlig untalentiert, was Würde angeht, deshalb denke ich: Scheiß auf die Würde. Würde liegt einfach nicht in meinen Genen.

»Und weißt du, genau das verwirrt mich. Denn als du mir hier, in diesem Buchladen, gesagt hast, dass du mich liebst, hast du nicht gesagt: ›Ich liebe dich, aber wenn ich ehrlich bin, bin ich auch ein bisschen in diese Dumpfbacke Greg Smith verliebt.‹ Daran könnte ich mich erinnern. Du hast nur gesagt: ›Ich liebe dich, Henry.‹ Und als wir die Weltreisetickets gekauft haben, für die mein *ganzes* Geld draufgegangen ist, hast du nicht gesagt: ›Denk dran, ich bin auch ein bisschen in Greg Smith verliebt.‹«

»Für die ist nicht nur *dein* ganzes Geld draufgegangen, sondern auch ein Teil von *meinem*«, erwidert sie mit Nachdruck, und da weiß ich, dass ich recht hatte und dass sie Greg mir vorzieht, weil ich pleite bin. »Es ist, weil ich hier arbeite, stimmt's? Weil ich nicht viel verdiene. Oder ist es, weil ich weiter bei meiner Familie wohne? Oder weil ich im Lieferwagen mit dir zum Abschlussball gefahren bin?«

»Henry«, sagt sie, als würde ich Unsinn reden.

Aber ich kenne sie. Ich kenne ihre Gesichtsausdrücke. Ich kenne den, den sie jetzt draufhat: Es ist Mitleid. Ich habe ihn bei ihr gesehen, als sie Filme über herrenlose Tiere geschaut hat, die niemand haben wollte. Ich liege hundertprozentig richtig, was sie und Greg Smith angeht. Sie hat ihn gewählt, weil er reicher ist, besser aussieht und auf die Uni geht.

»Du bist ein toller Freund. Aber wir sind nicht mehr auf der Highschool.«

»Also habe ich recht.«

»Nein«, sagt sie, obwohl es offensichtlich nicht stimmt. Sie schüttelt den Kopf, versucht die passende Antwort für mich zu finden. »Er ist derjenige, mit dem ich mich immer gesehen habe. Du weißt schon, an der Uni und so. Mit dem ich Sachen machen kann.«

»Was für Sachen?«

Sie legt mir kurz die Hand auf den Arm, sieht an mir vorbei in den Laden und sagt: »Du hast immer noch Rachel.«

»Rachel und ich sind Freunde. Sonst nichts. Du bist es«, sage ich. »*Du.*«

Sie lächelt und fasst meinen Arm ein wenig fester.

»Was ist, wenn ich mich ändere?«, frage ich und sie zögert, bevor sie antwortet.

126

»Ich glaube nicht, dass es etwas ändern würde. Nein, es würde nichts ändern«, sagt sie, aber wahr ist die erste Hälfte ihrer Antwort. Sie *glaubt* nicht, dass es etwas ändern würde, und das heißt, es *würde* vielleicht etwas ändern. Es *könnte* etwas ändern. Bevor sie geht, will ich ihr Versprechen, dass sie zurückkommt, wenn ich mich ändere und es doch etwas ändert.

Sie gibt mir zum Abschied einen Kuss und ich beschließe, das als Ja zu nehmen.

Es gibt keinen einzigen Teil von mir, der heute Morgen nicht wehtut: meine Zähne, mein Kopf, mein Herz, mein Stolz, meine Augen. Sogar der Teil hinter meinen Augen tut weh. Ich halte meinen Kopf unter den Wasserstrahl und versuche den Gedanken wegzuwaschen, dass Amy schon immer ein bisschen in Greg Smith verliebt war.

Ich steige aus der Dusche und trockne mich ab, dann setze ich mich auf den Rand der Wanne und lasse mir den Kopf vom restlichen Dampf klären. Dad kommt herein und fragt, ob er an den Spiegel kann.

»Rachel hat mir das mit Amy erzählt«, sagt er.

»Sie ist nur vorübergehend mit Greg zusammen.«

»Manchmal muss man loslassen, Henry«, sagt er und klopft mit seinem Rasierer auf den Waschbeckenrand. Dabei glaubt er das selbst nicht. Wenn er es täte, würde er mit seinem Leben weitermachen, anstatt zum x-ten Mal *Große Erwartungen* zu lesen und auf eine weitere Chance bei Mum zu hoffen.

127

Ich sehe zu, wie er Straßen durch den Schaum auf seinem Gesicht zieht, und überlege, wie ich das, was ich sagen will, sagen kann, jetzt, wo ich sicher bin, dass ich es sagen will. »Wie viel würden wir kriegen, Dad?«

»Das Haus gehört uns, Henry. Es hat zwei Stockwerke und einen großen Garten. Ich schätze, eine gute Million.«

Ich schweige, während er sich zu Ende rasiert, das Gesicht wäscht und es mit dem Handtuch, das ich ihm reiche, abtrocknet. »Es ist in Ordnung, wenn du fürs Verkaufen bist«, sagt er.

In meiner perfekten Welt würde ich mir um Geld keine Sorgen machen. In meiner perfekten Welt würde es immer Bücher geben und alle würden die gebrauchten genauso lieben wie Dad und George und ich. Amy würde sie lieben. Aber das hier ist nicht meine perfekte Welt. »Ich glaube, wir sollten es vielleicht wirklich tun. Mum ist der Meinung und sie kennt sich da aus.«

Er nickt und wartet. Weil ich nicht mit einem Vielleicht antworten kann. Es ist eine Ja-oder-nein-Frage. Ich muss daran denken, wie er mal zu mir gesagt hat, was er an Literatur so mag, ist, dass es darin nur selten Ja-oder-nein-Antworten gibt. Die Welt ist komplex, hat er gesagt. Und Menschen sind es auch.

Er und ich haben schon Hunderte von Gesprächen über die Figuren in Büchern geführt. Beim letzten Mal ging es um *Jesus von Texas* von D. B. C. Pierre. Es hat mir so gut gefallen, dass ich es zweimal hintereinander gelesen habe.

»Was hat dir daran so gefallen?«, hat Dad gefragt.

»Die Hauptfigur, Vernon«, habe ich geantwortet. »Und die

Art, wie Amerika darin kritisiert wird. Aber vor allem die Sprache. Es ist, als hätte er die Worte draußen in die Sonne gelegt, damit sie sich verziehen, und sie klingen ganz anders, als man es erwartet.«

»Vielleicht wirst du ja auch mal Schriftsteller«, hat Dad gesagt. »Was meinst du?« In unserer Buchhandlung war alles möglich.

Doch jetzt ist offenbar nicht mehr alles möglich. Sonst würde Mum nicht verkaufen wollen. Sie liebt den Laden genauso wie wir alle, aber sie akzeptiert, dass das Geschäft nicht mehr läuft. Es ist nicht alles möglich, wenn ich den Rest meines Lebens dasselbe verdiene wie jetzt. Und für George auch nicht.

»Ja«, sage ich und fahre mit dem Zeh über einen Sprung in der Fliese. »Ich will, dass wir verkaufen.«

»Und was willst du dann machen?«, fragt er.

»Es besteht immer noch die Möglichkeit, dass die Reise mit Amy stattfindet. Und danach werde ich wahrscheinlich studieren.«

»Dann ist es entschieden«, sagt er traurig. »Ich leite alles ein.«

Ich gehe nach unten und fange an mich von der Buchhandlung zu lösen. Ich sehe die Briefbibliothek nicht an, als ich daran vorbeigehe. Ich schaue nicht nach, ob jemand Kommentare in den T. S. Eliot geschrieben hat. Ich werfe keinen Blick in den Lesegarten.

Stattdessen steuere ich auf den Tresen zu, wo George gerade den Neuen zur Schnecke macht. »Wenn du deinen blöden Laptop nicht da wegnimmst, schiebe ich ihn dir sonst wohin.« Es sieht aus, als könnte das in einer Klage wegen Körperverletzung enden, deshalb nehme ich George den Tacker aus der Hand. Schließlich sind wir nur ein Secondhandbuchladen und können es uns nicht leisten, ein Auge zu ersetzen.

Der Neue – Martin – ist ungefähr so alt wie George und scheint ein gepflegter, gut aussehender Computerfreak zu sein.

»Hi«, sagt er zu mir und lächelt.

Er scheint ein *netter*, gepflegter, gut aussehender Computerfreak zu sein. Oder vielleicht wirkt es auch nur so, weil er neben George mit ihren schwarzen Klamotten und schwarzen Haaren mit blauem Streifen steht. Wahrscheinlich ist er in der Schule gar kein Freak, sondern eher einer von den beliebten Typen – was erklären würde, warum meine Schwester ihn nicht mag.

»Ich bin Henry«, sage ich und gebe ihm die Hand.

»Martin Gamble«, erwidert er und George fügt hinzu: »Martin *Charles* Gamble«, im gleichen Tonfall, als würde sie sagen: *absoluter Vollidiot.*

Martin sieht nicht wütend aus, eher amüsiert. »Eure Mum hat mich angeheuert, um im Laden zu helfen und die Bücher zu katalogisieren. Und dafür«, sagt er zu George, »muss ich meinen Laptop aufladen.«

»Mum wohnt hier nicht mehr«, sagt George. »Henry ist heute der Chef und er wird dich postwendend rausschmeißen.«

»Entschuldige«, sage ich zu Martin. »Ich muss mal kurz mit meiner Schwester reden.«

Ich bedeute George, mit mir nach draußen auf die Straße zu kommen, aber sie ist offensichtlich nicht in der Stimmung zuzuhören. Die Tür ist noch nicht zu, da schimpft sie bereits los und ich wünschte wirklich, sie würde das lassen, weil mir auch so schon der Kopf zerspringt.

»Er geht in meine Schule. In meine Klasse. Er war mal mit Stacy zusammen«, faucht sie. »Sie sind immer noch befreundet.«

George erzählt mir nicht viel von der Schule, aber das mit Stacy weiß ich. Sie gehört zu den Beliebten und ist kein Fan von Leuten, die *nicht* zu den Beliebten gehören, somit ist sie auch kein Fan von meiner Schwester. George hat mir mal erzählt, dass Stacy überall *George Jones ist ein Grufti* draufgekritzelt hat, auf Klotüren, Schranktüren und Schreibtische. Bei einem Schulausflug hat sie es sogar auf Georges Gesicht geschrieben.

Ich spähe durch das Schaufenster zu Martin. »Er sieht nicht aus wie jemand, der dich als Grufti bezeichnen würde. Wir können ihm doch eine Probezeit geben. Eine Woche.«

Da mein Vorschlag sie nicht umzustimmen scheint, versuche ich es mit einem anderen Argument. »Überleg doch mal, wie unglücklich du ihn in einer Woche machen kannst, wenn du seine Chefin bist.«

Ich sehe ihr an, dass ihr der Gedanke noch nicht in den Sinn gekommen war, aber ausnehmend gut gefällt. Sie sieht ebenfalls zu Martin hinein und überlegt einen Moment. »Okay«,

131

sagt sie dann. »Aber er darf nicht seine Freunde mit hierher-
bringen. Das ist mein Zuhause.«

»Geht in Ordnung.« Dann sage ich ihr, dass es noch etwas
gibt, das sie wissen sollte, bevor sie wieder hineingeht. Ich
sage es schnell, um es hinter mich zu bringen. »Ich habe so
wie Mum gestimmt. Wir verkaufen definitiv.«

Es ist keine große Überraschung. George sagt, das hätte sie
sich nach dem, was gestern Abend passiert ist, schon gedacht.
Ich kann nicht erkennen, ob sie findet, dass ich die richtige
Entscheidung getroffen habe. »Wenn du das nicht willst, solltest du dagegen stimmen.«

»Nein, schon gut. Ich stimme so ab wie du.«

Ich versuche mir George irgendwoanders vorzustellen als
im Buchladen, aber es gelingt mir nicht. Er ist ihr Sicherheits-
netz. Sie ist eigentlich immer nur an einem von drei Orten –
hier, im Shanghai Dumplings oder in der Schule. Und da sie
die Schule hasst, gibt es nur zwei Orte, an denen sie sich wohl-
fühlt.

Aber es gibt drei Menschen, die sie liebt: mich, Mum und
Dad. Sie hat schon ein schlechtes Gewissen, weil sie im Laden
wohnen geblieben und nicht zu Mum gezogen ist. Wenn sie
jetzt noch wie Dad stimmt, was den Verkauf betrifft, trennt
sie die Familie in der Mitte durch. So bin ich derjenige, der die
Familie getrennt hat, und sie schließt sich mir nur an.

Wir gehen wieder hinein und ich höre, wie sie Martin erklärt, dass sie seine Chefin ist, dass er seine Freunde nicht
mitbringen darf und tun muss, was sie sagt.

»Geht klar«, sagt er und lächelt sie auf eine Weise an,

132

dass sie rot wird, was ich bei ihr noch so gut wie nie erlebt habe.

Nachdem die morgendlichen Notfälle geregelt sind, wende ich meine Aufmerksamkeit Rachel zu. Wir müssen uns erst mal wieder auf den aktuellen Stand bringen.

Dad hat ihr die Aufgabe zugeteilt, die Briefbibliothek zu katalogisieren, während Martin sich um die restlichen Bücher kümmert. Sie hat sich neben der Bibliothek einen kleinen Schreibtisch eingerichtet, mit ihrem Laptop, einem Notizbuch und einem Becher voll Stifte.

Das ist typisch Rachel. Sie liebt es, gut organisiert zu sein. Und sie liebt Schreibwaren. Früher hatte sie immer einen Riesenvorrat von diesen kleinen neonfarbenen Haftzetteln und auf die hat sie Wort für Wort notiert, was der Lehrer gesagt hat. In Englisch hat sie die Zettel dann auf die entsprechende Seite des Buchs geklebt, als würden sie das Geheimnis eines Ausdrucks oder Satzes lüften und die Frage, warum der Autor ihn verwendet hat.

Einen von diesen Zetteln habe ich damals gefunden, ungefähr einen Monat nachdem sie weggezogen war. Er war aus einem ihrer Romane gefallen, während sie im Laden war, und darauf stand: *Dieser Satz schildert treffend die Bedeutung von allem.* Ohne das dazugehörige Buch war er quälend und vollkommen nutzlos.

»Na, wie war dein Abschlussjahr?«, frage ich als Einstieg.

»Okay«, sagt sie, ohne von ihrer Arbeit aufzusehen. Sie ist

dabei, die Bücher der Briefbibliothek alphabetisch zu sortieren.

»Also bist du jetzt für Biologie zugelassen?« Sie nickt und sortiert weiter. »An der Uni in Melbourne?«

Wieder ein Nicken.

»Und Cal, wie geht's Cal?«

»Henry, ich hab zu tun«, sagt sie. »Die Bibliothek zu katalogisieren ist ein Haufen Arbeit und dein Dad will, dass alles bis Monatsende fertig ist, was ich nicht mal schaffe, wenn ich Tag und Nacht durcharbeite.«

»Ich helfe dir. Wir machen es zusammen.«

»Ich will deine Hilfe nicht, Henry«, sagt sie scharf.

»Bist du sauer auf mich?«, frage ich. »Es fühlt sich so an.«

»Nein, ich bin nicht sauer. Ich muss mich konzentrieren, weiter nichts. Allein komme ich besser voran.«

Ich mache mir Sorgen, dass ich sie wirklich geküsst habe und sie deshalb wütend ist, deshalb nehme ich allen Mut zusammen und frage sie. »Haben wir uns gestern Abend geküsst?«

»Klar haben wir uns geküsst, Henry«, sagt sie, zieht ein Exemplar von *Ein Kuss zu viel* aus dem Regal und räumt es an die richtige Stelle. »Und anschließend bin ich zum Klo gegangen und habe Wasser aus der Schüssel getrunken.«

»Ein einfaches Nein würde reichen, Rachel«, erwidere ich und gehe mit dem unguten Gefühl zum Tresen zurück, dass irgendwas passiert sein muss, woran ich mich nicht erinnern kann, und das hat uns offenbar wieder dahin zurückkatapultiert, wo wir vor gestern Abend waren.

»Sie hat dich neben einem Behälter für benutzte Tampons und Binden gefunden«, sagt George hilfreicherweise, als wir vor der Mittagspause darüber sprechen.

»Ja, das ist peinlich für mich, aber so was würde sie nicht wütend machen.« Ich stütze mich auf den Tresen und sehe sie unverwandt an. »Als Rachel vor drei Jahren weggegangen ist, hast du da zufällig einen Brief von ihr an mich gefunden?«

»Wenn, dann wüsstest du es«, sagt sie. »Und jetzt muss ich Martin das Leben zur Hölle machen.«

Während sie das tut, bediene ich die Kunden und beobachte Rachel. Bediene und beobachte, bediene und beobachte und versuche, mich an die fehlenden Teile von gestern Abend zu erinnern. Ich erinnere mich daran, dass sie gesagt hat, wir wären Freunde. Ich erinnere mich daran, dass sie sich dafür entschuldigt hat, dass sie nicht zurückgeschrieben hat. Ich erinnere mich überhaupt nicht daran, dass wir uns gestritten haben. Im Gegenteil, ich erinnere mich daran, dass wir uns versöhnt haben.

Gegen eins kommt Lola herein und ich frage sie, woran sie sich erinnert. »Ich habe gesehen, wie du getrunken hast«, sagt sie. »Dann bist du auf Amy zugetaumelt und hingefallen und Rachel wollte dir aufhelfen. Aber du bist auf allen vieren davongekrochen und im Frauenklo verschwunden.« Sie nimmt ein Pfefferminzbonbon aus der Schale und lutscht eine Weile darauf herum. »Du solltest das mit dem Trinken besser lassen«, sagt sie schließlich um das Bonbon herum.

»Diese Tatsache ist bereits hinreichend bekannt.«

»Was anderes«, sagt sie. »Ich habe schlechte Nachrichten. Richtig schlechte Nachrichten.«

»Amy hat Greg gefragt, ob er mit ihr auf Weltreise geht?«

»Nimm's mir nicht übel, aber wenn es um Amy geht, bist du manchmal echt ein egozentrisches Arschloch.«

Das klingt zwar hart, ist aber nicht ganz falsch. Lola hat sich schon verdammt oft mein Gejammer über Amy angehört. »Tut mir leid. Schieß los.«

»Die Hollows trennen sich«, sagt sie und diese Nachricht gehört mindestens in dieselbe Beschissenheits-Kategorie wie die, dass Amy sich von mir getrennt hat. »Hiroko hat es mir gestern nach dem Auftritt gesagt. Sie geht nach New York, um dort Schlagzeug zu studieren. Sie hat mir nicht mal gesagt, dass sie vorhatte sich zu bewerben. Vier Jahre Arbeit und alles umsonst.« Sie wirft mir ihr Pfefferminzbonbon an den Kopf und es prallt ab und landet auf dem Aktionstisch. »'tschuldige. Aber jetzt geht's mir besser.«

»Freut mich, wenn ich dir helfen konnte.«

»Dabei habe ich uns gerade einen regelmäßigen Auftritt im Hush organisiert. Einen *bezahlten* regelmäßigen Auftritt, den ich jetzt absagen muss.«

»Kannst du dir nicht einen Ersatz suchen?«

»Für Hiroko gibt es keinen Ersatz«, sagt sie. »Wenn sie geht, sind die Hollows Geschichte. Am Valentinstag treten wir zum letzten Mal auf. Und dann ist Schluss.«

Sie wirft noch ein Pfefferminzbonbon und ich bewege mich so, dass es mich trifft, weil mir sonst nichts einfällt, um sie aufzuheitern. Die Hollows waren Lolas große Leidenschaft, seit

sie und Hiroko sich in der Achten beim Anstehen für das War-
paint-Konzert kennengelernt haben. Schon an dem Abend, als
sie da draußen in der Kälte standen, haben sie von ihrer eigenen Band geträumt und ihren ersten Song geschrieben.

»An welcher Schule ist Hiroko denn angenommen worden?«, frage ich, doch Lola winkt ab und schiebt sich noch ein
Bonbon in den Mund.

Ein paar Kunden kommen herein und ich zeige ihnen, wo
sie die Krimis finden. Als ich zurückkomme, blickt Lola zur
Briefbibliothek hinüber. »Du hast recht, Rachel sieht wirklich
sauer aus«, sagt sie und geht zu ihr, um ein paar Nachfor-
schungen anzustellen.

Sie reden. Ich höre Lachen. Rachel schüttelt den Kopf und
sortiert weiter die Bücher. Lola sieht ihr dabei zu. Sie reden
noch ein bisschen, dann kommt sie zurück.

»Sie ist nicht sauer auf dich«, sagt sie. »Ihr habt gestern
Abend alles geklärt. Du hast sie geküsst, aber das ist okay für
sie. Seitdem vermisst sie ihren Exfreund Joel, das ist alles.«

Ich bemühe mich so auszusehen, als würde ich mich darüber freuen, weil ich mich wirklich darüber freue. Wenn ich
mich nicht darüber freuen würde, wäre ich einer von diesen
Typen, denen ihr Ego wichtiger ist als ihre beste Freundin.
Und so einer bin ich nicht.

»Dann muss der Kuss ja gut gewesen sein. Wenn sie seitdem
Joel vermisst«, sage ich.

»Oder unglaublich schlecht«, sagt Lola. »Aber das weiß ich
nicht, die Qualität des Kusses war nicht Thema.« Sie schreibt
eine Adresse auf einen Zettel. »Justin Kent gibt am Freitag

eine Party und Hiroko und ich haben da unseren drittletzten Auftritt. Bring Rachel mit. Sie braucht ein bisschen Aufmunterung.«

Leichter gesagt als getan, denke ich und widme mich wieder der Beobachtung.

Am Freitag bin ich total verwirrt.

Jeden Tag dieser Woche war ich nett zu Rachel und jeden Tag habe ich darauf gewartet, dass sie wieder so wird wie früher. Aber jeden Tag ist sie morgens an mir vorbeimarschiert, direkt zur Briefbibliothek. Sie arbeitet bis mittags durch, dann verschwindet sie für eine halbe Stunde. Sie geht nicht zu Frank. Das weiß ich, weil ich rübergegangen bin, um nachzusehen.

Alle im Buchladen haben sich größte Mühe gegeben, freundlich zu ihr zu sein, haben sie nach ihrer Mum gefragt, nach Cal, nach dem Meer, nach dem letzten Schuljahr, aber sie würgt alles mit dem Argument ab, sie muss arbeiten.

Ich besorge ihr einen Kaffee. Ich lese ihr interessante naturwissenschaftliche Artikel vor, während sie arbeitet. Ich sage ihr kein einziges Mal, wie satt ich es habe, mir ihr Gemecker über die Briefbibliothek anzuhören. Irgendwann habe ich das schräge Gefühl, Rachel zu vermissen, obwohl sie direkt neben mir steht.

»Anscheinend vermisst sie ihren Exfreund«, sage ich am Freitagnachmittag zu Martin und George. »Aber das wird sich heute Abend ändern. Wir gehen zu Justin Kents Party. Wir

alle«, sage ich und zeige auf die beiden. »Das ist ein Arbeits-
ausflug.«

»Werde ich dafür bezahlt?«, fragt George.

»Nein.«

»Dann komme ich nicht mit.«

Martin lacht.

»Deine Pause ist zu Ende«, sagt sie zu ihm. »Geh wieder an
die Arbeit.«

Martin hat diese Woche auch Weiberstress. Wenn er Glück
hat, zeigt George ihm nur die kalte Schulter. Wenn nicht, schi-
kaniert sie ihn und schreibt ihm vor, wann er seine Pausen
nehmen soll.

»Wir zahlen nicht genug, um ihn so zu behandeln«, habe ich
sie am Mittwoch erinnert, woraufhin sie mich daran erinnert
hat, dass Martin in der Probezeit und sie seine Chefin ist und
dass ich mich da raushalten soll.

Seltsamerweise scheint Martin die Zusammenarbeit mit
George Spaß zu machen. Egal was sie tut, er findet es lus-
tig oder schräg, aber irgendwie trotz allem sympathisch. Und
egal wie oft sie ihn auflaufen lässt, er versucht es immer wieder.

»Was liest du?«, fragt er sie an diesem Nachmittag.

»Kafkas *Verwandlung*«, sagt George, ohne aufzusehen.

»Und worum geht's da?«

»Ein Mann verwandelt sich in einen Riesenkäfer und stirbt
schließlich.«

»Klingt nicht gerade lebensbejahend«, bemerkt Martin.

»Das Leben ist nicht gerade lebensbejahend«, sagt George.

»Woher nimmst du die Zeit, so viele Bücher zu lesen?«, fragt er und nun schaut sie doch von ihrem Kafka auf, den Daumen als Lesezeichen zwischen die Seiten gelegt. »Ich bin in der Schule nicht gerade beliebt. Ich habe jede Menge Zeit.«

Sie steht auf und Ray Bradbury springt von ihrem Schoß auf Martins. Er krault ihn hinter den Ohren und Ray fängt an zu schnurren. »Verräter«, sagt George und verschwindet nach nebenan zu Frank.

Ich habe diese Woche etliche Gespräche mit Martin geführt und bei den meisten ging es irgendwie um George. Je mehr wir reden, desto netter finde ich ihn. Er hat George in ihrer übelsten Laune erlebt und mag sie trotzdem. »Sie ist witzig«, hat er neulich gesagt, als ich ihm beim Katalogisieren geholfen habe. »Witzig. Klug. Originell.«

Das sind gute Gründe, George zu mögen. Es sind ihre besten Eigenschaften.

Was er und George brauchen, ist ein bisschen Zeit außerhalb des Ladens, um sich besser kennenzulernen. Und Rachel und ich auch. Drei Jahre sind vergangen und ich glaube, das Problem ist, dass wir uns erst wieder finden müssen.

»Wir müssen uns neu kennenlernen«, sage ich an dem Nachmittag zu ihr, als ich rübergehe, um sie an die Party zu erinnern. Die alte Rachel liebte Partys, aber die neue reagiert eher wie George.

»Ich muss heute Abend arbeiten. Ich muss diesen völlig wahnsinnigen Job erledigen, den dein Dad mir gegeben hat. Ich glaube, er hat eine Midlife-Crisis. Er will nicht nur, dass ich alle Bücher der Bibliothek alphabetisch ordne und katalogisiere, nein, er will auch, dass ich alles, was in den Büchern liegt, also Briefe und so weiter, katalogisiere und obendrein noch sämtliche Anmerkungen am Rand.«

Es ist nicht das erste Mal in dieser Woche, dass Rachel etwas in dieser Art zu mir sagt, und bisher habe ich mich bemüht jeglichen Streit zu vermeiden. Aber jetzt ist meine Geduld mit dieser neuen Rachel am Ende und ich will, dass die alte Rachel wieder auftaucht.

»Du *liebst* solche Sachen. Du leckst dir alle zehn Finger danach.«

»Du glaubst, ich liebe total schwachsinnige, öde und endlose Aufgaben?«

»*Ja*. Als Kind hast du mit Begeisterung das Periodensystem auswendig gelernt.«

»Das Periodensystem listet alle Elemente auf, die auf der Erde existieren. Das Periodensystem hat einen Sinn. Diese Bibliothek hat keinen Sinn. Diese Bibliothek ist die Definition von Sinnlosigkeit, Henry.«

»Okay, Schluss jetzt«, sage ich. »Mir reicht's. Die ganze Woche hast du miese Laune gehabt. Darf ich dich daran erinnern, dass ich auch ein gebrochenes Herz habe und Aufmunterung brauche? Ich will meine beste Freundin zurück und ich will, dass sie heute Abend mit mir auf eine Party geht.«

Sie holt Luft, um zu widersprechen, aber ich lasse sie nicht zu Wort kommen. »Mach jetzt Feierabend und um neun kannst du in den Laden zurück und weiterarbeiten. Du musst mit George fahren, weil ich will, dass du mit ihr unterwegs über Martin sprichst. Ich will wissen, was sie über ihn denkt.«

»Sie denkt, dass du dich aus ihrem Leben heraushalten sollst, Henry«, sagt sie, packt ihren Laptop und ihre übrigen Sachen ein und geht, ohne zu sagen, ob sie mitkommt oder nicht.

Ich winke ihr durch das Schaufenster zu, als sie in ihr Auto steigt. Als Antwort zeigt sie mir den Stinkefinger.

»Alles klar«, sage ich zu Martin, bevor er ebenfalls verschwindet. »Jepp. Ich habe ein gutes Gefühl, was heute Abend angeht.«

Stolz und Vorurteil und Zombies

von Jane Austen und Seth Grahame-Smith

Briefe zwischen Seite 74 und 75

15. Januar 2016

Liebe George,

ich freue mich auf die Party heute Abend. Das wird bestimmt nett.

Martin

PS: Die Idee mit der Briefbibliothek gefällt mir.

Martin,

schreib mir nie wieder in diesem Buch.

George

Liebe George,

wie schön, eine Antwort von dir zu bekommen. Schriftlich bist du genauso charmant wie mündlich. Warum soll ich dir nicht in diesem Buch schreiben? Ich sehe dich andauernd darin blättern.

Martin

Martin,

ich blättere darin, weil ich mir in diesem Buch mit jemand anders schreibe. Das ist unser Buch. Nicht deins.

George

Liebe George,

kann ich dir dann in einem anderen Buch schreiben? Wir arbeiten zusammen. Ich möchte, dass wir Freunde sind. Bitte. Die Tage sind LANG, wenn ich sämtliche Bücher im Laden katalogisieren soll. Ich tippe den Titel von JEDEM EINZELNEN BUCH hier ein. Ich weiß nicht, was ich dir getan habe, aber ganz gleich was es war, es kann nicht so schlimm sein, dass du mich am ausgestreckten Arm verhungern lässt.

Martin

Martin,

du hängst mit einem Mädchen rum, das mich als Freak bezeichnet.

George

Liebe George,

ich habe dich nie als Freak bezeichnet. Ich finde auch nicht, dass du ein Freak bist. Im Gegenteil, ich wollte von Anfang an dein Freund sein. Du bist diejenige, die mich dauernd ignoriert oder beleidigt. Hast du irgendeinen Beweis, dass ich ein mieser Typ bin?
Seit ich dich kenne, habe ich Stacy immer wieder gesagt, dass du ein interessanter Mensch bist. Ich habe den Eindruck, dass du mich so behandelst, wie Stacy dich behandelt. Ich finde, du solltest mir wenigstens eine Probezeit als dein Freund geben, so wie du es beim Job getan hast. Es sind Sommerferien. Können wir die Schule nicht mal vergessen? Wie wäre es mit einem Waffenstillstand?

Martin

Martin,

von mir aus. Bevor du anfängst zu weinen — ja, du kannst mir schreiben. Aber NICHT in diesem Buch. Schreib mir in Kalter August *von Peter Temple. Ich habe gesehen, dass du darin gelesen hast, und in der Briefbibliothek ist ein Exemplar davon. Leg deine Briefe zwischen Seite 8 und 9.*

George

Liebe George,

ich bin völlig überwältigt von deinem Freundschaftsangebot. Danke. Vielen, vielen Dank. Ich kann es gar nicht fassen. Ich freue mich auf alle künftigen Mitteilungen.

Martin

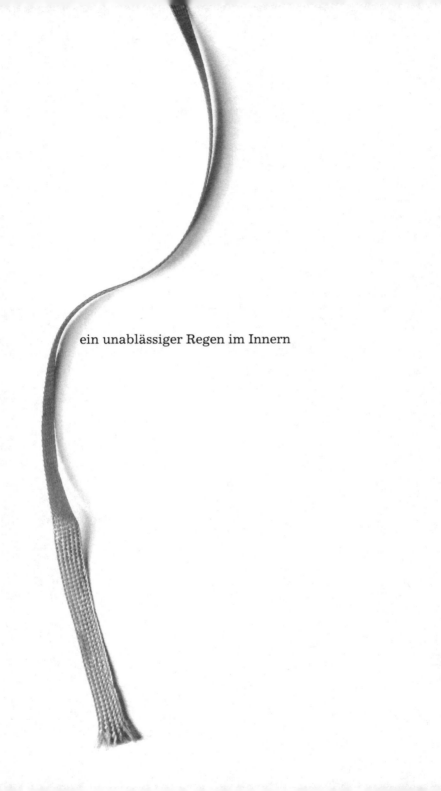

ein unablässiger Regen im Innern

RACHEL

Ich verlasse Howling Books und zeige Henry beim Einsteigen den Stinkefinger. Dann drücke ich auf die Hupe, damit Martin weiß, dass ich loswill.

Ich habe keine Lust, ihn nach Hause zu bringen, aber an meinem ersten Tag hat Sophia mir eine Tankfüllung versprochen, wenn ich ihn mitnehme, weil er um sechs zu Hause sein muss, um auf seine kleine Schwester aufzupassen, bis seine Mums von der Arbeit nach Hause kommen. Das bedeutet, dass wir um fünf Schluss machen müssen, was ich natürlich auch nicht schlecht finde.

Am liebsten würde ich schon morgens, wenn ich in den Laden komme, Feierabend machen. Es ist so öde, die wirren, langweiligen Gedanken von jedem, der die Seiten gelesen hat, zu katalogisieren. Interessiert mich nicht, interessiert mich nicht, interessiert mich nicht, hämmert es den ganzen Tag in meinem Kopf, wie ein unablässiger Regen im Innern. Interessiert. Mich. Nicht.

In der Briefbibliothek sind ungefähr fünfhundert Bücher.

Vielleicht auch mehr. Zehn Regalbretter mit jeweils etwa fünfzig oder sechzig Büchern. Und auf fast jede Seite jedes Buches hat irgendwer irgendwas gekritzelt, manchmal nur Unterstreichungen, manchmal Kommentare am Rand. In fast allen Büchern liegen Zettel oder Briefe und aus irgendeinem Grund will Michael, dass jeder einzelne davon festgehalten wird.

»Als Erstes möchte ich, dass du sie alphabetisch ordnest«, hat Michael am Montag gesagt. »Und die Angaben notierst: Titel, Autor, Verlag, Erscheinungsjahr. Dann hätte ich gerne ein Verzeichnis aller Briefe in den Büchern samt Inhalt und Verzeichnis der wichtigsten Kommentare auf den Seiten. Und wenn möglich, hätte ich auch gerne ein Verzeichnis der wichtigsten Wörter und Sätze, die unterstrichen sind.«

»Das ist nicht dein Ernst, oder?«

»Doch«, sagte Michael und ließ seinen Blick über die Bücher schweifen. »Es ist viel Arbeit, und es ist nicht ganz das, wofür Sophia dich eingestellt hat. Aber ich möchte, dass du das katalogisierst. Martin kann den Rest des Ladens übernehmen, aber das hier ist wichtig.«

Ich kenne Henrys Dad schon mein ganzes Leben lang, deshalb fand ich, dass ich ihm gegenüber ehrlich sein durfte. »Das ist totaler Irrsinn, Michael. Und außerdem unmöglich.«

»Es ist nicht unmöglich«, sagte er ruhig und trank einen Schluck aus seinem Howling-Books-Kaffeebecher, auf dem ein Buch abgebildet ist, das den Mond anheult. Der Becher passt irgendwie nicht zu einem Mann, der eine blaue Strickjacke und Hausschuhe trägt.

»Nein, unmöglich wahrscheinlich nicht, aber dafür bräuchte

ich mindestens ein Jahr und ihr wollt doch bald verkaufen. Ihr habt kein Jahr mehr.« Ich bemühte mich, vernünftig zu klingen.

»Stimmt, wir haben maximal sechs Monate«, sagte er. »Wahrscheinlich sogar weniger, deshalb bezahle ich dir die Überstunden.«

»Ich will aber keine Überstunden machen«, erwiderte ich, aber er hatte sich bereits abgewandt.

Er ließ mich einfach stehen und ich fühlte mich genau wie nach der Beerdigung in der Schule, als mir alles, was die Lehrer von mir wollten, blödsinnig und furchtbar anstrengend vorkam und ich nur noch schlafen wollte.

Endlich steigt Martin ins Auto und schnallt sich ohne ein Wort an. Bei unserer ersten Fahrt habe ich ihm gesagt, dass ich noch Anfängerin bin und dass er es nicht persönlich nehmen soll, aber ich brauche beim Fahren absolute Stille. »Das Radio stört mich nicht, nur wenn jemand mit mir redet.«

Das habe ich ihm erzählt, weil es einfacher ist, als seine Fragen nach Cal zu beantworten. Schon die ganze Woche weiche ich Fragen nach dem Strand, nach der Zwölften, nach Cal, Mum und der Uni aus. Wie sich herausgestellt hat, kannte sogar Martin meinen Bruder, weil sie früher zusammen zur Schule gegangen sind.

Eigentlich hatte ich gar nicht vor, mit der Lüge von Freitagabend im Laundry weiterzumachen, aber als Amy am Samstagmorgen im Laden war, hat sie gefragt, welche Kurse ich belegt hätte, und ich wollte ihr auf keinen Fall sagen, dass ich die Abschlussprüfung in den Sand gesetzt habe. George stand daneben, als ich Amy sagte, dass ich ein Jahr Auszeit mache, und jetzt kann ich das schlecht zurücknehmen.

Von dem Moment an, als ich Henry an meinem ersten Tag im Laden geweckt habe, war klar, dass der Kuss ein Fehler gewesen war, ein Fehltritt im Suff, an den er sich kaum erinnern konnte und von dem er hoffte, dass er ihn nur geträumt hatte. »Er hat Panik«, meinte Lola, als sie zu mir rüberkam, um mich auszufragen. Ich habe sie mit einer Nachricht zurückgeschickt, die ihn verletzen sollte. »Es hat mich nur daran erinnert, dass ich Joel vermisse.«

»Du stehst also nicht mehr auf Henry?«

»Ich bin nicht mehr verrückt«, habe ich erwidert und sie hat nicht weiter nachgebohrt.

Ich biege in Martins Straße ein und der Gedanke an seine Schwester, die auf ihn wartet, tut weh, wie jeden Tag. Ich wende, während er auf das Haus zugeht, und fahre zurück Richtung Fluss und zu Gus.

Er hat am Montag angerufen, um mir zu sagen, dass er Freitagnachmittag in der Stadt ist, und wenn ich reden wollte, könnte ich mich im Krankenhaus mit ihm treffen. »Ruf in der Notaufnahme an und sag Rose, sie soll mich anpiepen.« Rose hat darauf bestanden, dass ich heute zu ihm gehe. Sie war diejenige, die ihn als Therapeuten vorgeschlagen hat. Sie sind seit dem Medizinstudium befreundet und sie wusste, dass er in der Nähe von Sea Ridge wohnt.

Die Notaufnahme ist nur wenige Schritte vom Parkplatz

entfernt und ich bin schon drinnen, bevor ich daran denken kann, wie sehr mich das an den Tag erinnern wird, als Mum, Gran und ich auf Nachricht von Cal gewartet haben. Wir haben zwei Stunden lang gebetet, dass er noch lebt, obwohl wir die ganze Zeit wussten, dass es nicht so war.

Drei Leute warten auf den Stühlen in der Ecke. Sie halten sich an den Händen und die Hände liegen auf dem Schoß der Frau in der Mitte, die aussieht wie Gran. Die Frau rechts davon sieht aus wie eine Mutter. Ich mache den Fehler, dem Mädchen auf der anderen Seite direkt in die Augen zu sehen.

Ich verlasse den Warteraum; ich muss an die Luft. Gerade als ich beschließe wieder ins Auto zu steigen und wegzufahren, sehe ich Gus auf mich zukommen. In der einen Hand hat er zwei übereinandergestapelte Kaffeebecher und mit der anderen winkt er mir zu.

Sein Blick wandert zu dem NOTAUFNAHME-Schild neben mir und er runzelt die Stirn. Wir gehen über die Straße zum Park und setzen uns auf eine Bank unter einem riesigen alten Ahorn, um unseren Kaffee zu trinken.

»Tut mir leid wegen dem Treffpunkt«, entschuldigt er sich und ich sage, das macht nichts.

»Es sieht aber nicht so aus.«

»Da drinnen waren Leute, die so aussahen wie wir. Wie ich und Mum und Gran.«

»Und wie siehst du aus?«, fragt er.

»Traurig«, sage ich.

Er trinkt einen Schluck von seinem Kaffee. »Du wirkst aber nicht traurig. Eher wütend.«

»Wie aufmerksam«, erwidere ich und er sagt, ich soll die Mätzchen lassen und ihm sagen, was los ist.

»Woher kommt eigentlich das Wort Mätzchen?«, frage ich, um Zeit zu gewinnen. »Henry wüsste das bestimmt. Und sein Dad auf jeden Fall.«

»Macht es dir Spaß, mit ihnen zu arbeiten?«, fragt Gus.

»Michael – Henrys Dad – will, dass ich die Briefbibliothek katalogisiere.« Ich erkläre ihm, worum es dabei geht und wie frustrierend ich den Job finde.

»Bezahlt er dich anständig?«, fragt Gus und ich nicke. »Und gefällt dir der Arbeitsplatz?«

»Ich kann meine Zeiten selbst festlegen. Ich kriege Kaffee umsonst und kann Pausen machen, wann ich will. Ich muss keine Kunden bedienen, außer wenn Henry oder George zum Mittagessen weg sind. Und Martin, der den restlichen Bestand katalogisiert, ist nett.«

»Wenn es nur die Eintönigkeit ist, die dich nervt, setz dir Kopfhörer auf. Hör Musik.«

»Das würde immerhin die Fragerei abblocken. Die Leute fragen mich dauernd nach Cal.« Ich beobachte den kleinen Prachtstaffelschwanz, der vor unseren Füßen herumhüpft, als wäre er das Interessanteste auf der Welt. »Ich habe ihnen noch nicht gesagt, dass er tot ist.«

»Vielleicht ist es das, was dir zu schaffen macht?«

»Nein, ich habe einfach keine Geduld mehr für sinnlosen Quatsch. Was will Michael denn mit meinem Verzeichnis machen? Es liegt irgendwo als Datei auf seinem Computer und irgendwann löscht er es und meine ganze Arbeit war umsonst.

Finde ich schwachsinnig, wo es doch viel wichtigere Dinge zu tun gibt.«

»Was für wichtigere Dinge hast du denn zu tun?«, fragt Gus. »Nur so aus Neugier.«

Als ich nicht antworte, sagt er, ich soll versuchen aufzuschreiben, was mich wütend macht.

Ich mag Gus wirklich gern. Mehr noch, ich habe Respekt vor ihm. Aber heute würde ich ihm am liebsten sagen, er soll sich verpissen, und ich muss mir buchstäblich den Mund zuhalten, damit es mir nicht rausrutscht.

»Wann immer du mich brauchst, ruf mich an und wir treffen uns zu einer Sitzung«, sagt er und danach sitzen wir nur noch da und starren auf den Vogel, der zwischen den Gräsern nach Futter pickt.

Um neun fahre ich am Laden vor. George wartet vor der Tür, und sobald sie mein Auto sieht, ruft sie Henry zu, dass sie jetzt weg ist, und steigt ein. »Fahr los«, sagt sie. »Wenn wir vor ihnen bei der Party sind, können wir in der Menge untertauchen.«

Das ist keine schlechte Idee und so gebe ich Gas und lasse mich von George zu Justins Haus dirigieren. Ich erinnere mich an ihn, von der Highschool. Er war ein bisschen abgedreht, aber nett. Seine Eltern schienen ständig unterwegs zu sein, sodass man bei ihm gut Partys feiern konnte. In der Neunten hat er sich einen Bart wachsen lassen und sich geweigert ihn wieder abzurasieren. Ich überlege gerade, wer wohl sonst noch

155

da sein wird – Amy ganz bestimmt –, als George mich anstupst und sagt, ich soll an der Ampel links abbiegen.

Sie macht das Radio an und sucht herum, bis sie einen Sender findet, der David Bowie spielt, dann lehnt sie sich zurück und fragt: »Und, wie geht's Cal?«

Lange kann ich den Fragen nicht mehr ausweichen, also sage ich, dass es ihm gut geht. Abgesehen davon, dass er nur noch Asche ist und in einer Urne bei Mum auf dem Kaminsims steht, aber den Teil lasse ich weg. Ich bin überrascht, dass George sich überhaupt noch an Cal erinnert. Sie waren auf der gleichen Schule, aber ich kann mir nicht vorstellen, dass sie sich oft über den Weg gelaufen sind.

Cal war groß und dünn, mit einem Wust brauner Haare, mit denen er aussah wie eine Pusteblume. Eine bebrillte Pusteblume mit riesigen Kopfhörern und einem Buch in der Hand. George hat lange schwarze Haare mit einer blauen Strähne auf der Seite. Mittlerweile hat sie ein Tattoo am Schlüsselbein, die Zahl 44 in himmelblauer Schreibschrift.

Ich habe gehört, wie Martin sie vor ein paar Tagen auf das Tattoo angesprochen hat. »Vierundvierzig. Ist das die Bedeutung des Lebens?«, hat er gefragt. »Nein, das ist zweiundvierzig«, hat sie geantwortet. Ich weiß das, weil Cal *Per Anhalter durch die Galaxis* gelesen hat.

»Was macht er denn so?«, fragt George, und weil es sich anfühlte, als würde ich Cal auslöschen, wenn ich nicht antworte, sage ich ihr, was er täte, wenn er noch leben würde. »Er macht so eine Art Austausch, aber es ist kein offizielles Programm. Er lebt im Moment bei unserem Dad.«

Das ist fast die Wahrheit. Der Plan war, dass Dad drei Monate in Paris verbringt, damit Cal bei ihm sein kann. Wenn Cal nicht ertrunken wäre, dann wäre er jetzt dort.

»Das passt zu ihm«, sagt George auf eine Weise, als würde sie Cal besser kennen, als ich dachte.

»So gut kannte ich ihn nicht«, sagt sie, als ich danach frage. »Er war in der Schule mal nett zu mir. Er hat mir ein paar Urzeitkrebse geschenkt. Mir ging's damals nicht gut.« Sie hält inne und lässt einen Teil der Geschichte weg. »Jedenfalls hat er gesagt, die sind wie Zeitreisende. Sie können sozusagen Winterschlaf halten, bis die Bedingungen wieder besser sind. Ich habe sie noch nicht in Wasser getan. Ich hebe sie mir auf.«

Ich wusste nicht, dass Cal für George geschwärmt hat, aber das muss er wohl, denn er hätte seine Urzeitkrebse nicht irgendeinem beliebigen Mädchen geschenkt. Ich schaue zu ihr rüber, wie sie Bowies Song mitsummt, die Stiefel auf dem Armaturenbrett. Ich stelle mir Cal in der Schule vor, die Tüte mit den Urzeitkrebsen in der Hand, wie er allen Mut zusammennimmt, um sie George zu schenken. Wahrscheinlich hat er sich vorher aufgeschrieben, was er sagen wollte.

»Habt ihr euch danach öfter unterhalten?«, frage ich.

»Nein, eigentlich nicht.«

Sie hätten gut zusammengepasst, denke ich und drehe das Radio lauter, um die traurigen Gedanken zu übertönen.

Stolz und Vorurteil und Zombies

von Jane Austen und Seth Grahame-Smith

Briefe zwischen Seite 44 und 45

15. März–15. April 2014

Liebe George,

na, wie gefällt's dir in der Neunten? Ich habe diese alte Schreibmaschine von meinem Großvater im Schuppen gefunden, die nehme ich jetzt für unsere Briefe.

Das Y hüpft ein bisschen — Y Y Y Y Y Y Y — siehst du?

Ich mag die Neunte. Ich lese sehr viel — und ich schwimme, aber natürlich nicht zur gleichen Zeit. Ich habe die Haare anders. Meine Schwester findet, das steht mir. Ich finde es eher merkwürdig. Meine Ohren sind ziemlich groß, das ist mir vorher noch nie aufgefallen. Du hast hübsche Ohren — sie sind so klein, dass ich mich frage, wie du die ganzen Piercings darin unterbringst. Ich würde sie gerne irgendwann mal zählen. War das jetzt zu viel?

Pytheas

Lieber Pytheas,

du kannst sie gerne zählen, wenn du mir verrätst, wer du bist?!? Du hast
die Haare anders und du hast große Ohren, das sind immerhin zwei
Hinweise. Aber die Beschreibung trifft auf niemanden in der Schule zu.
Das führt mich zu einer Frage, von der ich hoffe, dass sie dich nicht beleidigt. Du bist nicht Martin Gamble, oder? In letzter Zeit taucht er in der
Schule ständig bei mir auf und dreht mein Buch um, um zu schauen, was
ich lese, und obwohl ich ziemlich sicher bin, dass du nicht Martin bist,
lässt mir der Gedanke irgendwie keine Ruhe. Bist du's? Bitte sag Nein.
Er ist mit Stacy zusammen und das kann ich mir bei dir nicht vorstellen.
Es sei denn, diese Briefe sind ein Scherz, aber das glaube ich nicht. Also
habe ich mich gerade selbst überzeugt, dass du nicht Martin bist.
Was anderes, Traurigeres: Meine Eltern streiten sich andauernd. Dad sagt,
sie werden sich auf keinen Fall scheiden lassen, nicht solange ihre Ausgabe von Große Erwartungen in der Briefbibliothek steht. Das ist ihr
Buch. Dad sagt, es erinnert ihn daran, wie sehr sie sich lieben, aber ich
bin nicht sicher. Im Moment sieht es nicht so aus, als würden sie sich
lieben, und ich will ja nicht darauf herumreiten, aber Pip und Estella
kommen ja nicht mal zusammen.

Bis bald,
George

Liebe George,

das mit deinen Eltern tut mir leid. Meine Eltern sind geschieden und ich vermisse Dad immer noch. Ich habe vor, ihn bald für eine Weile im Ausland zu besuchen. Es wird leichter. Oder vielleicht gewöhnt man sich auch einfach nur daran, dass es hart ist.
Nein, ich bin nicht Martin Gamble. Aber er ist eigentlich ein ziemlich netter Kerl. Vielleicht würde er gerne mit dir reden?

Pytheas

ich darf nur nicht mit ihr reden

HENRY

George verlässt den Laden, sobald Rachel da ist, mit der Behauptung, sie könne es kaum erwarten, von Martin wegzukommen. Aber das nehme ich ihr nicht ab. Während sie mir die Haare für heute Abend gestylt hat, habe ich ihr gesagt, dass ich sicher bin, dass Martin sie mag. Und sie hat nicht gesagt, ich soll die Klappe halten.

Ich gebe das auf dem Weg zur Party an Martin weiter und frage ihn, wie es um seine Gefühle steht.

»Machst du das immer so?«, fragt er.

»Was meinst du?«

»Versuchst du immer Leute zu verkuppeln?«

»Ich möchte, dass meine Schwester glücklich ist«, sage ich. »Und ich glaube, du könntest ihr den Glauben an das Leben und die Liebe zurückgeben.«

»Na, wenn's weiter nichts ist«, sagt er.

»Magst du sie?«

»Ihretwegen habe ich den Job in der Buchhandlung angenommen«, gibt er zu. »Ich hätte auch im Büro von einer von meinen Mums arbeiten können, aber dann habe ich den Zettel bei euch im Schaufenster gesehen und zugegriffen.«

»Versuch heute Abend einfach, sie zu küssen.«

»Ich glaube, das ist keine gute Idee.«

»Dann flirte wenigstens mit ihr.«

»Ich flirte schon seit einem Jahr mit ihr. Ich habe ihr diese Woche geschrieben«, sagt er. »Ich habe einen Zettel für sie in die Briefbibliothek gelegt. Sie wirkt nicht allzu begeistert, aber auch nicht allzu genervt. Ich glaube, ich habe schon Fortschritte gemacht.«

Als wir bei der Party ankommen, sehe ich, wie Amy hineingeht. »Sehe ich seriös aus?«

»Du bist seriös«, sagt er. »Du leitest eine Buchhandlung.«

»Ich helfe einen Secondhandbuchladen zu leiten, der nicht viel abwirft«, korrigiere ich, bevor ich aussteige. Die Unterscheidung ist wichtig.

Die Erste, die ich beim Reinkommen sehe, ist Rachel. Die Art, wie sie mich ansieht, verrät mir, dass ich besser aussehe als sonst. »Ich bin ein erfreulicher Anblick, stimmt's?«

»Schwer zu sagen«, entgegnet sie. »Ich bin so geblendet von deinem Ego.«

Der Spruch passt eher zu Lola. Die alte Rachel wüsste, dass ich eigentlich unsicher bin, was mein Aussehen angeht, und würde eine aufmunternde Bemerkung machen. Wieder ein Beweis, das zwischen uns nichts mehr so ist wie früher. Ich weiß nicht mehr, wie ich mich ihr gegenüber verhalten soll.

Martin sagt, er macht sich auf die Suche nach George, und

als er weg ist, berichte ich Rachel von unserem Gespräch im Auto. »Er hat mir gesagt, dass er sie mag.«

»Hat er das von sich aus gesagt oder hast du es aus ihm herausgequetscht?«

»Er hat die Information auf eingehendere Nachfrage preisgegeben.«

»George scheint nicht gerade scharf auf ihn zu sein. Hör auf, die beiden zu verkuppeln.«

»Hast du vor, dich den ganzen Abend mit mir zu streiten?«

»Nur wenn du weiter Unsinn redest«, sagt sie und dann gehen wir ins Wohnzimmer, wo Justin steht. Er trägt einen Anzug und hat sich den Bart abrasiert. »Du hast nicht erwähnt, dass es sein achtzehnter Geburtstag ist«, sagt Rachel mit einem Blick auf die Luftballons. »Und auch nicht, dass wir uns schick machen sollen.«

»So schick sind die hier doch gar nicht«, sage ich, während ein Mädchen in Rosa an uns vorbeigeht.

»Hier ist alles voller Rüschen und Parfüm, Henry.« Sie zeigt nach vorne. »Und Justin hat sogar sein Gesicht freigelegt.«

»Lola hat nicht gesagt, dass es so eine Art Party ist. Aber du siehst gut aus in deinen alten Jeans«, sage ich und sie geht in die Küche, um sich ein Wasser zu holen.

Amy und Greg sind auch da und sie sehen aus wie aus einer Modezeitschrift. Er hat einen Anzug an – einen wirklich coolen Anzug, muss ich zugeben – und Amys Kleid verschlägt mir für einen Moment den Atem.

Genau wie Rachel habe ich mich auch nicht in Schale geworfen. Wenn es nicht um Musik geht, vergisst Lola gerne

165

mal Informationen weiterzugeben. Ich schnappe mir zwei
Wasser und gehe mit Rachel hinaus in den Garten, damit wir
ein bisschen von den ganzen aufgebrezelten Leuten wegkommen.

Die Hollows machen sich auf der offenbar gemieteten
Bühne bereit. Wir setzen uns ganz nach vorne und beobachten
Lola konzentriert, damit wir nicht reden müssen. Nach ein
paar Minuten sagt Lola ins Mikro: »Hört auf, mich anzustarren. Ihr macht mich ganz kirre.«

»Habe ich letzten Freitag eigentlich noch irgendwelchen
Blödsinn gemacht, abgesehen von dem, was ich schon weiß?«,
frage ich Rachel, um ein wenig Konversation zu machen.

»Jede Menge«, sagt sie.

»Zum Beispiel?«

»Du hast gesungen.«

»Beunruhigend. Was denn?«

»*I Will Always Love You* von Whitney Houston.«

»Großer Gott. Habe ich noch irgendwas Schlimmeres gemacht?«

»Gibt es noch was Schlimmeres?«, fragt sie.

»Ich hätte dabei weißes Leder tragen können.«

»Nein, kein Leder. Nur ein paar dramatische Handbewe-
gungen.« Sie gibt mir eine kleine Kostprobe, die erschreckend
treffend ist.

Ich kann nicht aufhören die Veränderungen an ihr wahrzu-
nehmen. Das geht schon die ganze Woche so. Früher wusste ich
alles über sie, bis hin zu der Narbe in ihrer Kniekehle, wo sie
sich in der Siebten an einem Nagel geratscht hat. Jetzt fühlt es

sich so an, als würden wir uns zum ersten Mal begegnen. »Es ist komisch, sich wiederzusehen, oder?«

»Wenn du meinst«, sagt sie.

»Mann, Rachel, lass mich nicht so hängen. Erzähl.«

»Was denn?«

»Jungs. Schule. Freundinnen. Du weichst die ganze Zeit allen Fragen aus.«

»Es gibt nicht viel zu erzählen.« Sie rutscht mit ihrem Stuhl zurück, um ein paar Leute durchzulassen, und weil ich sie immer noch fragend ansehe, sagt sie: »Okay. Also, da war ein Junge – Joel Winter.«

»Dein Exfreund?«

»Ja. Nein. Ich weiß nicht. Wir haben es offengelassen.«

»Hast du ein Foto von ihm?«, frage ich. Die Hollows fangen an zu spielen.

Sie schüttelt den Kopf.

»Nicht mal auf deinem Handy?«

Sie gibt nach und holt ihr Handy heraus. »Er sieht aus wie Greg Smith«, sage ich und sie steckt das Handy wieder ein. »Ich wollte ihn nicht beleidigen. Ich meine damit, er sieht gut aus.«

»Hör auf dir selber leidzutun«, sagt sie. »Hör auf dauernd an Amy zu denken. Hör auf sie anzustarren und hör auf dich nach ihr zu sehnen. Schluss damit. Und wenn du das nicht schaffst, dann tu wenigstens so, als würdest du sie vergessen, denn sie wird nicht zurückkommen, solange du ihr hinterherläufst. Das ist nicht Amys Stil.«

Sie hat recht, ich tue mir leid. Aber ich finde, im Moment

darf ich mir leidtun und meine Freunde sollten das akzeptieren und es mir nicht noch unter die Nase reiben. »Jetzt wäre eigentlich der Zeitpunkt, mir zu sagen, wie toll ich bin.«

»Soll ich dich anlügen?«

Rachel ist als völlig anderer Mensch zurückgekommen. Sie ist die ganze Woche unfreundlich gewesen, und nicht nur mir gegenüber. Sie hat meinen Dad angepflaumt, was echt mies ist. Ich finde, es reicht jetzt. »Du hast meinen Dad beleidigt und meine Mum ignoriert. Du hast nicht auf Georges Fragen geantwortet und du behandelst Martin wie den letzten Dreck.«

»Ich fahre ihn jeden Tag nach Hause«, entgegnet sie.

»Weil meine Mum dir das Benzin bezahlt und du so schon um fünf gehen kannst. Und im Auto verbietest du ihm zu reden.« Ich hole Luft. »Du hast mir nicht geschrieben, du interessierst dich offensichtlich nicht die Bohne für mich und jetzt kommst du her und sagst mir, ich tue mir leid. Und du beschwerst dich darüber, dass du die Briefbibliothek katalogisieren sollst, und sagst mir, mein Dad hätte eine Midlife-Crisis – was gut sein kann, aber das ist ja wohl verständlich, wenn er den Laden verliert. Und ganz nebenbei habe ich Amy verloren und George vermisst Mum. Was hast du verloren, Rachel? Abgesehen von deinem Sinn für Humor?«

Sie zeigt mir den Stinkefinger.

»Sehr erwachsen«, sage ich und sie hebt den zweiten auch noch.

»Wenn du keine Lust hast, im Laden zu arbeiten, dann lass es. Wenn du nicht auf der Party sein willst, dann geh. Du hast ja ein Auto.«

»Danke, dass du mich daran erinnerst, Henry«, sagt sie. Dann kippt sie mir den Rest ihres Wassers auf die Hose und verschwindet.

Ich sitze da und fühle mich abwechselnd schrecklich wegen dem, was ich zu Rachel gesagt habe, und gut, weil ich meinem Herzen Luft gemacht habe, aber vor allem fühle ich mich dank Rachels Abschiedsgeste, als hätte ich mir in die Hose gemacht.

Nach ungefähr einer halben Stunde kommt Martin herüber und setzt sich zu mir. »Tolle Party«, sagt er in einem Tonfall, als würde er in Wirklichkeit sagen: *Das ist der mieseste Ort, an dem ich in meinem ganzen Leben gewesen bin, und du Penner hast mich hierhergeschleift.* Selbst wenn er einen anpflaumt, ist Martin höflich.

»Vorhin im Auto habe ich dich so verstanden, dass ich George küssen soll«, fährt er fort. »Und dass sie das gut finden würde.«

»Ich dachte, du wolltest nichts unternehmen.«

»Wollte ich auch nicht. Aber dann habe ich mich anders entschieden, weil wir uns eine Stunde lang unterhalten haben, und ich habe sie zum Lachen gebracht und dann hat sie sich an mich gelehnt und ich hatte das Gefühl, es wäre okay, wenn ich sie küsse.«

»War es aber nicht?«

»Nein«, sagt er. »Sie findet mich eindeutig nicht attraktiv, und was noch schlimmer ist, sie ist in jemand anders verliebt.«

»In wen denn?«

»Weiß ich nicht. Vermutlich in jemanden, den sie attraktiv findet.« Er schüttelt leicht den Kopf, als wäre ihm der ganze Abend ein Rätsel. ›Du denkst wohl, du wärst ein toller Typ‹, hat sie gesagt. Das denke ich überhaupt nicht. Ich denke, ich bin ein schüchterner Typ, der Computer mag und Anwalt werden will.«

Während er spricht, bekomme ich eine SMS von George, dass sie mit Rachel nach Hause fährt. Ich winke Lola und Hiroko zu und schlage Martin vor, ebenfalls nach Hause zu fahren.

»Kann sein, dass das mit der Party keine gute Idee war«, sage ich, als wir aus der Haustür treten. Auf dem Rasen neben der Einfahrt steht Greg mit Amy.

»Die tauchen andauernd vor meiner Nase auf. Das macht er mit Absicht.«

»Ich finde Rachel netter als Amy«, sagt Martin, als ob das irgendwas zur Sache täte.

»Rachel verbietet dir im Auto zu reden«, erinnere ich ihn.

»Dafür darf ich den Radiosender aussuchen. Und essen darf ich im Auto auch. Sie hält sogar an, wenn ich auf dem Heimweg noch was einkaufen muss. Ich darf nur nicht mit ihr reden.«

Bevor ich antworten kann, ruft Greg mir zu: »Hast du das Klo nicht gefunden?«

»Benimm dich nicht wie ein Idiot, Greg«, sagt Amy, was in mir die leise Hoffnung weckt, dass sie irgendwann merkt, dass er sich nicht *nicht* wie ein Idiot benehmen kann, weil er einfach ein Idiot ist.

170

»*Ich* hab mir doch nicht in die Hose gemacht«, sagt er.

Ich sollte reif und erwachsen sein und einfach gehen. Aber wie mein Leben beweist, bin ich nicht reif und erwachsen. Ich schnappe mir den Gartenschlauch, der vor meinen Füßen liegt. Er hat praktischerweise ein Druckventil. Ich spritze Greg nicht komplett nass, nur da, wo Rachel mich erwischt hat. Genau da. Es befriedigt mich ungemein, dass ich vermutlich einen sehr teuren Anzug ruiniert habe.

Während Greg losbrüllt, gehen Martin und ich zum Lieferwagen, steigen ein und fahren los.

Das Gefühl der Befriedigung hält bis zur ersten Ampel. Dann fange ich an über Rachel nachzudenken.

ich habe diese Oktaven verloren

RACHEL

Was ich verloren habe? Was ich *verloren* habe? Nur alles, du Vollidiot. Auf jeden Fall habe ich mehr verloren als du, so viel ist klar. Ich habe Cal verloren; ich habe meine frühere Mum verloren, mein früheres Ich. Ich habe einen ganzen *Ozean* verloren. Das sind einundsiebzig Prozent der Erde und neunundneunzig Prozent der Biosphäre. Ich habe neunundneunzig Prozent der Biosphäre verloren und du hast Amy verloren.

Du hast eine Tussi verloren, die statt einem Punkt ein winziges Selbstporträt über jedes I malt. Die sich alle zwei Minuten im Spiegel betrachtet. Die zusieht, wie du vor ihr hinfällst, und dir nicht hilft.

Ich schiebe mich durch die Menge, will nur noch hier weg, zu meinem Auto und verschwinden, vielleicht sogar ganz verschwinden, die Stadt und den Job und Henry und Rose hinter mir lassen, als George mich am T-Shirt zupft und fragt, ob ich sie nach Hause bringen kann.

Ich tue so, als würde ich nicht merken, dass ihre Augen feucht sind. Ich sage ihr, Henry ist im Garten und sie soll ihn fragen. Ich fahre nicht nach Hause. Ich weiß nicht, wohin ich fahre, aber auf jeden Fall nicht zur Buchhandlung oder zum Lagerhaus.

Sie wirkt verletzt und geht weg, an ein paar aufgedonnerten Mädchen vorbei. »Was hast *du* denn an?«, fragt die Größte von ihnen und lacht. Ja, George sieht anders aus. Aber tausendmal besser als diese Schnepfen, mit ihrem schwarzen Kleid und den goldenen Leggings und der leuchtend blauen Strähne in ihrem schwarzen Haar. Sie erwidert etwas, aber gegen die Schnepfen hat sie keine Chance, und als die sie als Freak bezeichnen, fängt sie richtig an zu weinen. Woraufhin die Schnepfen noch mehr lachen.

Die Große kenne ich. Cal und Tim haben sie mir mal auf dem Foto in ihrem Jahrbuch gezeigt. »Stacy ist hier quasi der Boss«, hat Cal gesagt. »Wenn sie dich nicht mag, mag dich keiner.«

»Mag sie euch?«, habe ich sie gefragt und Tim meinte, Stacy hätte sie zum Glück noch nie zur Kenntnis genommen.

Das Glück hat George eindeutig nicht. Cal würde es mir übel nehmen, wenn ich ihr nicht helfe. Obwohl es unmöglich ist, habe ich das seltsame Gefühl, dass er hier ist und alles beobachtet. Wer bist du, Rachel? Was willst du hier?

Ich gehe zu ihnen und ziehe George von den Schnepfen weg. Ihre Hand ist klein und warm. Sie hält meine fest, als bräuchte sie Halt, und deshalb lasse ich nicht los. Ich halte ihre Hand den ganzen Weg über den Rasen, an Amy und Greg vorbei und den Leuten, die auf dem Zaun hocken. Ich halte sie, bis wir beim Auto sind.

Nachdem sie eingestiegen ist, schickt sie Henry eine SMS, dass sie mit mir wegfährt, dann steckt sie das Handy ein.

»Erzähl's mir«, sage ich. »Wenn du magst.«

»Ich hab mich mit Martin unterhalten«, sagt sie. »Wir hatten uns oben im Bad versteckt, um von den Leuten wegzukommen. Mann, Henry ist vielleicht ein Trottel. Er hat nicht mal gefragt, was man anziehen soll. Na, jedenfalls haben wir da auf dem Boden gesessen, Knie an Knie, und er hat lauter lustige Sachen erzählt, um mich zum Lachen zu bringen. Wir haben geredet und geredet und es war klasse. So rede ich sonst nie mit irgendwem, jedenfalls nicht von Angesicht zu Angesicht. Und dann beugt er sich plötzlich vor und küsst mich.« Sie stellt wieder die Füße auf das Armaturenbrett und umklammert ihre Knie.

»Ich war so überrascht, dass ich ihn weggeschubst habe, und er hat sich den Kopf gestoßen und dann wurde es schräg. Er hat gesagt, er dachte, ich hätte es gewollt, und weil mir das Ganze so peinlich war, hab ich dann gesagt, er soll bloß nicht glauben, er wäre ein toller Kerl – dabei tut er das gar nicht –, und dann ist er gegangen, bevor ich es wiedergutmachen konnte, und jetzt kommt er sich wie ein Idiot vor, dabei bin ich die Idiotin.«

»Warum bist du die Idiotin?«, frage ich.

»Weil ich ihn schon irgendwie küssen wollte, aber gleichzeitig mag ich jemand anders.« Sie sieht mich mit wimperntuscheverschmierten Augen an. »Aber dieser jemand anders kommt nicht so richtig infrage. Ich meine, ich fände es toll, wenn er infrage käme, aber ich weiß es nicht.«

175

George ähnelt Henry sehr, wenn sie anfängt über irgendwas zu reden. Es ist nicht gerade leicht, ihren Gedanken zu folgen.

»Der Typ, den ich mag, schreibt mir in der Briefbibliothek«, erklärt sie. »Er legt mir Briefe zwischen Seite 44 und 45 von *Stolz und Vorurteil und Zombies*. Zumindest hat er das getan.« Sie zieht den Ausschnitt ihres Oberteils zur Seite, sodass ich die himmelblaue 44 sehen kann.

»Weißt du, wer er ist?«, frage ich, weil der Typ, den sie auf der Haut trägt, Gott weiß wer sein kann.

»Ich glaube schon. Ich bin mir ziemlich sicher. Er hat die Briefe, die ich ins Buch gelegt habe, schon eine Weile nicht mehr abgeholt, deshalb habe ich aufgehört zu schreiben. Aber ich warte immer noch auf Antwort.«

»Bist du sicher, dass es nicht Martin ist?«, frage ich und sie nickt.

Schade. Ich mag Martin und er scheint George zu mögen, außerdem ist er da, im Gegensatz zu dem Briefeschreiber.

»Nachts liege ich wach und denke an ihn, verstehst du?«

Ja, ich verstehe. Es ist lange her, dass es mir so ging, aber ich weiß, wie das ist.

»Was würdest du an meiner Stelle machen?«, fragt sie und ich denke bei mir, wenn George *mich* das fragt, kann sie nicht viele gute Freundinnen haben.

Ich denke an den Abend zurück, als ich so verrückt nach Henry war. Als Lola und ich so gelacht haben und in die Buchhandlung eingebrochen sind. Im Nachhinein betrachtet war es nicht gerade meine beste Idee.

»Ich würde auf Nummer sicher gehen. Ich würde abwarten.«

Da sie nichts von meinem Brief an Henry weiß, erzähle ich ihr nur, dass ich mal jemanden geliebt habe, der mich nicht zurückgeliebt hat. Dann habe ich einen Jungen namens Joel kennengelernt, bei dem das anders war. Ich sage ihr, wie schön es ist, wenn jemand, den man mag, Zeit mit einem verbringen will. Viel Zeit.

»Hast du mit Joel geschlafen?«, fragt sie und auf einmal merke ich, wie ähnlich George und ich uns sind. Wir haben beide einen Bruder (gehabt), aber keine Schwestern, mit denen wir über so was reden könnten. George wirkt heute Abend sehr jung. Sie *ist* jung. Sie sieht mich aufmerksam an, gespannt auf meine Antwort.

»Ja, habe ich«, sage ich. »Nach einer Weile, als ich mir sicher war.«

Sie fragt mich, wie es war, also erzähle ich es ihr. Und während ich das tue, fühle ich mich fast so wie in der ersten Nacht, die ich mit Joel verbracht habe. Seine Eltern waren verreist. Wir hatten schon vorher beschlossen es zu tun. Seine Hände bewegten sich in samtigen Sprüngen über meine Haut. Das eigentliche Miteinanderschlafen war okay, aber es wurde schöner, als wir uns besser kennenlernten. Was mir am meisten fehlt, kam nach dem Sex, wenn wir aneinandergekuschelt dalagen und über die Zukunft sprachen. »Es ist eine große Sache«, sage ich zu ihr. »Manche behaupten, das wäre es nicht, aber es ist so.«

Ein paar betrunkene Jungs im Smoking schlagen vor uns

auf der Straße Rad. Die Mädchen, in schimmerndem trägerlosem Satin, applaudieren.

»Dein Kleid gefällt mir besser«, sage ich zu George und lasse den Motor an.

Eigentlich will ich George nur am Laden absetzen und direkt weiterfahren, aber als wir dort ankommen, sehe ich durch das Schaufenster, wie Michael sich mit Frederick und Frieda unterhält.

Das erinnert mich an die Abende in der Neunten, als die drei Henry und mir mit Englisch geholfen haben. Die Buchhandlung war immer ein Treffpunkt von Leuten, die Worte und Ideen lieben und Lust haben, darüber zu reden. Bei anderen Schülern hat Michael sich die Nachhilfe bezahlen lassen, aber zu mir hat er gesagt, ich wäre wie eine Tochter für ihn und er würde kein Geld von mir nehmen.

Henry hat recht. Ich habe keinen Sinn für Humor mehr. Deshalb habe ich auch meine Freunde in Sea Ridge verloren. Sie haben versucht zu mir zu halten, aber ich habe sie weggestoßen, so wie ich auch Joel weggestoßen habe.

»Alles okay?«, fragt George.

»Nicht so richtig«, sage ich und folge ihr hinein.

Ich frage Michael, ob ich einen Moment mit ihm allein sprechen kann.

»Natürlich, Rachel«, sagt er und wir gehen zusammen zur Briefbibliothek. Er legt die Hand so vorsichtig auf die Bücher, als wollte er fühlen, wie heiß sie sind. »Hier stehen zwanzig Jahre Geschichte«, sagt er. »Mehr, wenn du die Geschichte all der Autoren mit einrechnest.«

Ich wusste all die Sachen bereits, an die Henry mich vorhin erinnert hat. Ich wusste, dass Sophia und Michael jetzt geschieden sind. Ich wusste, dass sie die Buchhandlung verkaufen. Aber seit Cals Tod ist meine Haut so dick geworden. Die ganze Trauer um ihn ist darin eingeschlossen und die Trauer von anderen kommt nicht mehr hindurch.

»Es tut mir leid, dass ich die ganze Woche so unleidlich war«, sage ich und er nimmt die Entschuldigung ohne Zögern an.

»Ich weiß, es ist eine schwierige Aufgabe. Deshalb habe ich dich dafür ausgewählt.«

Seine Worte lasten auf mir, aber ich will sie trotzdem. »Ich bin jetzt fertig mit dem Alphabetisieren. Ich habe die ganze Woche dafür gebraucht.«

Ich versuche den richtigen Ton zu treffen – sanft, freundlich –, aber ich habe diese Oktaven verloren und meine Stimme klingt harsch. »Ich glaube immer noch, dass es länger als ein halbes Jahr dauert, selbst mit Überstunden.«

»Die Aufgabe ist zu groß«, sagt er mit all den Oktaven, die ich verloren habe.

Das ist sie, aber darauf wollte ich nicht hinaus. »Wenn du mir einen Schlüssel für den Laden gibst, kann ich doppelte Schichten arbeiten. Ich könnte das mit dem Katalogisieren nach Feierabend machen, dann lenken mich die Kunden nicht ab.«

»Danke.« Er lässt den Blick über die Buchrücken gleiten. »Eigentlich ist es eine Menschenbibliothek«, sagt er und gibt mir seinen Zweitschlüssel.

George und Michael gehen nach oben und Frederick und Frieda gehen nach Hause. Ich bleibe und arbeite weiter an der Briefbibliothek, wobei ich versuche sie als Menschenbibliothek zu sehen. Wenn das stimmt, dann sind es Menschen, die Michael nicht kennt. Das ist wie mit Cals Karton im Auto. Es sind Überreste, die nichts von Bedeutung ergeben.

Aber ich habe es ihm versprochen. Die Briefbibliothek ist das Herz der Buchhandlung und die Buchhandlung ist Michaels Leben, also versuche ich es wenigstens. Sie ist auch Henrys Leben. Ich weiß nicht, wie er ohne sie weiterleben will. Ich stelle mir vor, wie die ganze Familie immer wieder zum Laden zurückkehrt, so wie Mum und ich immer wieder in Cals Zimmer gegangen sind.

Ich bin ungefähr eine Stunde dabei, die Gedanken und Anmerkungen der Leute in meine Datenbank einzugeben, als ich die *Gesammelten Gedichte* von T. S. Eliot aus dem Regal ziehe. Ich schlage Seite 4 auf, aber natürlich ist mein Liebesbrief nicht da. Ich nehme noch ein paar Bücher aus dem Regal und schaue nach, ob er vielleicht dahintergerutscht ist. Dann blättere ich durch die Bücher rechts und links neben dem T. S. Eliot, aber ich finde nichts. Eine Menge Leute benutzen die Bibliothek. Wahrscheinlich hat irgendein Fremder den Brief mitgenommen, ohne zu ahnen, wie wichtig er war.

Henry hat mir »Alfred J. Prufrocks Liebesgesang« eines Abends in der Achten vorgelesen. Wir lagen hier im Laden auf dem Fußboden und ich sagte ihm, dass ich mit Gedichten nichts anfangen konnte. »Ich verstehe sie nicht, deshalb fühle ich auch nie etwas.«

»Warte mal«, sagte er, stand auf und ging zu einem der Regale.

Er kam mit dem T. S. Eliot zurück. Das Gedicht klang wirklich wie ein Liebesgesang. Während ich zuhörte, starrte ich auf einen Fleck an der Decke, der aussah wie eine tränenförmige Sonne. Irgendwie vermischte sich der Fleck mit den Worten.

Ich verstand nicht so genau, worum es in »Alfred J. Prufrocks Liebesgesang« ging, aber als ich da neben Henry lag und seine Stimme so nah war, wollte ich etwas aufrütteln. Ich wollte uns aufrütteln, ihn dazu bringen, in mir etwas anderes zu sehen als nur Rachel, seine beste Freundin. Ich mochte das Gedicht, weil es mir das Gefühl gab, dass so etwas wie Aufrütteln möglich war. Und weil es mir etwas über das Leben sagte, das ich wissen wollte, aber nicht verstand.

»Erklär es mir«, sagte ich zu ihm.

»Musst du es verstehen, um es zu mögen? Du findest es schön. Das genügt«, sagte er und klappte das Buch zu. »Der Beweis, dass du doch was mit Gedichten anfangen kannst.«

Er schloss die Augen und ich nahm das Buch aus seinen schlafenden Fingern und las das Gedicht noch einmal.

Jetzt sehe ich die Worte und Wendungen, die Henry im Lauf der Jahre unterstrichen hat. Und ich sehe, dass andere Leute dasselbe getan und ihre Lieblingsstellen markiert haben. Damals in der Achten waren mir diese Markierungen nicht aufgefallen. Mir war auch die Titelseite nicht aufgefallen, aber jetzt lese ich die Inschrift:

Liebe E., ich habe das Buch in die Bibliothek gestellt, weil ich es nicht ertrage, es zu behalten, aber wegwerfen kann ich es auch nicht. F.

Ich weiß, obwohl ich keinen Beweis dafür habe, dass E. tot ist. Und ich weiß, dass einige der Unterstreichungen im Liebesgesang von ihr sind. Sie hat dieselbe Seite gelesen wie ich und Henry und sie hat dieselben Worte geliebt, die auch wir geliebt haben.

Ich höre auf, wütend auf Henry zu sein. Ich setze mich auf den Boden und lese das Gedicht erneut. Ich höre es mit Henrys Stimme. Während ich lese, denke ich seltsame Dinge. Dass dieses Buch die Erinnerung an den Abend mit Henry enthält und die Erinnerung an E. und F. und vermutlich auch etliche andere Leute.

Ich beschließe zu warten, bis Henry nach Hause kommt. Ich nehme *Der Wolkenatlas* aus dem Schaufenster, lege die fünf Dollar dafür auf den Tresen, gehe zum Literatursofa und fange an zu lesen.

Der Wolkenatlas

von David Mitchell

Widmung auf der Titelseite, undatiert

Liebe Grace, zu deinem ersten Tag an der Universität.

Alle Menschen haben den Wunsch zu wissen — Aristoteles (und Dad)

Genieß die Reise. Sie ist stürmisch und ein bisschen verwirrend, aber hoffentlich gut.

es sollte regnen, wenn sie mir das sagt

HENRY

Während ich Martin nach Hause bringe, denke ich über den Streit mit Rachel nach, was mich dazu bringt, über sie im Allgemeinen nachzudenken, was mich wiederum zu dem großen Rätsel bringt, was mit ihr passiert ist und warum sie jetzt so wütend auf mich und die ganze Welt ist.

»Sie war früher wirklich klasse«, sage ich zu Martin. »Beim Schwimmfest hat sie alle abgehängt. Sie hat jedes Jahr den Preis für Naturwissenschaften gewonnen und den für Mathe auch, bis Amy kam. Frag sie, was du willst, sie weiß es. Sie will diese Tiefseefische studieren, die in völliger Dunkelheit leben.«

»Ich habe immer Angst vor Haien«, sagt Martin.

»Ich auch. Aber sie nicht.«

Ich sehe sie noch, wie sie vor drei Jahren absprungbereit dahockte und auf den Startschuss wartete. Sobald sie das Wasser berührte, verwandelte sie sich in eine pfeilförmige Linie. »Sie schwimmt nicht mehr«, sage ich zu Martin, der nur halb zuhört und aus dem Fenster starrt. Wahrscheinlich träumt er von George.

»Was?«

»Früher ist sie jeden Morgen schwimmen gegangen«, sage ich. »Aber jetzt sind ihre Haare nie nass.«

Er nickt, aber er versteht nicht. Rachel ohne Wasser ist nicht Rachel.

Als wir uns dem Ziel nähern, dirigiert Martin mich zu seinem Haus, das oberhalb des Flusses an einer baumbestandenen Straße liegt. Es ist ein Holzhaus mit einem riesigen Feigenbaum im Vorgarten. Hinter dem Baum sehe ich zwei Frauen auf der Veranda sitzen. »Meine Mums«, sagt er und ich winke ihnen zu, als er aus dem Auto steigt. Ich vermisse es, meine Eltern so zusammen zu sehen.

Diese Seite der Stadt erinnert mich an Amy, weil sie so oft davon erzählt hat. Sie hat sich nie so richtig daran gewöhnt, dass sie jetzt auf meiner Seite der Stadt wohnt, und ich verstehe, warum. Mir gefällt es auf unserer Seite, aber die Straßen sind nicht so schön und elegant wie hier.

Den ganzen Weg zurück über die Brücke denke ich an sie. Ich denke über die Möglichkeit nach, dass sie erkennt, was für ein Idiot Greg ist, und darüber, wie sie meinen Arm berührt hat, bevor sie aus dem Laden gegangen ist. Ich denke darüber nach, dass sie bisher immer wieder zu mir zurückgekommen ist. Und so mache ich auf dem Heimweg einen Umweg durch ihre Straße.

Ich setze mich nicht auf die Stufen vor ihrem Mietshaus und warte. Ich werfe ihr einen Zettel in den Briefkasten: *Ich glaube einfach nicht, dass er gut genug für dich ist. Henry.*

Rachel ist da, als ich ankomme. Sie liest *Der Wolkenatlas*, mit zusammengekniffenen Augen, weil im Laden nur die Nachtbeleuchtung an ist.

»Ich dachte, du liest keine Romane«, sage ich und schalte das Licht ein.

»Vielleicht verändere ich mich ja.«

Der Wolkenatlas ist eine Sammlung von Geschichten aus verschiedenen Zeiten und Rachel fragt mich, ob sie miteinander verbunden sind. »Wie gehört das alles zusammen?« So geht Rachel an Romane heran – sie liest die letzte Seite zuerst, fragt mich nach Spoilern und googelt die Bedeutung. »Verrat mir wenigstens, ob das ein Roman ist oder eine Kurzgeschichtensammlung.«

»Nein«, sage ich und anstatt mit mir zu streiten, markiert sie die Seite mit einem Stück Papier und klappt das Buch zu.

»Gehen wir ein Stück?«, fragt sie und so ziehen wir hinaus in die Nacht.

Wir nehmen denselben Weg, den wir in der Neunten genommen haben, als es so heiß war, dass wir nicht schlafen konnten. Die High Street hinunter und dann in einem großen Bogen zurück zum Laden. Und noch mal von vorne, wenn wir Lust hatten, was fast immer der Fall war.

»Tut mir leid, das auf der Party«, sagt sie. »Ich habe vorhin mit dem Katalogisieren angefangen. Ich versuche alles fertig zu kriegen.« Sie lächelt. »Das mit dem Wasser war blöd von mir.«

Ich erzähle ihr von Greg und dem Gartenschlauch und sie lacht. »Schade, dass ich nicht dabei war. Früher hat er sich

187

Körperteile ausgerenkt, um die Mädchen zu beeindrucken. In der Neunten hat er mir erzählt, er könnte seinen Penis ausrenken.«

»Da ist doch gar kein Knochen drin. Oder?«

»Der Körper eines Erwachsenen hat zweihundertundsechs Knochen, aber keiner davon ist da drin, Henry.«

»Was verrenkt er denn dann?«

»Dieses Rätsel kann von mir aus gerne ungelöst bleiben.« Sie drückt auf den Ampelknopf.

»Ich war in letzter Zeit nicht ich selbst«, sagt sie und balanciert auf den Fersen. »Cal ist vor zehn Monaten gestorben. Er ist ertrunken.«

Dann wird es grün und wir überqueren die Straße.

Es sollte regnen, wenn sie mir das sagt, denke ich blödsinnigerweise. Der Abend sollte anders sein. Sternenlos. Trüb. Es ist die schrecklichste Nachricht, die ich je gehört habe, und ich kann sie gar nicht richtig glauben.

Ich denke an das letzte Mal, als ich ihn gesehen habe. Er kam in den Laden, um nach Büchern über das Meer zu schauen. Ich weiß noch, dass er ein Buch gekauft hat, das ich in einem Secondhandladen gefunden hatte – *Logbuch des Lebens* von John Steinbeck. Ich hatte es gekauft, weil mir *Von Mäusen und Menschen* und *Die Früchte des Zorns* gut gefallen hatten.

Cal erzählte mir, dass es darin um eine Expedition zum Golf von Kalifornien ging, die Steinbeck mit seinem engsten Freund Ed Ricketts unternommen hatte. Sie wollten dort entlang der Küste Meereslebewesen beobachten und sammeln, und obwohl ich das Buch nie gelesen und das meiste von dem, was er gesagt hat, vergessen habe, erinnere ich mich noch gut an den Teil über die Freundschaft zwischen einem Schriftsteller und einem Wissenschaftler. Ich hatte das Gefühl, dass die beiden sich perfekt ergänzten. Ich weiß nicht viel über Steinbeck oder Ricketts, aber ich konnte mir gut vorstellen, wie ein Wissenschaftler und ein Dichter verschiedene Exemplare sammeln, sie zeichnen, sie von ihren unterschiedlichen Blickwinkeln aus betrachten. Wie einer die Gedanken des anderen inspiriert.

Ich stellte mir vor, wie sie abends sonnenverbrannt zusammen auf dem Boot saßen und sich darüber austauschten, was ihnen während des Tages durch den Kopf gegangen war. Wie sie sich bis spät in die Nacht unterhielten und mithilfe von Wissenschaft und Literatur wirklich etwas von der Welt verstanden. Als wären sie zwei Hälften, die zusammengehörten, als wären sie immer dafür bestimmt gewesen, Freunde zu sein.

Es ist wahrscheinlich blöd, Rachel von einer kurzen Unterhaltung zwischen mir und Cal zu erzählen, wenn sie Tausende davon erlebt hat, die viel bedeutsamer waren, aber ich erzähle es ihr trotzdem, denn was soll ich sonst tun?

Rachel schluckt und wischt sich über die Augen und sagt: »Danke«, als hätte es irgendwie geholfen, obwohl ich mir das nicht vorstellen kann.

Jetzt fängt sie richtig an zu weinen und gleichzeitig ist es ihr peinlich. »Ich bin nicht deprimiert«, sagt sie, als wäre das das Schlimmste überhaupt. Und dann sagt sie: »Nein, das nehme ich zurück. Ich *bin* deprimiert, Henry. Total deprimiert. So deprimiert, dass meine Freunde am Strand mir irgendwann aus dem Weg gegangen sind. Ich habe mit Joel Schluss gemacht, weil ich überhaupt nichts mehr *fühlen* konnte. Ich bin bei einem Therapeuten. Ich war heute bei ihm. Verdammt, Henry, ich bin durch die Abschlussprüfung gerasselt. Es ist eine einzige Katastrophe.«

Ich biete ihr meinen Ärmel an, um sich die Tränen und den Rotz abzuwischen, aber sie nimmt schon ihren eigenen. Sie lacht und schnieft und blinzelt und versucht die verschmierte Wimperntusche wegzuwischen. »Habe ich alles erwischt?«

»So ziemlich«, sage ich. »Du siehst gut aus. Völlig okay. Davon abgesehen finde ich, du *solltest* deprimiert sein. Ich finde, deprimiert zu sein ist vollkommen in Ordnung. Deprimiert zu sein ist in diesem Fall die einzig angemessene Reaktion.«

»Es ist schon fast ein Jahr her«, sagt sie, aber das erscheint mir nicht wie eine sehr lange Zeit. Wenn George sterben würde, würde ich sie in alle Ewigkeit vermissen.

»Warum hast du mich nicht angerufen? Ich wäre gekommen. Ich wäre zur Beerdigung gekommen.«

Sie schüttelt den Kopf, als verstünde sie es selbst nicht so ganz.

Wir kommen am Ende des Blocks an und beschließen wortlos, noch eine Runde zu drehen. Rachel erzählt mir unterwegs alle möglichen Sachen. Dass ihre Mum nach der Beerdigung innerlich zusammengeklappt ist und seither ganz anders ist als früher. Dass sie selbst auch zusammengeklappt ist. Dass sie zu Weihnachten Cals Lieblingsessen gekocht haben, und dann saßen sie am Tisch und keiner kriegte einen Bissen runter. Dass im Kofferraum ihres Autos ein Karton mit Cals Sachen ist.

Über uns braut sich ein Gewitter zusammen. Rachel sieht erst nach oben und dann zu mir. »Ich habe niemandem in Gracetown davon erzählt. Bitte sag es nicht weiter. Ich bin hierhergekommen, um das alles für eine Weile zu vergessen.«

Ich frage mich, wie sie so etwas vergessen soll. Und wie sie weiterleben soll, wenn es ihr nicht gelingt.

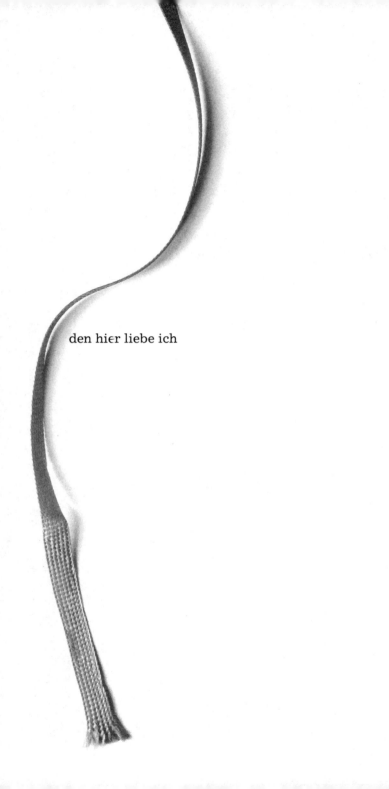

den hier liebe ich

RACHEL

Was für eine Erleichterung, es Henry zu sagen, alles rauszulassen – dass ich Cal verloren habe, dass ich durchgefallen bin, dass jetzt alles im Arsch ist. Was für eine Erleichterung, zu weinen und von Henry zu hören, dass es völlig in Ordnung ist. Und wie süß von ihm, mir seinen Ärmel anzubieten.

Hinterher bin ich erschöpft. Fast so erschöpft wie in den Tagen, nachdem ich Cal aus dem Meer gezogen und am Strand versucht habe ihn wiederzubeleben. Ich setze mich auf eine Bank und sage Henry, dass ich nicht weiß, ob ich wieder hochkomme. Manchmal ist mir nach Laufen zumute, manchmal nach Schwimmen, und manchmal möchte ich einfach für immer irgendwo sitzen bleiben, weil ich keine Kraft mehr für einen weiteren Tag ohne Cal habe.

Die Geschichte über das *Logbuch des Lebens*, die er mir erzählt hat, ist perfekt. Ich sehe vor mir, wie Cal an der Kasse steht, Pfefferminzbonbons aus der Schale nimmt und sie über den Tresen rollen lässt, während er sich mit Henry unterhält. Cal mochte Henry. Er liebte es, ihm abgedrehte wissenschaftliche Fakten zu erzählen, wenn er zu unserem sonntäglichen Pizza-Abend kam.

Es fängt an zu regnen. Blitze zucken über den Himmel.

»Lass uns gehen«, sagt Henry. Er ist kein Gewitterfan.

»Vielleicht bleibe ich einfach hier sitzen«, sage ich. »Es hört bestimmt bald auf zu regnen.«

»Nein«, sagt er und hockt sich mit dem Rücken zu mir hin, damit ich draufklettern kann.

Er richtet sich auf und ich schlinge die Beine um ihn und lege das Kinn auf seine Schulter, wie früher in der Grundschule, als wir Wettrennen gelaufen sind.

»So ist es viel besser«, sage ich, als wir losgehen.

»Glaube ich dir sofort. Du wirst ja auch getragen.«

»Ich habe dich neulich Abend gerettet, also ist das jetzt der Ausgleich.«

»Ich trage dich auch so, solange du willst. Ausgleich hin oder her.«

Der Regen wird stärker.

»Ich vergesse es immer wieder: Stellt man sich bei einem Gewitter unter einen Baum?«

»Klar, und am besten noch in eine Pfütze«, sage ich.

»Wir stehen nicht unter einem Baum.«

»Nein, tun wir nicht.«

Es fühlt sich gut an, nichts zu wiegen und in Bewegung zu sein. Ich zähle die Sekunden zwischen Blitz und Donner und sage Henry, dass das Zentrum des Gewitters noch mindestens sechs Kilometer entfernt ist. »Es ist nicht so, dass ich dir nicht glaube«, sagt er. »Aber ich laufe jetzt trotzdem los.« Er

194

sprintet das letzte Stück bis zur Buchhandlung und beugt sich dann hinunter, damit ich die Tür aufschließen kann.

Er stellt mich auf dem Boden ab und geht rauf, um ein paar Handtücher zu holen. Während er oben ist, schicke ich Rose eine SMS, dass ich die Nacht hier bei Henry verbringe. Ich will nicht nach Hause. Ich will auf dem Fußboden liegen, auf demselben Deckenlager, das Henry uns gebaut hat, als wir noch Kinder waren, und reden, bis ich einschlafe.

Das sage ich Henry, als er wieder runterkommt, und er sieht erleichtert aus, dass er etwas Praktisches tun kann. Er baut uns ein Vier-Decken-Lager – drei auf dem Boden und eine zum Zudecken. Aber da es eine warme Nacht ist, brauchen wir eigentlich nichts zum Zudecken, also legen wir uns auf alle vier und das ist so bequem wie eine Matratze.

Wir liegen da und lauschen auf die Geräusche des Ladens – Schritte über uns, jemand, der oben in der Wohnung ins Bad geht und wieder zurück. Ich sehe dem Regen zu, der draußen vor dem Schaufenster fällt, beleuchtet von der Straßenlaterne, sodass jede einzelne Wasserlinie zu sehen ist.

»Ich hatte mal einen Traum, in dem Cal mir erklärt hat, dass er die Welt von oben sehen kann«, sage ich zu Henry. »Er hat gesagt, die Sekunden würden von den Menschen herabtropfen, winzige, leuchtende Punkte, die an ihrer Haut hinunterlaufen, nur dass niemand sie sehen kann.«

»Schöner Traum«, sagt Henry.

»Findest du? Wäre es nicht besser, wenn die Sekunden sich addieren würden? Ist die Anzahl der Sekunden, die wir zu leben haben, bei unserer Geburt festgesetzt oder ungewiss?«

»Ungewiss.«

»Woher weißt du das?«

»Ich weiß es nicht. Ich glaube es.« Er dreht sich um und sieht mich an. »Ich glaube, dass ich mich zu irgendetwas addiere.«

»Ich will nicht mehr weinen«, sage ich. »Ich denke immer wieder, jetzt sind alle Tränen aufgebraucht, aber dann merke ich, dass doch noch welche da sind. Heute waren auch noch welche da.«

»Bist du auf die Klippe in Sea Ridge geklettert und hast dir die Lunge aus dem Leib geschrien?«, fragt er.

»Ja, hab ich.«

»Bist du geschwommen, bis du nicht mehr konntest?«

Ich sehe ihm direkt in die Augen, weil es mir egal ist, wenn er sieht, wie traurig ich bin. »Ich hasse das Meer jetzt.« Ich erkläre ihm, dass ich es ansehen kann, aber den Gedanken nicht mehr ertrage unterzutauchen. »Es hat ihn mir genommen. Einmal habe ich es versucht und sofort war alles wieder da – das Wasser in meinem Mund und sein Gewicht. Wie ich ihn ans Ufer gezogen habe und die ganze Zeit wusste, dass er tot war.«

»Was kann ich tun, um dir zu helfen?«, fragt er.

»Lenk mich ab«, sage ich, weil es nichts gibt, was er tun kann.

»Das schaffe ich. Ich bin Ablenkungsprofi.«

»Was willst du machen?«, frage ich. »Ich meine, wenn die Buchhandlung verkauft ist?«

»Ich weiß noch nicht. Ich könnte zur Uni gehen. Anwalt werden. Oder Literaturprofessor.«

»Du wolltest doch nie Literaturprofessor werden. Du wolltest immer in der Buchhandlung arbeiten.«

»Dann werde ich arm, so wie Dad.«

»Dein Dad hat zwei tolle Kinder und eine Buchhandlung. Er ist vielleicht nicht reich, aber arm ist er auch nicht.«

»Mum hat ihn verlassen. Er arbeitet jeden Tag von früh bis spät und sucht nach Erstausgaben, damit wir über die Runden kommen. Es ist ein ziemlich hartes Leben.« Er legt sich anders hin. »Und Bücher bringen einem nicht genug ein, um mit seiner Freundin einen schönen Abend zu verbringen.«

Nicht genug, um mit *Amy* einen schönen Abend zu verbringen. »Weißt du, welches der schönste Abend war, den ich je hatte? Der allerschönste? Als du mir ›J. Alfred Prufrocks Liebesgesang‹ vorgelesen hast.«

»Soweit ich mich entsinne, konntest du Gedichte nicht leiden«, wendet er ein. »Ich erinnere mich ganz deutlich, dass du gesagt hast, Poesie sei sinnlos. Wir könnten sämtliche Dichter der Welt verlieren und es würde niemandem etwas ausmachen. Im Gegenteil, Tausende von Menschen wären sehr froh darüber.«

»Das habe ich nicht gesagt.«

»Was hast du denn gesagt? Ich weiß es nicht mehr.«

»Ich habe gesagt, Gedichte ändern nichts an der Wirklichkeit.«

»Was meinst du damit?«

»Sie können die Menschen nicht vor Krebs retten oder von den Toten zurückholen. Romane können das auch nicht. Ich meine damit einfach, sie haben keinen praktischen Nutzen.

Ich fand es wunderschön, als du mir damals das Gedicht vorgelesen hast, aber die Welt ist dieselbe geblieben.«

»Und trotzdem findest du, ich soll die Buchhandlung nicht verkaufen.«

»Meine Theorie ist nicht perfekt«, murmele ich, schon halb eingeschlafen.

Als ich früh am nächsten Morgen aufwache, liegt Henrys Arm um mich und Lola klopft ans Schaufenster. Sie hat immer noch dasselbe an wie gestern Abend. Ich mache ihr die Tür auf. Eigentlich will sie zu Henry, aber als sie mich sieht, fangen ihre Augen an zu funkeln. »Gibt es etwa Neuigkeiten?«

»Nein, es gibt keine Neuigkeiten«, sage ich, als wir drüben bei Frank sitzen. Es ist sieben. So früh bin ich seit Ewigkeiten nicht mehr auf gewesen. Noch ist es kühl, aber das Licht verspricht Hitze. Wir bestellen Kaffee und Toast und einen großen Orangensaft für uns beide.

»Tolle Nacht?«, frage ich und deute auf ihre Klamotten.

Sie schaufelt einen Haufen Zucker in ihren Kaffee und rührt darin. »Wir haben bis drei gespielt. Dann sind wir was essen gegangen. Noch zwei Auftritte, dann war's das.«

»Ihr solltet alle eure Songs aufnehmen«, sage ich zu ihr, als Frank das Essen bringt. »Haltet alles fest, was ihr je geschrieben und gespielt habt, von Anfang bis Ende.«

»Ich weiß nicht, ob ich das Ende aufnehmen will«, sagt sie und streicht Butter auf ihren Toast. »Ich denke mal darüber nach. Und was hat das mit Henry und dir da auf dem Boden zu bedeuten?«

»Wir sind wieder Freunde.«

»Ihr zwei wart nie nur Freunde. Ihr wart unzertrennlich, bis Amy aufgetaucht ist.«

»Was ist mit dir und Hiroko?«, frage ich. »Ihr seid doch auch unzertrennlich.«

»Wir sind aber kein Paar«, sagt sie nach einer Weile. »Sie ist der einzige Mensch, mit dem ich schreiben kann. Wir sind wie Mick Jagger und Keith Richards. Oder wir waren es. Jetzt sind wir nichts mehr.«

»Trotzdem solltet ihr eure Songs aufnehmen.«

Sie leckt einen Klecks Marmelade von ihrem Finger und sagt: »Vielleicht.«

Ich fahre nach Hause, um zu duschen und mich umzuziehen. Rose hat mir einen Zettel auf den Küchentresen gelegt.

Ich habe dich gestern aus der Notaufnahme kommen sehen. Ich wollte schon zu dir laufen, aber dann habe ich Gus gesehen. Ist irgendwas passiert? Ruf mich an, wenn du möchtest, dass ich nach Hause komme.
PS: Deine Mum hat angerufen. Auf dem AB ist eine Nachricht von ihr.

Ich drücke auf den Knopf und höre mir an, wie Mum von Gran und Sea Ridge und ihrem Unterricht in der Schule erzählt. »Du fehlst mir«, sagt sie mit matter, trauriger Stimme. Ich lösche die Nachricht und gehe duschen.

Henry sitzt am Tresen, als ich in den Laden zurückkomme. Ich nehme den Kaffeebecher, den er mir anbietet, und setze mich zu ihm. Nach einer Weile gesellt sich Michael dazu und dann auch Martin und George und Frederick und Frieda. Sophia kommt mit Croissants herein, sodass ich an diesem Morgen zweimal frühstücke.

Ich frage Michael, ob wir die Briefbibliothek während der Katalogisierung schließen können. »Es ist ganz schön mühsam, die Anmerkungen zu notieren, wenn die Leute in den Büchern lesen«, sage ich und da stellt sich heraus, dass Sophia nichts von der Aufgabe weiß, die Michael mir zugeteilt hat.

»Wozu?«, fragt sie ihn.

»Meine Gründe gehen dich nichts mehr an«, sagt er und bewilligt meine Bitte.

Ich klebe einen Zettel an die Eingangstür – *Die Briefbibliothek ist wegen Katalogisierung geschlossen. Wir bitten um Ihr Verständnis* – und fange an zu arbeiten.

Ich würde jedes Gefühl für die Zeit verlieren, wenn George und Martin nicht dauernd herüberkämen, um Zettel in *Kalter August* zu legen. Ich habe beschlossen, dass die Sperrung der Briefbibliothek für Mitarbeiter nicht gilt, deshalb sage ich nichts. Anfangs legt George ihre Zettel schüchtern hinein, aber nach einer Weile stopft sie sie wütend zwischen die Seiten.

Um ihr ein bisschen Privatsphäre zu geben, konzentriere ich mich darauf, die Anmerkungen im T. S. Eliot zu notieren. Es dauert ewig, alles festzuhalten, was die Leute hineinge-

200

schrieben haben, und irgendwann lasse ich die ganz kurzen Anmerkungen weg.

So wie ich es verstehe, ist das Prufrock-Gedicht, das Henry mir damals vorgelesen hat, der Liebesgesang eines Mannes, der nicht allzu viel von sich hält. Er überlegt, ob er einer Frau sagen soll, wie sehr er sich nach ihr verzehrt. Die Anmerkungen am Rand stammen größtenteils von Leuten, die befürchten, dass das Leben an ihnen vorbeigezogen ist. Oder wie Henry sagen würde, von Leuten, die sich ziemlich beschissen finden.

»Gefällt es dir deshalb so gut?«, frage ich Henry, als er Pause macht.

»Du wirst merken, dass eine Menge Leute T. S. Eliot aus anderen Gründen mögen, nicht deshalb, weil sie sich beschissen finden. Sieh dir die Sprache an. Sie ist wunderschön.«

»Aber im Grunde geht es doch darum, dass er Sex haben will, oder?«

»Ich glaube, es geht darum, dass er sich fragt, ob er ein Risiko eingehen soll oder nicht.«

Henry bleibt den Nachmittag über bei mir, um zu helfen und noch ein bisschen weiter über Eliot zu diskutieren. In dem Buch sind so viele Anmerkungen, dass mir die Hände lahm werden, deshalb lese ich sie laut vor und Henry tippt sie ein. Irgendwann sind wir am Ende angekommen und er geht wieder zum Tresen zurück.

Ich bin zu müde, um noch mit einem neuen Buch anzufangen. Ich lese das, was wir heute geschafft haben, noch mal Korrektur und überprüfe, ob alles richtig formatiert ist. Dann speichere ich die Datei ab und klappe den Laptop zu. Da Martin mit seinen Sachen noch nicht fertig ist, stöbere ich ein wenig in den Büchern.

Was mich wirklich neugierig macht, ist Mark Laitas *WasserFarben*. Es ist mir schon am ersten Tag aufgefallen. Es ist eines der schönsten Bücher, die ich je gesehen habe, und ich kann nicht verstehen, wie man es in die Briefbibliothek stellen kann, damit die Leute irgendwas hineinschreiben.

Heute nehme ich es aus dem Regal. Die Lebewesen wirken geradezu hypnotisch, leuchten regelrecht von den Seiten. Ich setze mich auf den Boden und blättere darin. Ich halte inne, als ich zu der Seite mit dem Nordpazifischen Riesenkraken komme, einem spektakulären roten Wesen ohne Augen – jedenfalls soweit ich sehen kann – und mit einem Mund am Ende seines Körpers, der in einer Art blindem Staunen geöffnet ist. Ich starre eine ganze Weile auf diesen Mund, bis ich einen winzigen handgezeichneten Pfeil am Rand der Seite bemerke, der auf den Kraken zeigt. Daneben steht in kleinen, ordentlichen Buchstaben, wie Cal sie immer verwendet hat: *den hier liebe ich.*

Bevor ich Zeit habe zu denken, weiß ich, dass es Cals Handschrift ist. Ich weiß es, weil das Schwänzchen vom *e* sich nach oben schnörkelt und weil der Pfeil einen leichten Buckel hat. Ich weiß es, weil er diesen Riesenkraken liebte, weil er dieses Buch liebte. Ich weiß es auf eine Art, die ich nicht beweisen kann.

Den Rest der Woche denke ich dauernd an diesen Pfeil mit seinem kleinen Buckel und die Worte daneben. Am Sonntag erkenne ich, dass das Gefühl, das beides in mir auslöst, nicht Trauer ist, jedenfalls nicht im eigentlichen Sinn. Es ist schwer, das zu beschreiben. Es hat etwas damit zu tun, dass Cal in einer Bibliothek ist, zusammen mit anderen Leuten, die nicht mehr auf der Welt sind. Ihre Spuren sind verborgen, kleine Linien in Büchern. In einer Bibliothek, aus der niemand etwas ausleihen kann.

Kalter August

von Peter Temple
Briefe zwischen Seite 8 und 9

16.–22. Januar 2016

Hi Martin,

ich schreibe dir, um ein paar Sachen wegen gestern Abend zu erklären. Ich habe mich geirrt, was dich angeht – du bist ein netter Kerl. Ich fand es schön, mit dir im Bad zu sitzen und zu reden. Mir gefiel die Geschichte von Rufus, dem Mischlingshund. Mir gefällt es, dass du ihn genommen hast, weil er der merkwürdigste Hund im Tierheim war und du dachtest, dass niemand anders ihn nehmen würde. Und es war ernst gemeint, dass ich ihn mal kennenlernen möchte. Ich würde auch deine Mums gerne mal kennenlernen, und deine kleine Schwester. Ich glaube, du würdest einen guten Anwalt für Menschenrechte abgeben. Es gefällt mir, dass du Geheimnisse magst. Du gefällst mir.

Und der Kuss – beziehungsweise der Versuch – war nett.

Aber da ist dieser Typ, von dem ich dir erzählt habe. Ich weiß jetzt, dass er aufgehört hat zu schreiben, weil er im Ausland ist, und jetzt warte ich darauf, dass er zurückkommt. Ich hoffe wirklich, dass wir beide Freunde sein können. Wenn nicht, wird es im Buchladen ein langer Sommer.

George

Liebe George,

danke für deinen Brief. Ich komme mir immer noch ziemlich blöd vor, aber deine Erklärung hilft ein bisschen. (Mein Kuss war nett?? Wirklich sehr schmeichelhaft, George.) Ich verspreche dir, dass ich nicht noch mal versuchen werde dich zu küssen, und ja, wir können Freunde sein. Das fände ich schön. Ich fände es schön, wenn wir auch Freunde bleiben könnten, wenn die Schule wieder anfängt. Der Sommer wäre in der Tat lang, wenn wir keine Freunde sein könnten, aber das Schuljahr wäre noch viel länger.

Martin

Lieber Martin,

danke für deine Antwort. Da bin ich echt erleichtert. Und der Kuss war schön, wirklich schön. Nicht dass ich viel Erfahrung hätte, aber ich finde, du küsst gut. Klar können wir weiter Freunde sein, wenn die Schule wieder losgeht, aber das könnte Probleme mit Stacy und ihrer Clique geben.

George

Liebe George,

gut, dann sind wir also Freunde. Du solltest wirklich aufhören dir dauernd Sorgen zu machen, was andere über dich denken. Das ist der größte Teil von deinem Problem.

Martin

Martin,

ich habe ein Problem? Du bist doch derjenige, der sich mit Stacy abgibt, dieser Tussi, die andere als Freak bezeichnet.

George

Liebe George,

tut mir leid. Den letzten Brief habe ich etwas in Eile am Ende meiner Mittagspause geschrieben. Ich meinte damit nicht, dass du ein großes Problem hast, nur dass du in der Schule meist alleine bist, und ich kenne mindestens eine Person, die versucht hat sich mit dir zu unterhalten (mich!), aber du warst nicht gerade freundlich. Ich will damit nur sagen, du bist ein tolles Mädchen, und vielleicht hätte der Typ, auf den du stehst, dir schon eher verraten, wer er ist, wenn du ein bisschen zugänglicher wärst.

Martin

Martin,

verpiss dich und hör auf mir zu schreiben.

George

Liebe George,

nein, ich verpisse mich nicht. Ich bin dein Freund. Freunde verpissen sich nicht. Und übrigens sagt auch niemand zu seinem Freund, dass er sich verpissen soll.

Martin

Martin,

VERPISS DICH.

George

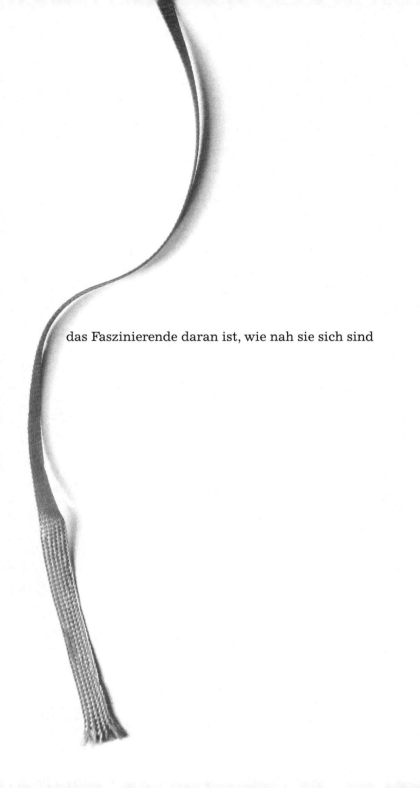

das Faszinierende daran ist, wie nah sie sich sind

HENRY

Am Freitag, dem 22. Januar, gegen vier Uhr nachmittags kommt Martin zu mir herüber. Ich weiß, dass es der 22. Januar ist, weil ich auf den Kalender starre und Tom, ein Kunde, der mehr oder weniger in der Abteilung Übernatürliches lebt, mir beizubringen versucht, allein mit meiner Geisteskraft zum Februar vorzublättern. Ich unterbreche den Versuch, als ich merke, dass Martin so kurz vorm Wütendwerden ist, wie ich ihn noch nie erlebt habe.

»Deine Schwester«, sagt er und hält einen Zettel hoch, »hat mir gerade erklärt, ich soll mich verpissen.«

»Das sagt sie mir andauernd. Ich würde es nicht zu ernst nehmen.« Ich weihe ihn in die allgemein anerkannte Wahrheit ein, dass unsere Familie zu blöd für die Liebe ist, doch er meint: »Ich versuche ja gar nicht, sie zu lieben. Ich versuche bloß, ihr Freund zu sein.« Dann stapft er davon, um seinen Frust beim Katalogisieren abzureagieren.

Ich habe selbst ein paar schwierige Wochen hinter mir, was Mädchen angeht. Amy hat mir auf die Nachricht, die ich ihr in den Briefkasten geworfen habe, mit einer kryptischen SMS geantwortet: *Danke. Das bedeutet mir im Moment viel, Henry.*

Seither habe ich nichts mehr von ihr gehört und ich frage mich immer wieder, was *im Moment* bedeuten soll.

Außerdem habe ich die letzten zwei Wochen mit dem Versuch zugebracht, Rachel aufzumuntern, aber ich weiß nicht, was ich tun soll. Das Naheliegende kann ich nicht tun, weil ich das mit Cal niemandem sagen darf. Das Einzige, was mir einfällt, ist, mit ihr darüber zu reden, aber sie hat mir ganz klar gesagt, dass Reden nichts ändert und dass sie auch nicht darüber reden *will*.

Sie ist jetzt nicht mehr ruppig. Dafür ist sie geradezu besessen. Sie hat schon wie verrückt gearbeitet, bevor sie Cals Anmerkung in *WasserFarben* entdeckt hat. Jetzt ist sie völlig durchgedreht. Sie arbeitet ohne Pause. Sie hat zwar nichts gesagt, aber ich wette, sie sucht nach einer weiteren Anmerkung von ihrem Bruder.

Frederick kommt herein, um zu fragen, was die Suche nach dem Walcott macht. Ich habe zwar nichts Neues zu berichten, aber da er schon mal hier ist, stelle ich ihm eine hypothetische Frage.

»Wenn du einen Freund hättest, dem es nicht gut geht, weil jemand aus seiner Familie gestorben ist, der aber kein Mitgefühl will, was würdest du da tun? Wenn du findest, es wäre wichtig, darüber zu reden, aber er weigert sich?«

»Ich denke, du solltest seinen Wunsch respektieren. Wenn er nicht darüber reden will, kannst du ihn nicht zwingen.« Sein

Blick wandert zu Rachel und wieder zu mir. »Du könntest versuchen sie zum Lachen zu bringen.«

Leichter gesagt als getan. Früher hat sie dauernd gelacht. Ich habe mir mal die Fotos angesehen, die im Lauf der Jahre von uns gemacht worden sind, und auf jedem hat sie ein Lächeln im Gesicht. Auf Cals Gesicht ist genau das gleiche Lächeln.

Eins von den Fotos habe ich ganz lange angesehen. Ich habe es mehrmals weggelegt, aber dann immer wieder in die Hand genommen. Cal und Rachel am Strand, im Sommer zwischen der Achten und der Neunten. Sie hat den Arm um seine Schultern gelegt und beide sind in Großaufnahme drauf. Ich kann die ganzen Sommersprossen auf Rachels Haut sehen und den feinen Sand, der an den Resten des Meerwassers klebt. Auf Cals Brillengläsern sind Wassertropfen. Das Faszinierende daran ist, wie nah sie sich sind. So waren sie.

Ich finde, dass es zu schwer ist, sie zum Lachen zu bringen, außerdem kommt es mir respektlos vor, deshalb schreibe ich ihr stattdessen, wie ich mich fühle. Ich weiß nicht, ob das eine gute Idee ist, aber zumindest ist es die Wahrheit.

Als ich damit fertig bin, warte ich, bis sie aufs Klo geht, und springe rüber zur Briefbibliothek. Zuerst wollte ich den Brief in den T. S. Eliot legen, aber ich habe mich umentschieden. *Der Wolkenatlas* liegt neben ihrer Tasche und ich schiebe den Brief zwischen Seite 6 und 7. Dann lege ich das Buch auf ihren Stuhl, damit sie es sieht.

Zur Belohnung gönne ich mir ein Teilchen bei Frank, und als ich zurückkomme, steht *Der Wolkenatlas* mit dem Cover nach vorne im Regal der Briefbibliothek. Ich warte, bis sie weg ist, dann gehe ich rüber, in der Hoffnung, darin einen Brief zu finden.

Der Wolkenatlas

von David Mitchell

Briefe zwischen Seite 6 und 7

22.–29. Januar 2016

Liebe Rachel,

ich hoffe, du nimmst mir nicht übel, dass ich dir diesen Brief schreibe. Ich weiß, du bist in die Stadt gekommen, um Cal zu vergessen, aber du denkst trotzdem dauernd an ihn — und wie könnte es auch anders sein?

Das klingt für dich jetzt wahrscheinlich blöd, aber ich kann irgendwie nicht glauben, dass er tot ist. Vielleicht wäre es anders, wenn ich bei der Beerdigung gewesen wäre oder seinen Leichnam gesehen hätte. Aber in meiner Erinnerung ist er lebendig, deshalb kann mein Hirn die Information nicht verarbeiten, dass ich ihn nie wiedersehen werde.

Das ist kein Mitgefühl, Rachel. Oder doch, ein bisschen schon, aber in erster Linie ist es eine Wahrnehmung. Du siehst oft traurig aus. Aber manchmal auch verwirrt. Als könntest du die Information auch nicht verarbeiten. Ich finde die Vorstellung schrecklich, dass du vielleicht vergisst und dich erinnerst, vergisst und dich erinnerst. Das ist bestimmt anstrengend.

Ich wünschte, ich wäre bei der Beerdigung dabei gewesen. Ich wünschte, ich wäre ein guter Freund gewesen. Du hast meine Handynummer. Ruf mich an, wenn du reden willst oder wenn ich dich im Gewitter nach Hause tragen soll. Oder wann immer du willst.

Ich weiß, du hast gesagt, Worte bringen Cal nicht zurück, und das stimmt natürlich. Aber wenn du mir trotzdem schreiben willst, leg einen Brief in den Wolkenatlas *(in der Briefbibliothek ist auch ein Exemplar), zwischen Seite 6 und 7. Ich werde dir immer antworten.*

Henry

Lieber Henry,

danke für deinen Brief. Ich weiß das zu schätzen, und auch dein Angebot zu reden. Aber alle erzählen mir ständig, ich soll darüber reden, und es hilft mir nicht. Das Reden bringt ihn nicht zurück.

Rachel

Liebe Rachel,

glaub mir, ich verstehe dich. Du weißt, wo du mich findest, wenn sich etwas ändert.

Henry

Liebe Rachel,

okay, ich weiß, ich habe gesagt, ich verstehe dich, und das stimmt auch, aber ich bin nicht deiner Meinung. Es ist Abend, und ich sitze allein hier im Laden und denke darüber nach, wozu Worte gut sind. Genau genom-

men denke ich schon darüber nach, seit du vor drei Jahren alle Gedichte als überflüssig bezeichnet und alle Dichter achselzuckend abgetan hast. »Ich liebe dich, ich will dich küssen, ich will mit dir schlafen« – diese Worte fand ich im Lauf der Jahre ziemlich nützlich. Ich nehme an, du hast Joel gesagt, dass du ihn liebst, und fandest sie auch nützlich. Ich weiß, dass du Cal gesagt hast, dass du ihn liebst. Diese Worte haben eine Bedeutung, Rachel.

Henry

Lieber Henry,

ja, ich habe Joel gesagt, dass ich ihn liebe, und natürlich habe ich es auch Cal gesagt. Ich sage es ihm immer noch jeden Tag. Was ich meinte, war, dass Worte nichts am großen Ganzen ändern.

Rachel

Liebe Rachel,

gehört Liebe nicht auch zum großen Ganzen? Ist sie nicht sogar das größte Ganze?

Henry

Lieber Henry,

du weißt, was ich meine. Ich meine, Worte ändern nichts daran, dass wir sterben müssen. Sie geben uns die Toten nicht zurück. Der Tod ist das größte Ganze.

Rachel

Liebe Rachel,

ich glaube, du bringst da was durcheinander. Das Leben ist das große Ganze; der Tod ist das Kleine am Ende.
Ich finde, wir sollten heute Abend tanzen gehen. Es ist Freitag — Wochenende. Wir können ja George und Martin einladen mitzukommen.

Henry

Lieber Henry,

der Tod ist nicht klein. Wenn du das denkst, hast du ihn noch nicht gesehen. Aber ja, ich gehe mit dir tanzen. Lass uns irgendwo hingehen, wo uns keiner kennt (ich habe gesehen, wie du tanzt). Ich bin zum Abendessen mit Rose verabredet. Wir treffen uns um neun vor dem Laundry. Wir können uns die Hollows anhören und hinterher woanders hingehen.

Rachel

selbst in den namenlosen Unterstreichungen lese
ich Geschichten

RACHEL

Das Katalogisieren hörte auf langweilig zu sein, als ich bei dem T. S. Eliot ankam. Selbst die kleinen Unterstreichungen, die mir gar nichts sagen, müssen mal jemandem wichtig gewesen sein, deshalb notiere ich sie sorgfältig. Wenn ich in Versuchung komme, welche zu überspringen, denke ich an Cals Unterstreichungen in *WasserFarben* und dann tue ich es nicht.

Diese Woche finde ich in der Briefbibliothek eine Menge Leute. Selbst in den namenlosen Unterstreichungen lese ich Geschichten. Jemand ist mit einem knallpinken Stift durch Pablo Nerudas *Liebesgedichte* gegangen und ich war schon halb durch mit Katalogisieren, als ich kapiert habe, dass alle unterstrichenen Stellen Anspielungen auf Sex waren. Zumindest glaube ich das. Oder vielleicht denke ich das auch nur, weil mir Henry wieder im Kopf herumspukt.

Die Briefe, die Henry mir diese Woche in den *Wolkenatlas* gelegt hat, sind nicht romantisch. Meist geht es darin um den Tod, aber komischerweise fühle ich mich beim Lesen wie in

219

den pink unterstrichenen Zeilen. Ich liebe es, seine Briefe zu bekommen. Ich mache extra Pausen, damit ich einen neuen finde, wenn ich zurückkomme. Wenn ich rausgehe und bei meiner Rückkehr keinen finde, bin ich enttäuscht.

Mit jedem Tag wird der Wunsch stärker, mit Henry zu reden. Ich weiß nicht, ob es daran liegt, dass ich ihn wieder mag, oder ob ich nur eine Ablenkung suche, oder ob die Liebesbriefe, die ich in der Bibliothek gefunden habe, eine Art Besessenheit ausgelöst haben. Ich glaube, das mit Henry ist eine Art Besessenheit.

Ich habe angefangen in der Bibliothek nach Liebesbriefen zu suchen, während ich auf Antwort von Henry warte. Ich gehe nicht mehr streng alphabetisch vor, sondern springe auf der Suche nach interessanten Anmerkungen von Buch zu Buch.

Montag habe ich in *Das Schicksal ist ein mieser Verräter* eine Reihe Briefe von A an B gelesen. Am Anfang nennen sie sich nicht A und B. Da sind sie nur Anmerkungen auf den Seiten, in verschiedenen Farben. A schreibt in Blau, B in Schwarz. Sie schreiben untereinander – *witzig* schreibt A neben einen bestimmten Satz und B schreibt darunter *zum Kugeln*. Ab Seite 50 schreiben sie sich, was ihre Lieblingssätze sind. Auf Seite 100 schreibt A, dass er ein Mann ist, und B schreibt, er auch. Auf Seite 105 ist klar, dass die beiden sich mögen. Laut der letzten Seite des Buchs haben sie sich am 2. Januar 2015 vor einem Club namens Hush getroffen.

Diese Woche habe ich jeden Abend, wenn ich nach Hause gegangen bin, an A und B und an das Pink auf den Seiten vom Neruda gedacht. Ich denke an F und wie es ihm ging, als

E gestorben ist. Dann muss ich an Henry denken und diese Gedanken halten mich wach. Es ist, als wäre ich in der Zeit zurückgerutscht. Ich denke wieder an Henry, wenn ich zur Arbeit fahre und wenn ich nach Hause fahre. Wenn etwas passiert, will ich ihm davon erzählen.

Ich denke auch nachts wieder an ihn. Schlafen kann ich überhaupt nur noch, wenn ich mich mit dem *Wolkenatlas* ablenke. Jedes Mal, wenn ich daran denke, Henry zu küssen, lese ich eine Seite. Das Buch hat 544 Seiten und ich bin bald durch.

Am Freitag lese ich den Brief, in dem Henry mich fragt, ob ich mit ihm tanzen gehe. »Ich möchte ja, aber das hatten wir alles schon mal«, sage ich zu Lola, die neben mir auf dem Fußboden liegt, während ich katalogisiere, und an Hiroko denkt, die bald weggeht. Sie setzt sich auf und streckt die Hand nach dem Brief aus, aber Henry sieht uns, deshalb schüttele ich den Kopf.

»Willst du nicht darüber reden?«, fragt sie.

»Doch, will ich, aber wir müssen so tun, als würden wir über was anderes reden.«

»Genau das ist das Problem.«

»Mit uns?«

»Mit allem. Keiner sagt, was er will.«

»Ich weiß nicht, was ich will.«

»Du musst wissen, was du willst, sonst würdest du ja nicht darüber reden wollen, während du so tust, als würden wir über was anderes reden.«

»Amy kommt zu ihm zurück«, sage ich. »Oder?«

»Sie kommt garantiert zu ihm zurück«, sagt Lola und

schaut auf den Brief. »Aber vielleicht macht Henry diesmal etwas anders.«

Ich fahre Martin nach Hause und hebe das Sprechverbot auf, weil ich Martin mag, aber auch weil er und Henry Freunde geworden sind und ich mich frage, ob sie über Amy oder mich sprechen. Ich kann ihn schlecht direkt fragen, aber ich hoffe, dass ihm vielleicht etwas rausrutscht.

Anfangs reden wir über die Arbeit. Martin findet auch manchmal was in den Büchern, aber anders als ich. Er findet Sachen, die die Leute aus Versehen dort hinterlassen, zufällige Geschichten in den Geschichten.

Doch während der restlichen Fahrt sprechen wir hauptsächlich über George. Er erzählt mir, was nach der Party passiert ist, wie sie sich erst versöhnt haben und er dann alles ruiniert hat, weil er ihr unbedingt sagen musste, dass sie ein Problem hat. Als Entschuldigung hat er ihr die ganze Woche lang Kaffee ausgegeben und heute ist das Eis ein wenig getaut. Er macht diese Jubelgeste mit der Faust, die mich an Cal erinnert. »Heute hat sie gelächelt, als ich ihr den Kaffee gegeben habe, und da habe ich sie gefragt, ob sie vielleicht Lust hat, sich heute Abend mit mir zu treffen, und sie hat Ja gesagt. Wir gehen nachher zusammen weg. Natürlich nur als Freunde.«

»Natürlich«, sage ich.

Er freut sich so sehr, dass ich das Gefühl habe, ich sollte ihn warnen. Wenn Cal jetzt neben mir säße und er mit einem Mädchen, das er wirklich mag, »nur als Freunde« verabredet wäre, würde ich ihm sagen, dass er vorsichtig sein soll. Aber das sage ich Martin nicht. Schließlich bin ich ja auch nicht vorsichtig, was meine Gefühle für Henry angeht.

Ich lächle, als ich das Restaurant betrete, ein Italiener in der Nähe des Lagerhauses. Ich freue mich auf das Treffen mit Rose. Sie hat die ganze Woche gearbeitet und wir hatten kaum Gelegenheit zum Reden. Und ich freue mich darauf, Henry zu sehen. Es hat mir Freude gemacht, Martin zu helfen. Bei dem Gedanken an Knoblauchbrot lächle ich noch mehr, doch dann sehe ich Mum neben Rose am Tisch sitzen.

»Überraschung! Ich habe dich so vermisst, dass ich mir heute in der Schule freigenommen habe«, sagt sie mit gespielter Fröhlichkeit.

Als ich sie auf die Wange küsse, sagt sie, dass ich gut rieche. Ich habe ein schlechtes Gewissen, weil ich heute Morgen genug Energie hatte, um mich zu schminken und Roses Parfüm zu benutzen.

»Du siehst glücklich aus«, sagt Mum.

»Ich hatte einen guten Tag«, erwidere ich und sie lächelt und sagt, dass sie sich darüber freut. Irgendwie fühlt es sich nicht so an, aber ich frage mich, ob ich mir das nur einbilde. Ich greife nach dem Brotkorb und reiche ihn herum, und Rose überbrückt das Schweigen mit der Bemerkung, sie hätte viel Gutes über das Restaurant gehört.

»Entschuldigt mich«, sagt Mum leise und geht raus, um eine zu rauchen.

»Sie ist sauer auf mich«, sage ich und Rose sieht mich überrascht an.

»Warum sollte sie sauer auf dich sein? Seit sie hier ist, hat sie über nichts anderes geredet als über dich. Aber sie hat den Fehler gemacht, mich an der Notaufnahme abzuholen.«

Ich sehe Mum durch das Fenster an und frage mich, ob ich das alles je hinter mir lassen und einfach glücklich sein werde. Oder ob wir bis ans Ende unseres Lebens immer wieder dahin zurückgehen. Alles an ihr ist anders, seit Cal gestorben ist. Vorher war sie schlank und stark, lauter vom Wasser geformte Muskeln.

»Macht es dir nichts aus?«, frage ich Rose. »Denkst du nicht den ganzen Tag an Cal, mit all diesen piependen Apparaten und den Menschen, die sterben?«

»Nein, wenn ich da drinnen bin, denke ich nicht an Cal.«

»Man gewöhnt sich also daran? An den Tod?«

Sie schenkt sich ein Glas Wein ein. »Ich glaube, es hat damit zu tun, dass kein Tod wie der andere ist. Es wäre auch schrecklich, wenn es so wäre.«

Rose wechselt das Thema und fragt alles Mögliche, was die Buchhandlung angeht. Ich konzentriere mich darauf, zu antworten, um Mum nicht anzustarren, als sie zum Tisch zurückkommt. Ich erzähle den beiden von der Briefbibliothek und davon, dass Michael mich gebeten hat sie zu katalogisieren, bevor sie den Laden verkaufen.

»Der wird schnell weg sein«, sagt Mum und Rose ergänzt, wie schön das Haus ist, aber Mum schüttelt den Kopf. »Sie werden das Haus bestimmt nicht übernehmen. Es wird abge-

224

rissen, um Wohnungen zu bauen. Überall hier in der Gegend werden Wohnungen gebaut. Gleich bei euch um die Ecke, hinter dem Lagerhaus, sind sie auch dabei.«

Es ist nicht Mums Schuld, dass der Laden womöglich abgerissen wird. Sie hat recht, was die Wohnungen angeht. Aber jetzt kriege ich die Vorstellung nicht mehr aus dem Kopf, dass der Buchladen ganz verschwinden wird. Ich bin fast sicher, dass Henry daran noch gar nicht gedacht hat. Er spricht über den Laden, als würde er lediglich den Besitzer wechseln, als würde ihn jemand kaufen, der Bücher liebt.

»Hast du das mit Cal jemandem erzählt?«, fragt Mum.

»Nur Henry. Ich habe aber nicht vor, es sonst noch jemandem zu sagen, nur damit ihr Bescheid wisst, falls ihr Sophia trefft.«

Ich warte darauf, dass Rose einwendet, es sei jetzt aber an der Zeit, es den anderen zu sagen. Doch sie sagt, sie bringt die Worte auch nicht heraus. »Es ist albern, aber ich habe es im Krankenhaus nur meinem Chef gesagt. Ich will bei der Arbeit nicht daran denken.«

Das Essen kommt und Mum sagt, Gran will wissen, ob ich schon den Karton mit Cals Sachen durchgegangen bin, den sie mir vor der Abreise gegeben hat.

»Er ist immer noch im Auto«, sage ich. »Aber ich kümmere mich darum.«

Ich muss wieder an die Familie im Wartebereich der Notaufnahme denken. Ich beschreibe sie Rose und sie erinnert sich an sie. »Es war der Vater des Mädchens«, sagt sie. »Er hatte einen Autounfall.«

225

»Und?«, frage ich.

»Er ist durchgekommen«, sagt Rose und Mum atmet erleichtert aus.

Ich bin froh, dass Mum sich um diese unbekannte Familie sorgt. Es zeigt, dass Cals Tod uns zwar beide verändert hat, aber nicht im Innersten. Mum und ich waren beide dabei, als Cal starb, und manchmal mache ich mir Sorgen, dass das etwas ganz Wesentliches in uns verändert hat. Dass wir an dem Tag einen Teil unserer Menschlichkeit verloren haben, und dass wir sie nicht wiederfinden.

jetzt, wo sie wieder da ist, fühle ich mich mehr wie ich

HENRY

Martin und ich treffen uns draußen vor dem Shanghai Dumplings. Er fragt, wo George ist, und ich muss ihm eröffnen, dass sie nicht kommt. »Wie sich herausgestellt hat, sind wir zwei heute alleine.«

»Ich dachte, es wäre eine Familientradition.«

»Das dachte ich auch«, sage ich und versuche nicht allzu unglücklich zu klingen. Ich mag Martin, aber er ist kein Ersatz für meine ganze Familie.

Während wir darauf warten, dass Mai Li uns einen Tisch zuweist, denke ich an das Gespräch mit Dad vorhin. Rachel und Martin hatten schon Feierabend gemacht und George war nicht da. Er sagte mir, das Essen heute Abend würde ausfallen. »Deiner Mum und mir ist einfach nicht danach. George ist zu ihr gegangen und ich esse mit Frederick und Frieda.«

Er nahm etwas Geld aus der Kasse, damit ich Martins Essen bezahlen konnte, und gab es mir zusammen mit einem Buch, das er während der Woche gekauft hatte.

Es ist eine Penguin-Classics-Ausgabe von Jorge Luis Borges'

Kurzgeschichten. Auf dem Cover sind lauter gelbe Schmetterlinge mit eckigen Flügeln, sodass sie, dicht an dicht, eine Art Sechseck ergeben. Ein paar Schmetterlinge haben sich von den anderen gelöst. »Lies ›Shakespeares Gedächtnis‹«, hat Dad mir geraten und ich habe ihm versprochen es zu tun.

Dad hat mich in der Zehnten auf Borges' Kurzgeschichten gebracht, als ich eines Abends nach Lesestoff suchte. Ich hatte gerade *Die Elbenhandtasche* von Kelly Link gelesen und die schrägen Geschichten hatten mir richtig gut gefallen. Danach hatte ich es mit Karen Russells Geschichten versucht und die fand ich genauso klasse. Und an dem Abend kam Dad dazu, als ich auf der Suche nach etwas Neuem in den Regalen stöberte.

Er drückte mir einen Band mit Kurzgeschichten von Borges in die Hand und empfahl mir besonders »Die Bibliothek von Babel«. Ich las die Geschichte mit dem Wörterbuch neben mir und verstand sie nur ungefähr zur Hälfte. Sie war voller mathematischer und naturwissenschaftlicher Verweise, über die ich gerne mit Rachel gesprochen hätte, aber die war zu dem Zeitpunkt schon fort. Ich kam zu dem Schluss, dass es darin um Menschen ging, die die Antwort auf die Welt und das Universum suchten und dabei verrückt wurden.

Mai Li kommt zu uns, und als ich ihr erkläre, dass wir heute nur zu zweit sind, gibt sie uns einen winzigen Tisch direkt bei den Toiletten. Immer wieder knallen die Leute mit der Tür gegen meinen Stuhl und auf dem Tisch ist kein Platz für meine Ellbogen. Es ist auch kaum Platz für die Speisekarte, in die ich zum ersten Mal in meinem Leben reinschaue, weil ich mir überlegen muss, was ich für eine Person bestellen kann.

Irgendwie kommt es mir falsch vor, hier ohne meine Familie über Bücher zu sprechen, aber es kommt mir genauso falsch vor, es nicht zu tun, also erzähle ich Martin von dem Borges, den Dad mir vorhin gegeben hat. Ich gebe ihm den Band, damit er ihn sich ansehen kann. Ich versuche ihm »Die Bibliothek von Babel« zu erklären, aber es gelingt mir nicht so recht, die Geschichte in Worte zu fassen. »Es geht um ein Universum in Form einer Bibliothek, gefüllt mit allen denkbaren Werken, auch solchen, die keinen Sinn ergeben. Rachel hätte es besser beschreiben können.«

»Du kennst sie schon lange, oder?«, sagt er.

»Zehn Jahre, wenn man die drei mitzählt, in denen sie weg war.« Ich zähle sie mit. »Sie ist die beste Freundin, die ich habe.« Ich bin mir nicht sicher, ob das Wort »Freunde« wirklich auf uns passt. Ich weiß aber auch nicht, was besser passen würde. Wir sind wir. Und jetzt, wo sie wieder da ist, fühle ich mich mehr wie ich.

»Wart ihr ... ich meine, habt ihr mal ...?«

»Rachel und ich? Nein. Auf keinen Fall. Ich meine, die Leute fragen natürlich. Andauernd. Aber Rachel würde nie ... Und ich auch nicht. Amy war immer diejenige.«

»Wie steht's denn jetzt mit ihr?«, fragt er.

»Seit der SMS habe ich nichts mehr von ihr gehört.«

Wie mir gerade auffällt, habe ich diese Woche kaum an sie gedacht. Stattdessen habe ich an Cal gedacht. Daran, wie er früher, als er noch klein war, ständig hinter mir hergelaufen ist und mich mit Fragen gelöchert hat. Und dann, als er zwölf war, wurde er plötzlich zum Superhirn und das Ganze drehte sich um. Ich vermisse ihn, und weil er schon so lange weg ist, fühlt es sich an, als wäre ein Stück von der Welt abgebrochen.

»Kennst du jemanden, der gestorben ist?«, frage ich.

»Meine Großmutter«, sagt Martin. »Wir mochten uns sehr. Ich vermisse sie.«

Wir unterbrechen kurz, um zu bestellen, dann beuge ich mich vor und stelle ihm die Frage, die mich beschäftigt, seit Rachel mir das mit Cal erzählt hat. »Wo gehen die hin? Ich meine, erst sind sie hier und dann sind sie weg. Ich kapiere das einfach nicht.«

»Ist jemand, den du kennst, gestorben?«, fragt er und ich würde gerne mit ihm darüber reden. Ich hätte gerne ein paar Erklärungen von jemandem, der so logisch ist wie Martin. Aber ich habe Rachel versprochen es niemandem zu sagen, also tue ich es auch nicht.

»Lass uns über was anderes reden«, sage ich und frage ihn, wie es mit ihm und George läuft.

»Besser«, antwortet er zu meiner Überraschung. Danach sah es gar nicht aus.

»Ziemlich genau vor einer Woche hat sie dir noch gesagt, du sollst dich verpissen.«

»Und ich habe ihr gesagt, dass ich nicht vorhabe mich zu verpissen.«

Interessante Taktik. »Und was hat sie darauf gesagt?«

»Sie hat gesagt, wenn *ich* mich nicht verpisse, tut sie es.«

232

»Und inwiefern läuft es jetzt besser?«

»Ich war die ganze Woche nett zu ihr und heute Nachmittag gab es einen Durchbruch. Ich glaube, wir sind wieder Freunde.«

Bevor ich fragen kann, wie dieser Durchbruch aussah, hat Mai Li Pause und setzt sich zu uns, und das Gespräch wendet sich ihrer letzten Gedicht-Performance und dem Beginn ihres Studiums zu und der Frage, ob frittierte Wan Tans besser schmecken als gedünstete oder nicht.

Martin und ich kommen gut miteinander klar, und als wir beim Rausgehen ein Plakat vom Pavement sehen, einem Club in der Nähe, schlägt er vor dorthin zu gehen. Da ich noch Zeit habe, bevor ich im Laundry sein muss, komme ich mit, außerdem ist das Pavement kein Laden, wo jemand wie Martin allein hingehen sollte.

Wir gehen zu Fuß und nach etwa zehn Minuten sind wir da. Vor dem Eingang steht eine Schlange mit lauter sehr wütend aussehenden Leuten. In der Zeitung stand mal, das Pavement wäre auf dem ersten Platz der »gewalttätigsten Orte in Gracetown«.

Die Schlange rückt vor. Der Eintritt ist umsonst, weil sowieso keiner bezahlen würde, und wir kleben am Teppich fest, während wir quer durch den Raum zur anderen Seite des Clubs gehen. Es gibt eine Live-Band, die damit droht, auf der Bühne kleine Kätzchen zu essen, und alle johlen. »Stell dich mit dem Rücken zur Wand«, sage ich zu Martin, der sich umschaut, als würde er damit rechnen, hier jemanden zu treffen, den er kennt. Er bestaunt zwei Typen, die an uns vorbeigehen; der eine führt den anderen an einer Kette. »Starr sie lieber nicht so an«, warne ich ihn. In dem Moment dröhnt die Musik los.

Er beugt sich zu mir und brüllt: »Wann kommt George denn?«

»Was?«, brülle ich zurück.

»*George*. Wann kommt sie?«

»George würde sich nicht mal tot in so einem Laden blicken lassen«, brülle ich. »Sie war bei Mum, aber wahrscheinlich ist sie jetzt wieder im Laden, spielt Scrabble und trinkt heißen Kakao.«

Martin nickt und sagt langsam: »O-kay«, als wäre ihm gerade etwas klar geworden.

Mir ist auch gerade etwas klar geworden. »Hat George dir gesagt, dass sie hier sein würde? War das der Durchbruch von heute Nachmittag?«

»Ich habe ihr die ganze Woche Kaffee gebracht und die Donuts, die sie so mag. Ist es übertrieben anzunehmen, wenn eine Person den Kaffee trinkt und die Donuts isst, die man ihr mitbringt, dass man dabei ist, Freunde zu werden?«

»Nein, ist es nicht«, sage ich.

»Also habe ich sie heute Nachmittag gefragt, ob sie Lust hat, mit mir irgendwohin zu gehen, und sie hat gesagt, sie ist vielleicht im Pavement.«

Es wäre ja noch vertretbar gewesen, wenn George gesagt hätte, sie wäre im Laundry, und dann nicht gekommen wäre.

Aber Martin zu sagen, dass er hier auf sie warten soll, ist eine miese Nummer.

Ich sehe auf die Uhr. Es ist erst kurz nach sieben. »Komm mit ins Laundry. Ich spendiere dir ein Bier, während wir auf Rachel warten.«

Doch nach der Sache mit George sieht Martin ziemlich geknickt aus und er sagt, er sucht sich ein Taxi und fährt nach Hause. Da ich ihn hier nicht allein lassen will, lege ich ihm meinen Arm um die Schulter und gehe mit ihm Richtung Ausgang.

Wir verlassen das Pavement und steuern auf das Laundry zu. »Wie lange muss ich denn noch bezahlen?«, fragt Martin. »Ich meine, wie sehr muss ein Kerl sich abrackern, um mit deiner Schwester befreundet zu sein?«

Das frage ich mich allmählich auch. Ich weiß, dass George in der Schule einigen Ärger gehabt hat, der nicht ihre Schuld war, aber sie ruiniert sich selbst die Chance, in ihrem Abschlussjahr einen Freund an ihrer Seite zu haben. Ich würde Martin ja nur zu gerne erklären, wie George tickt, aber dazu müsste ich das erst mal selbst wissen.

Während ich das denke, entdecke ich Amy ein Stück vor uns. Sie lehnt an einer Hauswand, nicht weit vom Laden entfernt. Mein Herz spielt immer noch verrückt, wenn ich sie sehe. Sie braucht bloß aufzutauchen und ich bin wieder da, wo ich angefangen habe.

»Ich warte auf Greg«, sagt sie zu mir.

Ich denke an ihre SMS und am liebsten würde ich sie sofort fragen, was *im Moment* bedeutet, denn *im Moment* klingt

235

vielversprechend. Aber bevor ich das tun kann, kommt Greg angefahren. Er hält am Straßenrand, steigt aus und stellt sich zwischen uns.

»Hör auf, Amy zu belästigen«, sagt er.

Ich trete einen Schritt zur Seite, damit ich Amy ansehen kann, und stelle meine Frage. »Was genau bedeutet ›im Moment‹?«

»Bist du taub?«, fragt Greg, aber ich beachte ihn nicht.

»Ist alles in Ordnung?«, frage ich Amy. »Geht's dir gut?«

»Du solltest lieber gehen«, sagt sie. »Wir können später reden.«

»Wir reden doch jetzt«, sage ich.

»Bist du taub?«, fragt Greg noch mal, deutlich lauter.

»Nein, aber meine Ohren verstehen kein Dumpfbackisch«, sage ich. In dem Moment sehe ich vier Typen näher kommen, die ich aus der Schule kenne, und alle vier sind Dumpfbacken.

»Dann sollten wir es deinen Ohren vielleicht *beibringen*«, sagt Greg. Amy und ich fangen an zu lachen, was ihn noch wütender macht als ohnehin schon.

Er befiehlt seinen Freunden, uns zu schnappen, und wir haben nicht genug Zeit, um abzuhauen. Es reicht gerade dafür, mich auf den Kerl zu stürzen, der sich Martin gepackt hat. »Lauf weg!«, rufe ich, als der Kerl ihn loslässt, doch Martin bleibt, wo er ist. Eine mutige Entscheidung. Unklug, aber mutig.

Als Erstes schleifen sie ihn zum Auto, werfen ihn auf die Rückbank und knallen die Tür zu. Dann packen sie mich und stopfen mich in den Kofferraum. Das Letzte, was ich sehe, bevor sie den Deckel zudrücken, ist Amy, die auf dem Gehweg steht und zu mir herüberstarrt.

Dann wird der Motor angelassen und ich spüre den Rhythmus der Straße. Es wäre untertrieben zu sagen, dass der Abend nicht ganz so läuft, wie ich es mir vorgestellt hatte. Ich wünschte, ich wäre einer von diesen Jungs, die nie Angst haben, aber das bin ich nicht. Wie sich herausstellt, habe ich sogar verdammt viel Angst. Sie bringen uns sicher nicht um, aber sie werden irgendwas Gemeines tun und in diesem Moment halte ich es für klüger, mir nicht auszumalen, was das sein könnte.

Während ich da liege, versuche ich zu begreifen, was Amy an dem Kerl findet. Ich versuche ihren Gesichtsausdruck zu deuten, bevor der Kofferraumdeckel über mir zugeklappt ist. Wut auf Greg? Angst? Mitleid mit mir?

Jetzt kann sie doch auf keinen Fall mehr in Greg verliebt sein, nicht mal ein kleines bisschen. In was kann man denn da verliebt sein? Ein Teil von mir ist froh, dass er das getan hat, weil sie nach der Nummer garantiert nicht weiter mit ihm zusammen sein kann. Liebe macht blind, aber doch nicht *so* verdammt blind.

Ich versuche anhand der Geschwindigkeit des Autos herauszukriegen, wohin wir fahren. Anfangs fahren wir nur langsam, wahrscheinlich weil auf der High Street am Freitagabend eine Menge los ist. Dann geht es eine Weile schneller, vielleicht die Melton Street entlang, was bedeutet, dass wir quer durch die Stadt fahren. Langsam, schnell, langsam. Ich versuche mir das Ganze wie auf einer Karte vorzustellen, aber es gelingt mir nicht. Mein Bauchgefühl sagt mir, dass wir ans andere Ende der Stadt fahren, zum Hafen.

Nach etwa einer Viertelstunde halten wir an. Einer von den Typen macht den Kofferraum auf, aber Martin wehrt sich heftig auf dem Rücksitz, sodass er die Klappe wieder runterdrückt, um seinen Kumpeln zu helfen. Im letzten Moment gelingt es mir, die Klappe festzuhalten, bevor sie einrastet. Ich bin frei, aber ich kann nicht weglaufen. Erstens lasse ich Martin nicht allein, und zweitens gibt es nichts, wo ich *hin*laufen könnte. Wie ich mir gedacht habe, sind wir auf der Straße, die an den Docks entlangführt.

Hinter uns stapeln sich Kisten, vor uns liegt der vierspurige Highway. Auf der anderen Straßenseite stehen versprengt ein paar Lagerhäuser, aber das ist es dann auch. Weit und breit keine Menschenseele.

Die Zeit reicht gerade, um Rachel meinen Standort und eine *Hilfe!*-SMS zu senden, während ich darauf warte, dass sie mich aus dem Kofferraum holen. Aus Respekt mache ich die Augen zu, als sie Martin ausziehen, aber ich kann hören, dass er sich nach Kräften wehrt. Sie brauchen eine Weile, um ihn aus seinen Klamotten zu schälen. Ich öffne die Augen wieder, als sie ihn mit Klebeband umwickeln und an einen Leitungsmast fesseln. Sie haben mehrere Rollen davon mitgebracht und geizen nicht mit dem Zeug. Als sie aufhören, ist er verschnürt wie ein Paket.

Dann bin ich an der Reihe. Zusammen hieven sie mich aus dem Kofferraum und werfen mich auf den Boden. Sie befehlen mir, mich auszuziehen, und treten mich, als ich es nicht tue.

Ich gestehe, dass ich ziemlich schnell aufgebe. »Na gut, Greg, wenn du mich unbedingt nackt sehen willst, dann will ich mal nicht so sein.«

Die Bemerkung bringt mir noch ein paar Tritte ein, doch dann ertönt in der Ferne eine Polizeisirene und sie lassen mich in Ruhe, während ich mich ausziehe. Ich fand immer schon, dass ich nackt nicht besonders gut aussehe, aber das Problem löse ich, indem ich einfach nicht in den Spiegel schaue, wenn ich nichts anhabe. Einen Spiegel habe ich heute nicht vor mir, dafür aber den neuen Freund meiner Exfreundin, der mich für YouTube filmt.

»Du Arsch«, sage ich, als er nach dem Klebeband greift und es immer wieder um mich und um den Mast wickelt, und mir schwant, dass ein paar Teile von mir nie wieder dieselben sein werden, nachdem ich dieses Klebeband abgerissen habe.

Als Greg findet, dass ich gut genug verpackt bin, filmt er mich noch ein bisschen und teilt mir mit, dass ich mich auf YouTube unter dem Stichwort »Dumpfbacke« finden kann. Ich wende ein, die Dumpfbacke sei doch wohl eher derjenige, der andere Leute auszieht und mit Klebeband an einen Mast fesselt. Wenn, dann sei ich hier der Gedumpfbackte.

»Mann, ich hasse dich«, sagt Greg.

»Das Gefühl beruht auf Gegenseitigkeit.«

Er will sich gerade mit unseren Brieftaschen, Handys und Ladenschlüsseln davonmachen, als ich ihn darauf hinweise, dass das kein Spaß mehr ist, sondern Raub. »Kann man mit einer Vorstrafe Anwalt werden?«

Er stellt sich ganz dicht vor mich und filmt mich noch ein

bisschen, dann wirft er unsere Wertsachen auf den Boden und steigt ins Auto. Ich schätze mal, Greg hat eine gute Internet-Flat, sodass wir bereits im Netz zu bewundern sind, bevor sie losfahren.

»Wer tut anderen so was an?«, frage ich Martin, als wir alleine sind.

»Jemand, der sich für einen ruinierten Anzug rächen will?«

»Ist das wirklich dasselbe? Ich finde, das hier ist schlimmer.« Ich blicke an mir hinunter. »Viel schlimmer.«

Martin holt tief Luft und atmet langsam aus.

»Du bist sauer«, sage ich.

»Ich bin nackt und mit Klebeband an einen Leitungsmast gefesselt. Es ist nicht deine Schuld. Ich bin nicht sauer auf dich. Ich habe dir geholfen ihn mit dem Gartenschlauch nass zu spritzen. Aber jetzt würde ich mich lieber darauf konzentrieren, wie wir hier wieder wegkommen.«

»Ich habe Rachel meinen Standort gesimst. Wir müssen nur warten. Wenigstens ist es warm«, sage ich. Leute fahren an uns vorbei, aber niemand hält an. Da keiner hupt, vermute ich, sie haben uns gar nicht gesehen.

»Du bist ein Optimist«, sagt Martin nach einer Weile.

»In Anbetracht der ziemlich zuverlässigen Beschissenheit des Lebens erscheint mir das auch nötig.«

»Aber warum ist George dann keine Optimistin? Da ist dieser Typ, der ihr seit drei Jahren in der Briefbibliothek schreibt, und sie ist ziemlich sicher, dass sie weiß, wer er ist, und sie mag ihn – warum unternimmt sie dann nichts?«

»Welcher Typ?«, frage ich, und er erinnert mich daran, dass

er mir auf der Party von ihm erzählt hat; der, mit dem sie sich in *Stolz und Vorurteil und Zombies* schreibt. »Er schreibt ihr seit drei Jahren, und sie ist ziemlich sicher, dass sie weiß, wer er ist, also warum tut sie nichts?«

Drei Jahre sind eine lange Zeit, um jemandem Briefe zu schreiben. Das ist richtig Einsatz. Das ist romantisch. Ich denke an George, wie sie im Schaufenster sitzt und die Zynikerin spielt, was Liebe angeht, und dabei hat sie die ganze Zeit einen heimlichen Verehrer.

»Vielleicht ist er gar nicht der Typ, für den sie ihn hält«, sagt Martin. »Vielleicht ist er ein Psychopath.«

»Die Psychopathen sind jetzt alle im Internet«, sage ich.

»Warum?«

»Wahrscheinlich mehr potenzielle Opfer.«

»Nein, ich meine, warum trifft George sich nicht mit ihm? Wenn sie wirklich weiß, wer er ist?«

»Aus Angst«, sage ich. »Sie ist schüchtern.«

»So wirkt sie aber gar nicht. Sie wirkt feindselig und aggressiv.«

»Das ist nur zum Schutz«, sage ich, und im gleichen Moment geht mir ein Licht auf, was meine Schwester angeht.

»Toller Schutz«, brummt Martin, aber ihm scheint dasselbe Licht aufgegangen zu sein, denn seine Stimme klingt nicht mehr so wütend.

Ich halte Ausschau nach Rachels Volvo und frage mich, ob meine SMS angekommen ist.

»Wenn wir Glück haben, ruft Amy die Polizei«, sagt Martin.

Ich liebe Amy trotz all ihrer Fehler, aber ich weiß ohne jeden

Zweifel, dass sie nicht die Polizei anruft. Dass sie sie nicht angerufen hat, als ich in dem Kofferraum steckte. Dass sie sich nicht das Nummernschild aufgeschrieben hat, wie Rachel es getan hätte. Sie ist auch nicht in ein Taxi gesprungen und hat gesagt: »Folgen Sie dem Wagen.«

Nein, wir warten auf Rachel. Rachel, der ich eine SMS geschickt habe und die kommen und uns retten wird.

eher ein leises Schnurcheln

RACHEL

Gegen Ende des Abendessens bekomme ich eine SMS von Henry – *Hilfe!* – mit einem Link zu einer Karte, auf der sein Standort markiert ist.

Ich bin froh, dass ich einen Grund habe, eher zu gehen. Und dass ich Mum sagen kann, dass es ein Notfall ist und ich nicht mit Henry tanzen gehe. »Er ist in Schwierigkeiten«, sage ich und verabschiede mich mit einem Kuss von ihr und Rose.

Als ich draußen bin, rufe ich Lola an, weil ich nicht allein zum Hafen fahren will. Bevor ich auch nur Hallo sagen kann, legt sie los:»Du hattest recht – deine Idee ist klasse! Wir haben unser ganzes Geld zusammengeworfen und meine Großmutter hat noch was dazugetan, und ein Freund überlässt uns sein Studio zu einem Sonderpreis, sodass wir alle unsere Songs aufnehmen können, vom ersten bis zum letzten, jeden Song, den wir je geschrieben haben, und dann können wir die CD bei unserem letzten Auftritt verkaufen und vielleicht auch noch danach.« Sie holt Luft, aber nicht lange genug, dass ich dazwischenkomme. »Suchst du Henry? Den habe

245

ich vor einer Weile mit Amy und Martin in der Nähe vom Buchladen gesehen.«

Die Tatsache, dass er mit ihr redet, hat nicht unbedingt etwas zu bedeuten, und selbst wenn, hat Henry nichts Schlimmes getan. Er hat ja keinen Hehl daraus gemacht, dass er Amy liebt. Er verkauft die Buchhandlung, um sie zurückzugewinnen. Das weiß ich.

Trotzdem. Ich erwäge kurz, Henrys Hilferuf zu löschen und nach Hause zu gehen. Aber er ist mein Freund und Freunde retten einander, und ich kann ihn ja schließlich nicht *nicht* retten, nur weil er einen fürchterlichen Geschmack hat, was Mädchen angeht.

»Rach? Bist du noch da?«

Ich erzähle ihr kurz, was los ist, und ihre Stimmlage wechselt von aufgeregt zu besorgt. Sie hält das Handy ein Stück weg und spricht mit Hiroko. »Sag ihr, wir blasen das Laundry ab und kommen mit«, sagt Hiroko im Hintergrund, aber Lola ist nicht so begeistert von der Idee. »Frag doch George, ob sie mitkommt«, sagt sie, das Handy wieder am Ohr. »Und wenn sie nicht kann, ruf noch mal an, dann kommen wir.«

Ich fahre zum Buchladen, parke und schicke George vom Auto aus eine SMS, dass ich wegen Henry ihre Hilfe brauche. Sie kommt runter, und obwohl es noch gar nicht spät ist, hat sie schon ihren Schlafanzug an – einen blauen mit Wolken drauf –, aber sie macht sich nicht die Mühe, noch mal raufzulaufen und sich umzuziehen.

Sie nimmt mein Handy, schaut sich die Karte mit dem Pin an und dirigiert mich durch Gracetown, auf die Stadt zu. Wir

machen keine Musik an, weil wir zu angespannt sind, um zuzuhören. Ich mache mir Sorgen um Henry, und so still, wie
George ist, vermute ich, dass es ihr genauso geht. »Über die
Ampel und dann nach links«, sagt sie und plötzlich landen wir
mitten im Freitagabendverkehr.

Ich mustere ein paar Mädchen, die vor dem Auto über die
Straße gehen – Mädchen in meinem Alter, aufgedonnert mit
Minikleid, hohen Stiefeln und Glitzer-Make-up –, als George
plötzlich damit herausplatzt, dass Martin sie gefragt hat, ob
sie mit ihm ausgeht, und sie ihm vorgeschlagen hat sich im
Pavement zu treffen.

»Wo?«

»Im Pavement«, wiederholt sie.

Ich hatte es schon beim ersten Mal verstanden, aber für
Martin habe ich gehofft, ich hätte mich verhört. »Ist das Pavement noch derselbe Laden wie vor drei Jahren?«

»Es ist so ziemlich der übelste Club der Stadt«, sagt sie und
fängt an sich zu rechtfertigen. »Er hat mir gesagt, ich hätte
ein Problem. Er hat mich einfach nicht in Ruhe gelassen.«

Ich kann ihr schlecht Vorwürfe machen, schließlich war ich
drei Jahre lang sauer auf Henry. Aber das Pavement? Hätte
sie nicht einfach das Laundry nennen und ihn dann versetzen
können?

»Henry und Martin waren zusammen unterwegs«, sage ich.
»Sie sind ins Shanghai Dumplings gegangen.«

»Okay«, sagt sie, aber ich merke, wie angespannt sie ist,
während sie mich durch das Stadtzentrum, am Bahnhof vorbei und zum Hafen leitet.

Irgendwo auf einer sehr langen dunkelblauen Straße sagt George dann schließlich, ich soll langsamer fahren. »Er muss hier irgendwo sein.«

Aber als wir zu dem blinkenden Punkt auf der Karte kommen, ist Henry nicht da. Jetzt fangen wir an uns richtig Sorgen zu machen. Ich fahre rechts ran und George vergrößert die Karte mit zwei Fingern. Ich nehme ihr das Handy weg und drehe es um. »Das ist ein vierspuriger Highway«, sage ich. »Er ist auf der anderen Seite.«

Ich wende und entdecke Henry noch vor ihr. Er leuchtet in der Dunkelheit, die Arme zurückgebogen wie ein Vorstadt-Jesus.

»Shit«, sagt George, als sie Martin entdeckt.

Ich halte an und wir steigen aus. Henry Jones nackt ist ein Anblick für die Götter und ich versuche mir nicht anmerken zu lassen, wie sehr ich es genieße.

»Hallo«, sagt er.

»Hallo«, sage ich. »Wie es aussieht, steckt ihr in Schwierigkeiten.«

»Ihr habt ja gar nichts an«, sagt George.

»Echt?«, sagt Henry. »Ist uns noch gar nicht aufgefallen.«

»Warum habt ihr nichts an?«

»Warum hast du einen Schlafanzug an?«, fragt Martin, als sie zu seiner Seite des Mastes herumgeht.

»Ich musste Hals über Kopf los, um dich zu retten.«

»Vielleicht bräuchte ich gar nicht gerettet zu werden, wenn mir nicht eine gewisse Person gesagt hätte, sie wäre heute Abend im Pavement.«

»Ich hab gesagt, *vielleicht* bin ich da.«

Ich beschließe, dass es für alle Beteiligten das Beste ist, wenn wir Henry und Martin so schnell wie möglich befreien. Da ich auf dem Rücksitz nichts habe, womit man schneiden kann, sehe ich im Kofferraum nach und tatsächlich liegt dort neben Cals Karton eine Schere und – warum auch immer – ein Steakmesser.

Ich nehme beides heraus und starre auf den Karton. Wie ferngesteuert strecke ich die Hand aus. Mein Finger malt das Fragezeichen nach, aber ich mache den Karton nicht auf.

George kommt herüber und ich klappe den Kofferraum wieder zu. »Du nimmst die Schere und Martin«, sage ich zu ihr. »Ich nehme Henry und das Steakmesser.«

»Ich hoffe, du hast eine ruhige Hand«, sagt Henry, als ich anfange zu schneiden.

»Einigermaßen«, erwidere ich. »Ich passe auf, wenn ich zu den empfindlichen Stellen komme.«

»Das ist Haut. Die ist eigentlich überall empfindlich.«

Ich nicke und schneide vorsichtig weiter.

»Wie sehe ich aus, so nackt?«, fragt er nach einer Weile.

»Nicht allzu übel«, sage ich.

»Darf ich das so verstehen, dass ich halbwegs passabel aussehe?«

»Mach die Augen zu«, sagt Martin zu George. »*Hör auf mich anzusehen.*«

»Ich schneide hier gerade an einer ziemlich empfindlichen Stelle herum. Willst du wirklich, dass ich die Augen zumache?«

»Freut mich, dass du dich so gut amüsierst. Wenn ihr beide nackt wärt, du und Rachel, und Henry und ich würden Witze reißen, fändet ihr das bestimmt gar nicht komisch.«

»Entspann dich«, sagt George.

»Ich soll mich entspannen? Wenn du nicht mit mir befreundet sein willst, hättest du einfach Nein sagen können. Muss ich eigentlich jeden Tag betteln? Du hast dich noch nicht mal entschuldigt!«

Den letzten Satz brüllt er und George schweigt eine ganze Weile. Dann sagt sie ganz leise: »Tut mir leid.«

»Was?«, sagt Martin. »Du musst schon lauter sprechen.«

»Es tut mir leid«, sagt George laut.

»Entschuldigung angenommen«, sagt Martin.

»Vorsicht mit meinem Penis«, sagt Henry und auf einmal finde ich die ganze Situation zum Schreien. Seit zehn Monaten habe ich nichts mehr komisch gefunden. Meistens tue ich nur so, als würde ich lachen. Ich versuche Witze zu machen.

»Bitte nicht lachen, während du schneidest«, sagt er, aber davon muss ich nur noch mehr lachen.

»Deine Hand zittert«, sagt er und jetzt fängt auch George an zu lachen und Martin auch. »Freut mich, dass ihr meine nackten Eier so komisch findet«, sagt Henry, aber er muss auch lachen und er freut sich, dass sich alle so gut amüsieren, weil er einfach so ist.

Wir steigen alle zusammen ins Auto und Henry und ich hören zu, wie Martin erzählt, was passiert ist, wobei George ihn

250

ungefähr alle fünf Sekunden unterbricht, um sich zu entschuldigen. Als er zu der Stelle kommt, wo Henry mit Amy spricht und Greg dazukommt, werfe ich einen kurzen Blick zum Beifahrersitz.

Henry starrt aus dem Fenster, einen alten Pullover, den ich immer im Auto habe, über den Schoß gebreitet. »Sag's ruhig.«

Ich ersticke fast daran. Was für ein Mädchen ruft nicht die Polizei, wenn ihr beknackter Freund zwei Jungs in ein Auto wirft und davonfährt? Was für ein Mensch steht auf dem Gehweg, starrt in den Kofferraum und *tut* nichts? »Geht mich nichts an, Henry«, sage ich stattdessen, damit er sich nicht noch schlechter fühlt als ohnehin schon.

Da ich keine Lust habe, kreuz und quer durch die Stadt zu fahren, überreden Henry und George Martin, im Laden zu übernachten. »Du kannst in meinem Bett schlafen«, sagt Henry. »Ich schlafe mit Rachel im Laden.«

Nachdem Martin und Henry sich was angezogen haben, setzen wir uns alle an den Tresen und schauen uns den Clip auf YouTube an. »Man sieht ja gar nicht so viel«, sagt Martin.

»Von dir nicht«, sagt Henry. »Aber von mir gibt es eine ziemlich ätzende Großaufnahme.« Nach einer Weile legt er sein Handy weg. »Also gut. Die Leute können uns nackt sehen. Na und?«

»Du musst ja nicht in die Schule und dich von allen auslachen lassen«, sagt Martin.

»Ich bin doch bei dir«, sagt George und der Blick, mit dem er sie ansieht, lässt darauf schließen, dass das ein ziemlich guter Trostpreis ist.

251

Die beiden gehen nach oben und Henry und ich legen uns auf das Deckenlager neben der Briefbibliothek. Er schaltet das Licht aus, sodass wir nur noch Stimmen im Dämmerlicht sind. »Sie hat mich im Stich gelassen«, sagt er nach einer Weile. »Sie hat weder meine Eltern noch die Polizei angerufen.« Er hält sein Handy hoch. »Und noch nicht mal eine SMS geschickt.«

»Zu ihrer Verteidigung: Das wäre auch eine ganz schön schwierige SMS.«

»Früher, bevor wir richtig zusammen waren«, sagt er, »habe ich mir immer Sorgen gemacht, dass andere Jungs besser küssen und sie deshalb nicht offiziell mit mir zusammen sein will.«

»Da ich ja nun zum Kreis der Auserwählten gehöre, kann ich dir versichern, dass deine Sorge unbegründet ist.«

»Es tut mir leid, dass ich mich kaum daran erinnern kann. War ich besser als Joel?«

»Anders.«

»Hast du mit ihm geschlafen?«

»Das ist eine sehr persönliche Frage. Hast du mit Amy geschlafen?«

»Du hast recht. Es ist eine sehr persönliche Frage«, sagt er.

»Vielleicht sollten wir über was anderes reden.«

»Zwischen uns hat sich etwas verändert«, sagt er, aber er führt es nicht weiter aus und ich bin mir nicht sicher, ob er damit sich und Amy meint oder sich und mich.

»Was für gute Sachen hast du in den letzten drei Jahren erlebt?«, fragt er. »Bisher hast du mir nur die schlechten erzählt.«

252

Ich habe seit einer ganzen Weile nicht mehr an die guten Sachen gedacht, aber vor Cals Tod ist eine Menge Gutes passiert.
»Vor dem Abschluss habe ich den Naturwissenschaftspreis gewonnen. Und den in Mathe. Ich bin fast jeden Tag zusammen mit Mum zwei Kilometer geschwommen. Dad hat uns besucht und war mit Cal und mir surfen. In der Elften war ich Mannschaftskapitänin beim Schwimmen. Und bei dir?«

»In der Elften war ich Jahrgangsbester in Englisch. Die Zwölfte war auch ziemlich gut. Ich bin mit Amy zum Abschlussball gegangen. Lola und Hiroko haben einen Song über mich geschrieben. Und ich habe einen Kurzgeschichtenwettbewerb gewonnen.«

»Das ist eine gute Liste«, sage ich.

»Können wir noch mal einen Versuch machen, tanzen zu gehen?«, fragt er.

»Ja«, sage ich zum zweiten Mal.

Er schläft ein und ich bleibe wach und genieße es, neben ihm zu liegen.

Kalter August

von Peter Temple
Briefe zwischen Seite 8 und 9

1.–5. Februar 2016

Liebe George,

ich weiß deine vielen Entschuldigungen zu schätzen, aber du kannst jetzt wirklich damit aufhören. Selbst wenn mich alle aus der Klasse auf YouTube nackt gesehen haben – die meisten Aufnahmen waren von Henry. Wenn es dir ernst ist mit dem Wiedergutmachen, dann könntest du mir vielleicht von dem Jungen mit den Briefen erzählen. Was glaubst du, wer er ist?

Martin

Lieber Martin,

ich weiß, du hast gesagt, ich soll aufhören, aber einmal muss ich es noch sagen: Es tut mir leid. Und ja, als Wiedergutmachung erzähle ich dir von dem Jungen. Ich glaube, es ist Cal Sweetie.
Ich bin nicht hundertprozentig sicher, dass es Cal ist, aber bevor der erste Brief kam, war er oft im Laden, und er war nicht nur wegen Rachel da. Er hat stundenlang in der Briefbibliothek gestöbert.
Er hat damals versucht in der Schule mit mir zu reden, aber ich war ziemlich einsilbig. Du hast recht, ich mache oft selber dicht, aber ich passe da einfach nicht rein. Ich sitze mit einem gebrauchten Buch da,

254

während alle anderen das neueste Smartphone haben. Ich trage Klamotten aus dem Secondhandladen. Mein Dad verkündet lauthals auf dem Elternsprechtag, dass er nicht genug Geld hat, um mich auf Klassenfahrt zu schicken.

Versteh mich nicht falsch: Es ist mir egal, dass wir manchmal pleite sind. Die Buchhandlung ist es wert. Aber es ist nicht gerade beliebtheitsfördernd. Es ist einfacher, die Leute abblitzen zu lassen, als mir immer wieder anzuhören, ich wäre ein Freak.

Cal ist anders, aber ich habe es nicht rechtzeitig kapiert und dann ist er mit Rachel nach Sea Ridge gezogen. Die Briefe kamen weiterhin, aber ich habe Tim Hooper in der Briefbibliothek mit unserem Buch gesehen. Er ist Cals bester Freund und das hat mich noch mehr darin bestärkt, dass die Briefe von Cal stammen.

Ich hätte Cal natürlich schon eher sagen können, dass ich Bescheid weiß, aber ich habe erst begriffen, dass ich ihn mehr als nur mag, als er aufgehört hat mir zu schreiben. Anfangs fand ich ihn ein bisschen seltsam und abgedreht, aber nachdem wir uns eine Weile geschrieben hatten, mochte ich ihn immer mehr. Er ist süß. Und nett. Und ich möchte ihn treffen und mit ihm reden.

George

Liebe George,

ich kenne Cal ein wenig und es stimmt, er ist all das, was du geschrieben hast. Ich hoffe, du lernst ihn besser kennen und alles wird so, wie du es dir wünschst.

Du denkst vielleicht, du müsstest die Leute auf Abstand halten, aber ich glaube, wenn du dich in der Schule nicht so abschotten würdest, hättest du eine Menge Freunde. Du bist interessant und witzig. Und ich mag deine Klamotten. Ich mag eigentlich alles an dir, George.

Martin

Der Wolkenatlas
von David Mitchell
Briefe zwischen Seite 6 und 7

30. Januar 2016

Liebe Rachel,

danke, dass du mich gestern Abend gerettet hast. Wusstest du, dass du schnarchst? Es ist kein unangenehmes Geräusch, eher ein leises Schnur-cheln. Wann gehen wir tanzen?

Henry

Lieber Henry,

ich rette dich gerne jederzeit wieder. Wusstest du, dass du ein Decken-klauer bist? Aber es war ja warm, da habe ich es durchgehen lassen. Wann willst du denn tanzen gehen?

Rachel

Liebe Rachel,

du rückst einem im Schlaf ganz schön auf die Pelle, aber es fühlt sich gut an, deshalb stört es mich nicht. George und Martin scheinen sich heute ganz gut zu verstehen. Wenn wir noch ein paar Tage warten, verstehen sie sich bestimmt noch besser und vielleicht kommen sie dann mit. Wie wär's mit Samstag?

Henry

Lieber Henry,

ich bin mir ziemlich sicher, dass du der Auf-die-Pelle-Rücker warst. Und ja, lass uns Samstag tanzen gehen. Ich freu mich drauf.

Rachel

ihre Ohren haben genau die richtige Größe

HENRY

Wir beschließen, am Samstag ins Bliss zu gehen, einen Club mit einem DJ, der laut Lola einen ziemlich tanzbaren Mix spielt. Mittlerweile gehen ziemlich viele Leute von der Schule da hin und es klingt richtig gut, deshalb male ich auf dem Kalender im Laden einen großen Kreis um Samstag, den 6. Februar.

In dem Club lassen sie auch Leute rein, die noch nicht volljährig sind. Wenn man am Eingang seinen Ausweis vorzeigt, kriegt man ein gelbes Armband. Ohne Armband kein Alkohol. Das bedeutet, dass George und Martin mitkommen können. Ich brauchte Rachel gar nicht zu überreden. Ich habe sie gefragt und sie hat Ja gesagt.

Das Bliss ist am Nordrand der Stadt, nicht weit von der Parliament Station entfernt, und so lassen wir die Autos stehen. Die Bahn ist voll. Rachel und George sitzen nebeneinander, Martin sitzt hinter ihnen und Lola und ich stehen im Mittelgang.

»Du siehst schick aus«, sagt Lola und berührt den Saum meines Hemds. »Meinst du, Amy ist auch da?«

»Keine Ahnung. Vielleicht. Ich mache mich nicht nur für Amy schick.«

Lola sieht mich an, als würde sie mir nicht glauben, aber ich habe wirklich nicht an Amy gedacht, als ich mich heute Abend fertig gemacht habe. Rachel und ich haben uns zusammen im Laden fertig gemacht und ich war zu sehr damit beschäftigt, mit ihr zu reden. »Amy hat mich nicht mal angerufen, um zu fragen, wie es mir geht, nachdem ihr Dumpfbackenfreund mich mit Klebeband an einen Leitungsmast gefesselt hat. Vielleicht nehme ich sie diesmal nicht wieder zurück«, sage ich und schaue zu Rachel hinüber, die gerade mit George über etwas lacht.

»Sie hat ein hübsches Lächeln, oder?«, sage ich.

»Amy?«

»Nein, Rachel.«

Sie sieht erst über meine Schulter und dann wieder zu mir. »Seid ihr zwei etwa …?«

»Ich bewundere lediglich ihr Lächeln. Rachel und ich, das ist rein platonisch.« Aber sie sieht wirklich klasse aus. Ich wäre kein Mensch, wenn ich das nicht bemerken würde. Ist doch vollkommen normal, wenn man bemerkt, dass die beste Freundin klasse aussieht. Sie sieht klasse aus, sie ist mutig und sie schreibt gute Briefe.

Lola wedelt mit der Hand vor meinem Gesicht herum und wiederholt, was sie offenbar schon mal gesagt hat. »Ich werde Hiroko bitten hierzubleiben.«

Das ist eine ganz schlechte Idee und das sage ich ihr auch, aber sie findet die Idee großartig und fängt an ihre Gründe aufzuzählen – je mehr von ihren Songs sie aufnehmen, desto klarer wird Lola, dass die Hollows wirklich eine Chance haben, und außerdem haben sie schon wieder ein Angebot für einen bezahlten Auftritt bekommen. »Das sind drei bezahlte Gigs«, sagt sie. »Sie braucht doch gar nicht zu studieren, wenn wir schon profimäßig spielen.«

»Sie *will* aber Musik studieren. Du kannst sie nicht bitten darauf zu verzichten.«

»Ich kann die Idee ja zumindest mal in den Raum stellen«, sagt Lola. Dann hält der Zug und die Türen gehen auf. Sie steigt vor mir aus und geht zielstrebig davon, um Hiroko zu finden und um dem zu entkommen, was ich ihr hinterherrufe: »Das war ein guter Rat!«

»Was war ein guter Rat?«, fragt Rachel, während wir zum Club gehen. Ich erzähle ihr von Lolas Plan und ihr Gesichtsausdruck zeigt mir, dass sie derselben Meinung ist. »Ganz schlechte Idee«, sagt sie.

»Versuch mal das Lola klarzumachen.«

Wir kommen beim Bliss an und stellen uns in die Schlange. Ich bemühe mich Rachel nicht anzusehen, weil es schräg ist, seine beste Freundin anzustarren, aber mir fallen lauter Sachen an ihr auf, die ich komischerweise noch nie bemerkt habe. Ihre Ohren haben genau die richtige Größe. Ihr Kopf hat genau die richtige Form. Sie riecht unglaublich gut.

»Was ist?«, fragt sie.

»Dein Kopf hat eine sehr ansprechende Form.«

»Gleichfalls«, sagt sie und lächelt.

Die Musik ist laut. Wir gehen auf die Tanzfläche und fangen an uns zu bewegen. Martin und George setzen sich an einen Tisch und schauen zu, und Lola steht am Rand und redet mit Hiroko, also sind es nur Rachel und ich.

Ich tanze total gerne. Ich weiß, ich bin nicht gut darin, aber das ist mir scheißegal. Als Iggy Pops »Sister Midnight« kommt, steuern Rachel und ich aufeinander zu. Der DJ spielt genau Lolas Mischung – all die Songs, zu denen wir in ihrem Zimmer und in der Garage getanzt haben.

Ein schneller Song folgt auf den nächsten und Rachel und ich tanzen umeinander herum. Ab und zu brüllen wir etwas, aber es ist zu laut, um etwas zu verstehen. Jedes Mal, wenn ich ihr näherkomme, möchte ich dableiben. Ich ertappe mich dabei, wie ich mich frage, was dieser Joel wohl für ein Typ ist und ob sie noch an ihn denkt.

Schließlich kommt etwas Langsames von Radiohead und Rachel und ich sehen uns einen Moment verlegen an. Dann denke ich, scheiß drauf, wir sind Freunde. Ich kann mit ihr eng tanzen, wenn ich will.

Jetzt ist es einfacher, mit ihr zu reden, weil mein Mund nah bei ihrem Ohr ist. Ich sage ihr, dass sie mir gefehlt hat, und sie fragt mich, was mir besonders gefehlt hat. »Na ja, zum Beispiel habe ich alle wissenschaftlichen Fakten von dir. Dank deiner Informationen bin ich jetzt ein Superhirn. Frag mich, was du willst.«

»Nenn mir die neun Planeten«, sagt sie und sieht zu, wie ich nachdenke. »Du siehst aus, als hättest du Schmerzen.«

»Das ist mein Genieausdruck. Hast du so was nicht auch?«

»Ich hoffe nicht«, sagt sie.

»Tja, dann bist du kein echtes Genie. Okay, die neun Planeten: Merkur, Venus, Erde, Mars, Jupiter, Saturn, Uranus, Neptun.«

»Das sind nur acht.«

»Dank der Informationen, die du mir in der Siebten gegeben hast, weiß ich, dass das eine Fangfrage war. Es gibt nur acht Planeten. Pluto ist ein Zwergplanet.«

»Ich bin beeindruckt«, sagt sie. »Du solltest mich küssen.«

»Ich sollte die acht Planeten öfter aufzählen. Habe ich richtig gehört? Du willst, dass ich dich küsse?«

Sie nickt und ich löse mich ein wenig, um ihr Gesicht anzusehen, ihren Mund, ihre Ohren, ihre Sommersprossen und ihren Hals, und ich merke, dass ich die Vorstellung nicht abschreckend finde. Ganz und gar nicht. »Würde das nicht alles zu kompliziert machen?«, frage ich und statt einer Antwort deutet sie über meine Schulter.

Als ich der Richtung ihres Fingers folge, sehe ich Amy und begreife, dass Rachel mich aus einem anderen Grund gebeten hat, sie zu küssen, als ich dachte, und bin zugleich enttäuscht und erleichtert.

»Willst du sie wirklich zurückhaben?«, fragt Rachel, aber sie wartet meine Antwort nicht ab, sondern legt die Hand um meinen Nacken. »Entspann dich. Wir machen sie nur eifersüchtig«, sagt sie.

Und dann küsst sie mich. Sehr lange.

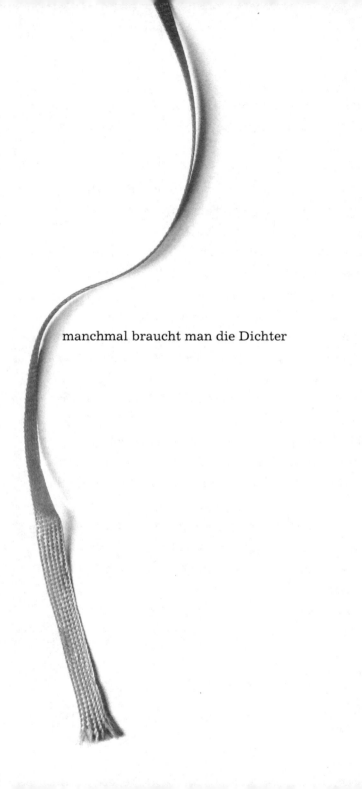

manchmal braucht man die Dichter

RACHEL

Ich warte schon seit urewigen Zeiten darauf, Henry zu küssen, und ich habe keine Lust mehr zu warten, und als Amy reinkommt, weiß ich, das ist vielleicht meine einzige Chance.

Sie trägt ein absolutes Killerkleid und ihre Haare sind einfach perfekt. Greg ist nirgends zu sehen. Ich vermute mal, sie ist hier, um dafür zu sorgen, dass Henry nirgendwohin geht. Und ich vermute auch, dass er ihr gesagt hat, wo er heute Abend sein wird.

Sie ist nicht zufällig hier und das bedeutet, dass sie bald wieder zusammen sein werden. Unser Briefwechsel wird aufhören oder zumindest deutlich weniger werden. Die Nächte in der Buchhandlung werden aufhören und genauso die Abende, an denen wir zusammen tanzen.

»Willst du sie wirklich zurückhaben?«, frage ich Henry und sein Körper gibt mir die Antwort. Sobald er sie erblickt, dreht er sich zu ihr. Ich komme ganz dicht auf ihn zu und er sieht mich überrascht und etwas beunruhigt an. Ich sage ihm, er soll sich entspannen. »Wir machen sie nur eifersüchtig.«

Ich schließe die Augen, aber irgendwie sind die Lichter unter meine Lider geschlüpft und veranstalten in der Dunkelheit eine flackernde Show. In dem Kaleidoskop drehen sich lauter Gedanken bunt durcheinander: Warum verlässt Amy jemanden, der so küsst? Cal hätte lange genug leben sollen, um ein Mädchen zu küssen. Was denkt Henry jetzt wohl? Wann sollen wir aufhören?

Ich löse mich als Erste. Ich versuche Henrys Gesichtsausdruck zu interpretieren – verwirrt, besorgt, hingerissen, vielleicht alles zugleich. »Schaut sie immer noch rüber?«, frage ich.

»Ja«, sagt er und ich kann seinen Atem spüren, als er antwortet.

»Spätestens in einer Woche hast du sie zurück«, sage ich und versuche, nicht unglücklich zu klingen.

Ich erkläre Henry, dass es für den Plan besser ist, wenn wir jetzt gehen, und zwar zusammen. Ich will nicht hierbleiben und zusehen, wie er sie ansieht, nicht nach dem Kuss. Da ich weder Lola noch George oder Martin entdecken kann, schicken wir ihnen eine SMS, dass wir gehen, und dann ziehe ich Henry zum Ausgang.

Wir beschließen zu Fuß nach Hause zu gehen. Der Weg dauert weniger als eine Stunde, und wenn wir müde werden, können wir immer noch ein Taxi nehmen. Auf der Straße sind jede Menge Leute. Um diese Zeit liebe ich die Stadt. Jetzt ist die Wärme angenehm. Ich hasse es, wenn tagsüber die Sonne auf den Asphalt brennt.

Wir gehen schweigend nebeneinanderher, weil der Kuss irgendwie zwischen uns steht. Ich beschließe ihn von seinem Elend zu erlösen. »Es hat nichts zu bedeuten, Henry. Ich wollte dir nur helfen. Es lohnt sich nicht, sich wegen solcher Kleinigkeiten einen Kopf zu machen.«

Ich versuche ihm zu erklären, wie es ist, wenn man seinen Bruder wie eine leere Hülle auf dem Strand liegen sieht. »Danach kommt dir nichts mehr wichtig vor. Oder zumindest nicht die Kleinigkeiten«, sage ich, auch um mich selbst zu überzeugen.

»Das sehe ich anders.«

»Du weißt nicht, was ich weiß.«

»Ich meine, ich finde nicht, dass Liebe und Sex Kleinigkeiten sind«, sagt er. »Ich muss keinen Toten gesehen haben, um das zu wissen.«

Wir nehmen die Abkürzung durch den Park. Die Sprinkler sind an und wir setzen uns neben einen und halten die Beine in die sanften Tropfen.

Henry deutet auf die Laterne und die Motten, die drum herum schwirren. »Was haben die nur mit dem Licht?«, fragt er und ich erkläre ihm, dass Motten fototaktisch sind.

»Fototaxis ist, wenn sich etwas automatisch auf das Licht zu- oder vom Licht wegbewegt. Motten sind positiv fototaktisch, das heißt, das Licht zieht sie an.«

»Aber warum?«, fragt er.

»Das weiß niemand mit Sicherheit. Manche glauben, dass Wanderfalter den Nachthimmel zur Navigation nutzen. Sie folgen den Lichtern am Himmel.«

»Aber die hier flattern um eine Laterne.«

269

»Sie haben immer den Mond als Orientierung genutzt und sind darauf zugeflogen, ohne damit zu rechnen, dass sie ihn je erreichen würden, und wenn sie gegen eine Lampe oder eine Flamme fliegen, sind sie verwirrt. Sie denken, es ist der Mond.«

»Das ist doch ganz was anderes als der Mond«, sagt er.

»Aber das wissen sie nicht.«

Wir sitzen eine ganze Weile da. Henry zieht sich die Schuhe und Socken aus, um das Wasser an seinen Füßen zu spüren. Wir schauen den Motten zu. Henry weist mich auf die Schatten der Tropfen auf dem Rasen hin, auf die Amsel, die im Dunkeln singt, auf die Lichter in den Häusern. Er nimmt Teile der Welt, hält sie mir hin und sagt: Siehst du? Das ist schön.

Gegen zwei kommen wir beim Buchladen an. George und Martin und Lola haben ein Taxi genommen und sind schon vor uns da. George und Martin sitzen im Lesegarten und reden. Lola liegt komatös auf dem Literatursofa. Laut George fand Hiroko es gar nicht witzig, als Lola ihr befohlen hat hierzubleiben. »Lola hat eine Menge getrunken, und zwar ziemlich schnell.«

Ich stelle ihr ein Glas Wasser neben das Sofa und lasse sie schlafen.

Ich schicke Rose eine SMS, dass ich hier übernachte, und sie antwortet mit einem zwinkernden Smiley. Ich denke an den Kuss und daran, dass Henry kein einziges Wort über Amy gesagt hat, seit wir den Club verlassen haben, und ich fange an zu hoffen. Dann denke ich daran, wie oft er sonst über sie gesprochen hat, und ich höre wieder auf.

Henry liegt schon auf dem Boden, als ich mein Handy weglege. Ich lege mich dicht neben ihn. »Weißt du noch, wie dein Dad früher immer behauptet hat, hier würde es spuken?«, frage ich, während wir auf die Geräusche im Laden lauschen.

»Er sagt, gebrauchte Bücher stecken voller Geister. Zwischen den Seiten.«

»Und du glaubst das.«

»Ich halte es zumindest nicht für unmöglich. ›Es gibt mehr Ding' im Himmel und auf Erden, als Eure Schulweisheit sich träumt, Horatio.‹«

»Hamlet?«, rate ich.

»Sehr gut«, sagt er und ich verrate ihm, dass die Stelle in der Briefbibliothek unterstrichen ist.

»Vielleicht ist ja etwas dran.«

»Ja, vielleicht«, sage ich und denke an den Pfeil in *Wasser-Farben*.

»Ich habe Cal manchmal gesehen, seit er tot ist«, erzähle ich ihm. »Es ist nur eine Halluzination, aber er wirkt so echt. Ich kann sogar sein Apfelkaugummi riechen.«

»Kann das denn sein?«, fragt er und ich nicke.

»Man kann nicht nur Anblicke halluzinieren, sondern auch Gerüche.«

»Und du bist sicher, dass er kein Geist ist? Du hast das nie in Erwägung gezogen?«

»Ich weiß, dass er kein Geist ist, aber ich hoffe es trotzdem irgendwie. Manchmal, wenn im Fernsehen eine Serie kommt, die er toll fand, werde ich ganz traurig, weil er nie erfahren wird, wie sie ausgeht. Und wenn er ein Geist ist, kann er vielleicht wenigstens *Game of Thrones* gucken.«

»Vielleicht läuft da, wo er jetzt ist, *Game of Thrones* als Dauerstream.«

»So was denken wir uns nur aus, weil wir uns nicht vorstellen können, wie es ist, nicht zu existieren.«

Er streckt seinen Arm aus, damit ich meinen Kopf darauflegen kann, und das macht die Vorstellung, nicht zu existieren, ein kleines bisschen weniger Furcht einflößend.

»Du bist ganz warm«, sagt er.

»Es ist eine warme Nacht«, sage ich.

»Cal hat daran geglaubt«, sagt er und damit sind wir wieder bei den Geistern.

»Cal hat an alles Mögliche geglaubt«, sage ich und er lacht, als würde er an die Sonntagabendessen bei uns denken.

»Er liebte es, mir einen Knoten ins Hirn zu machen«, sagt er. »Zum Beispiel mit seiner Theorie vom wachsenden Blockuniversum. Die verstehe ich immer noch nicht.«

»Die Theorie vom wachsenden Blockuniversum postuliert, dass die Vergangenheit und die Gegenwart gleichzeitig geschehen«, sage ich und denke an den Abend, als Cal versucht hat sie uns zu erklären. Er hat alle möglichen Bücher darüber gelesen, unter anderem *Objective Becoming* von Bradford Skow. Darin steht, dass der Leser sich die Zeit als Dimension vorstellen soll, wie den Raum. Er soll sich vorstellen, er könnte das Universum verlassen wie ein Zimmer und es von oben betrachten. Dann würde er die Ereignisse in seinem Leben ausgebreitet sehen wie Dinge im Raum. Ich habe mir die Zeit wie eine Landschaft vorgestellt, die man vom Flugzeug aus betrachtet.

»Cal glaubte an das wachsende Blockuniversum. In dem die Vergangenheit und die Gegenwart real sind und die Zukunft noch nicht passiert ist«, sage ich. »Er war wirklich davon überzeugt, dass die Vergangenheit ein Ort ist.«

»Und du glaubst das nicht?«, fragt Henry.

»Ich weiß es nicht, ich war noch nie außerhalb des Universums.«

Cal war sich absolut sicher. *Stell es dir so vor*, hat er gesagt. *Das Haus, in dem wir jetzt sind, hört nicht auf zu existieren, nur weil wir es verlassen. Und die Vergangenheit genauso wenig.*

»Es ist eine schöne Vorstellung«, sage ich. »Dass die Dinge, die wir lieben, immer noch irgendwo existieren.«

»Er hat mir von einer Theorie der Zeit erzählt, in der die Zukunft genauso existiert wie die Vergangenheit«, sagt Henry.

»Das ist die Theorie vom statischen Blockuniversum. Vergangenheit, Gegenwart und Zukunft existieren alle gleichzeitig. Wir bewegen uns nur durch die Zeit vorwärts zum nächsten Ereignis, das auf uns wartet.«

»Wenn meine Zukunft bereits irgendwo existiert, will ich das gar nicht wissen. Ich will mit der Illusion leben, dass ich die Kontrolle über mein Leben habe, also nehme ich lieber die Theorie des wachsenden Blockuniversums«, sagt er.

»Das will ich auch.«

In diesem Moment will ich alles Mögliche. Ich will die

273

Narbe berühren, die ich gerade an Henrys Kinn entdeckt habe. Ich will ihn noch mal küssen und ihm sagen, dass ich es ernst meine. Ich glaube, ich wusste schon, als ich in die Stadt zurückgekehrt bin, dass dieser Moment kommen würde. Der Moment, in dem ich nicht mehr von der Trauer um Cal überwältigt sein würde, sondern von Henry.

»Wenn unsere Leben schon aufgezeichnet sind«, sagt er, »wer schreibt sie? Denn wenn die Zukunft feststeht, muss jemand sie planen und bei sieben Milliarden Menschen auf der Welt ist das unmöglich, allein von der Logistik her.«

»Du glaubst also, dass wir vom Zufall gelenkt werden.«

»Ja.«

»Das würde ich auch gerne glauben. Denn wenn wir nicht vom Zufall gelenkt werden, dann wäre von Anfang an klar gewesen, dass Cal an dem Tag sterben würde, und er wäre mit einer schrecklichen Zukunft geboren worden.«

Henry legt den Arm fester um mich und sagt, dass schon Leute verrückt geworden sind bei der Suche nach solchen Antworten. Er sagt, er hätte mal eine Geschichte von Borges gelesen, über Leute, die nach einem Buch mit solchen Antworten gesucht haben.

»Und, haben sie es gefunden?«

»Es gibt diese Antworten nicht. Das weißt du auch.«

Ich erzähle Henry von Cals letztem Tag und davon, warum ich mich so betrogen gefühlt habe. Im Rückblick betrachtet waren die Tage vor seinem Tod so schön und voller Bedeutung. Das Licht war anders. Wie goldene Milch. Wir sprachen ausführlicher über die Zukunft als je zuvor.

274

Ich erinnere mich, wie er eines Nachts in mein Zimmer gekommen ist. Er machte »Psst!« und bedeutete mir, ihm zu folgen. Wir gingen hinunter zum Strand, und als wir am Flutsaum entlanggingen, sahen wir einen silbernen Fisch, der im seichten Wasser gestrandet war. Wir schubsten ihn sanft zurück ins Meer. Das Silber vor dem samtigen Dunkelblau kommt mir jetzt ganz unwirklich vor, aber es war so.

Cal sagte mir in der Nacht, dass er nicht schlafen konnte, weil er an all die Dinge dachte, die er sehen wollte – die Mitternachtssonne und ihr Gegenstück, die Polarnacht. Er wollte sehen, wie die Sonne unter dem Horizont blieb. Er wollte ihr Licht sehen, das sich in den Wellen spiegelte, und den Schnee, das Blau, das über allem lag.

Ich erzähle Henry, wie wir in unserer Vorstellung um die ganze Welt gewandert sind und an all die Orte, wo wir tauchen wollten: Alaska, den Golf von Mexiko, Malaysia, Japan, die Antarktis.

»Später bei der Beerdigung dachte ich, wie grausam es war, dass er in den Wochen vor seinem Tod so viel über das Leben nachgedacht hat, das er führen wollte.«

Ich blicke zur Decke und sehe die tränenförmige Sonne. Wir sind wieder genau da, wo wir schon mal waren. In derselben Konstellation.

»Ich weiß nicht, wie ich mit dir über diese Dinge reden soll«, sagt Henry, »weil ich so etwas noch nicht erlebt habe. Aber ich werde irgendwann in der Zukunft da sein, wo du auch bist, weil ich gar nicht anders kann. Und ich habe das Gefühl, du siehst das Ganze von der falschen Seite.«

»Es gibt nur eine Seite«, sage ich in einem Ton, der ihm klarmachen soll, dass ich nicht weiter darüber reden will.

»Pass auf«, sagt er und nimmt meine Hand. Und dann erklärt er mir, dass Cal vielleicht Glück gehabt hat. Weil seine letzten Tage, wie ich sie beschrieben habe, so schön waren, so voll goldenem Licht. »Vielleicht hat ihn das Universum ja gar nicht über den Tisch gezogen. Vielleicht hat es versucht ihm so viel wie möglich auf einmal zu schenken.«

»Klingt aber nicht sehr wissenschaftlich«, sage ich.

»Manchmal reicht die Wissenschaft nicht«, sagt er. »Manchmal braucht man die Dichter.«

Und genau in dem Moment verliebe ich mich noch einmal in ihn.

Stolz und Vorurteil und Zombies
von Jane Austen und Seth Grahame-Smith
Briefe zwischen Seite 44 und 45

2. Januar 2015

Liebe George,

frohes neues Jahr! Hast du irgendwas unternommen? Ich war mit meiner Schwester am Strand und habe mir das Feuerwerk angesehen. Wir haben uns unsere guten Vorsätze für das neue Jahr erzählt (einer davon ist, dir zu sagen, wer ich bin, aber den habe ich für mich behalten). Ich habe ihr gesagt, dass ich gerne eine Freundin hätte, und das stimmt auch. Ich hätte gerne eine Freundin, aber nur, wenn du die Freundin bist. Ich weiß, dass du nicht Ja sagen kannst, ohne zu wissen, wer ich bin — ich arbeite noch daran, den nötigen Mut aufzubringen.

Meine größte Angst ist, dass ich es dir sage und du dann so enttäuscht bist, dass ich nie wieder was von dir höre. Meine zweitgrößte Angst ist, dass du lachst.

Ich muss es dir bald sagen, weil mein Freund wegzieht, und dieser Freund hat meine Briefe für mich hinterlegt und deine abgeholt. Ich bin vor einer Weile auch weggezogen, aber ich habe dir nichts davon erzählt, weil ich dachte, dass du dann weißt, wer ich bin.

Meine Schwester braucht sich nicht vorzunehmen einen Freund zu haben, weil sie schon einen hat. Sie hat sich vorgenommen dieses Jahr den nächsthöheren Tauchschein zu machen. Das will ich auch. Ich habe ein Foto von den Unterwasser-Canyons in Kalifornien gesehen. Da gibt es lauter phosphoreszierende Meerestiere. So weit unten müssen die ihr eigenes Licht produzieren, weil da kein einziger Sonnenstrahl hinkommt.

Der Forscher William Beebe hat die Meerestiefen als All beschrieben und vielleicht will ich deshalb so gerne dorthin. Es sah einfach wunderschön aus — diese endlose Finsternis und diese schwebenden Lichtpunkte.

Pytheas (der richtige Name wird bald enthüllt)

Lieber Pytheas,

ich möchte gerne wissen, wer du bist, und ich glaube nicht, dass ich enttäuscht sein werde. Und lachen werde ich auch nicht, das weiß ich. Ich liebe diese Briefe.
Ich warte darauf.
Ich habe kein einziges Mal gesehen, wie dein Freund einen Brief hinterlegt hat — er muss sehr geschickt sein. Ich bin froh, dass er wegzieht, weil das bedeutet, dass du mir sagst, wer du bist.
Ich würde gerne deine Freundin sein. Ich habe nur Angst, dass du mich nicht magst, wenn wir uns richtig kennenlernen.

George

Liebe George,

ich — dich nicht mögen? Im Leben nicht.

Pytheas

etwas an seinem Schatten auf dem Rasen

HENRY

Diese Woche ist ein einziger Wirrwarr. Ich denke die ganze Zeit an Rachel und warte gleichzeitig darauf, dass Amy zurückkommt. Rachel versichert mir jeden Tag, dass es nur eine Frage der Zeit ist. »Der Kuss funktioniert, Henry. Vertrau mir.« Tja, der Kuss *hat* funktioniert – bei mir. Ich habe deswegen nicht aufgehört an Amy zu denken. Aber ich habe angefangen an Rachel zu denken.

Ich lenke mich damit ab, dass ich Martin ausfrage, was mit ihm und George ist. »Mit uns ist gar nichts«, sagt er immer wieder, aber das stimmt nicht. Die beiden flirten ganz schön herum. Und sie schreiben sich dauernd Briefe. »Sie steht immer noch auf diesen anderen Jungen«, sagt Martin, während er vor dem Sachbuchregal hockt. »Wir reden hauptsächlich über ihn.«

»Das ist ziemlich scheiße«, sage ich.

»Ja, Henry. Das ist ziemlich scheiße.«

Ich habe in der Briefbibliothek nach einem Hinweis auf Georges geheimnisvollen Verehrer gesucht, aber bisher ohne

Erfolg. Rachel ist mit dem Katalogisieren gut vorangekommen und so stöbere ich am Dienstag zur Ablenkung ein wenig in der Datenbank. Es gibt so viele Menschen in der Bibliothek, die im Lauf der Jahre Teile von sich auf den Seiten hinterlassen haben. Manchmal lege ich mich nachmittags neben Rachel auf den Boden und lese ihr meine Lieblingszeilen vor, die fast alle schon von irgendwelchen Fremden vor mir unterstrichen worden sind.

»»Sie waren in jeder Landschaft enthalten, die ich seither sah – auf dem Fluss, auf den Segeln der Schiffe, auf den Marschen, in den Wolken‹«, lese ich. Es ist Pips Rede an Estella und ich weiß, dass die Unterstreichung von meinem Dad stammt. Das Buch, das ich in der Hand halte, ist das Exemplar, das er Mum geschenkt hat. Er hat ihr vorne eine Widmung hineingeschrieben.

»In der Rede geht es nur um Pip, oder?«, sagt Rachel. »Sie ist ein Teil von *ihm*. Es geht überhaupt nicht darum, wer *sie* ist.«

»Aber bei Dads Liebe für Mum geht es nicht nur um ihn«, wende ich ein und Rachel sagt, das hätte sie damit nicht gemeint.

»Ich habe bloß laut gedacht.«

»Wenn Leute lieben, geht es doch meistens um sie selbst, oder nicht?«, frage ich.

»Ja, kann sein. Aber es wäre schön, wenn es nicht so wäre«, sagt sie. Ich denke an Amy und stimme ihr zu. Es wäre wirklich schön, wenn es nicht so wäre.

Um mich von Amy und Rachel und Martin und George und Dads gescheiterten großen Erwartungen abzulenken, fordere ich am Mittwoch Frederick und Frieda zu einer Partie Scrabble heraus. Die beiden spielen zusammen gegen mich und wir sitzen am Tresen, für den Fall, dass ein Kunde hereinkommt.

Doch wie sich herausstellt, hat George ihnen erzählt, dass Rachel mich geküsst hat, und so ist es mit der Ablenkung vorbei, als Frieda mich fragt, ob wir jetzt ein Paar sind. »Nein, sind wir nicht. Aber ich bin verwirrt, weil es schön war und ich nicht weiß, was es bedeutet.«

»Manchmal sind Küsse einfach nur schön«, sagt Frieda. »Und sie bedeuten nichts.«

Frederick mustert seine Buchstaben. »Ja, aber in diesem Fall kennen Henry und Rachel sich schon sehr lange.«

Die beiden diskutieren leise, dann legen sie *Konto* auf das Brett.

»Aber ich mag Amy«, sage ich.

»Ich mag Amy nicht«, sagt Frieda.

Frederick bleibt neutral.

Ich sehe zu Rachel hinüber. Wenn sie mich nicht geküsst hätte, wäre alles mehr oder weniger so wie immer. Ich muss einfach vergessen, dass sie mich geküsst hat.

Um nicht wieder an den Kuss zu denken, frage ich Frederick, ob es Neuigkeiten gibt, was den Verkauf angeht. Dad und er sind gute Freunde und ich vermute, Dad bespricht alles erst mit Frederick, bevor er uns etwas erzählt.

»Es gibt ein paar Interessenten, aber ich glaube, deine Mutter und dein Vater sind sich nicht einig.«

»Weil der Preis nicht hoch genug ist?«, frage ich und lege das Wort *blind*.

»Ich weiß nicht. Ich glaube, dein Vater will nicht an eine Baufirma verkaufen.«

»Das würde Mum auch niemals tun«, sage ich, und dann kommt ein ganzer Schwung Kunden herein und ich breche das Spiel ab. Frederick und Frieda machen weiter, jetzt gegeneinander. Als ich alle bedient habe, sind sie in den Lesegarten verschwunden und Lola sitzt an ihrer Stelle am Tresen.

Es ist das erste Mal seit dem Wochenende, dass ich sie sehe. Am Sonntagmorgen hat sie nicht viel gesagt, aber nach dem, was ich mitbekommen habe, fand Hiroko Lolas Bitte, dass sie hierbleiben soll, *unfassbar* egoistisch. »Musikbesessen« war offenbar der Ausdruck, den Hiroko benutzt hat.

»Findest du, dass ich musikbesessen bin?«, fragt Lola jetzt. »Ich meine, so sehr, dass mir die Musik wichtiger ist als die Leute?«

Ich mache eine unbestimmte Kopfbewegung, um nicht antworten zu müssen. »Hast du seither noch mal mit ihr gesprochen?«, frage ich und Lola schüttelt den Kopf.

»Was? Nicht mal, um dich zu entschuldigen?«

»Wenn sie mir erzählt hätte, dass sie sich bewerben will, hätte ich mich vielleicht auch beworben.«

»Du wolltest doch nie studieren.« Solange ich Lola kenne, hat sie immer nur einen Traum gehabt: auf der Bühne stehen und ihre eigenen Songs spielen.

»Sie hat alles kaputt gemacht«, sagt sie.

Ich wette, wenn die Rollenverteilung andersherum wäre,

würde Lola sagen, ich wäre ein egoistischer Mistkerl. Aber geschenkt. Lola hat ihren Traum verloren, da braucht sie nicht noch so einen Spruch.

»Hiroko will unseren letzten Gig am Valentinstag nicht mehr spielen. Das heißt, es ist vorbei.«

Um Lola von Hiroko abzulenken, erzähle ich ihr von dem, wovon ich mich ablenken will. »Wusstest du, dass Rachel mich neulich Abend geküsst hat?«

Die Frage reißt sie vorübergehend aus ihrem Unglück. »Was? Nein, das wusste ich nicht. Wieso hat sie mir nichts davon erzählt?«

»Weil es nichts zu bedeuten hat«, sage ich und starre auf das Hautdreieck, das zu sehen ist, als Rachel nach einem Buch greift. »Sie hat gesagt, sie hat es nur getan, um mir zu helfen. Um Amy eifersüchtig zu machen.«

Wie ich schon sagte, hat Lola absolut keine Pokermiene. Sie kann zwar ein Geheimnis für sich behalten, aber ihr Gesicht kann nicht lügen.

»Glaubst du, der Kuss hat doch was zu bedeuten?«

Sie kaut ein Minzbonbon, um Zeit zu gewinnen. Und dann noch eins.

»Jetzt sag schon«, dränge ich, aber sie steht auf und geht.

»Das kann ich nicht«, sagt sie. »Das musst du schon selbst rausfinden.«

Der Wolkenatlas
von David Mitchell
Briefe zwischen Seite 6 und 7

10. Februar 2016

Liebe Rachel,

ich glaube, ich habe mich noch gar nicht genug für den Kuss bedankt. Das ist das Netteste, was je ein Mädchen für mich getan hat.

Diese Woche habe ich wieder nach Ausgaben von Derek Walcott gesucht. Ich habe ein paar davon bestellt, aber irgendwie habe ich nicht das Gefühl, dass Fredericks dabei ist.

Ich lese mich gerade durch die Theaterstücke von Tennessee Williams. Gestern Abend bin ich mit »Endstation Sehnsucht« fertig geworden. Sehr sexy. Und sehr traurig. Es hat mir das Gefühl gegeben, dass die Liebe etwas sehr Zerbrechliches ist. Das Verlangen hingegen ist stark und lebendig. Ich weiß, dass du dich weder für das eine noch für das andere interessierst, weil du innen drin tot bist, wie du sagst.

Aber ich glaube, dass du ganz und gar nicht tot bist. Ich glaube, du versuchst nur, tot zu sein, um nicht an Cal denken zu müssen. Ist das der Grund dafür, dass du niemandem außer mir von ihm erzählt hast?

Henry

Lieber Henry,

ich glaube nicht, dass ich das so gesagt habe. Ich bin innen drin nicht völlig tot.

Ich weiß nicht, warum ich niemandem außer dir von Cal erzählt habe. Bestimmt nicht, um nicht an ihn zu denken, denn das tue ich die ganze Zeit.

Im Moment gehe ich immer wieder die Woche vor seinem Tod durch. Ich habe dir ein wenig davon erzählt, aber nicht alles. Da war noch dieser riesige Vogel. Cal und ich saßen am Strand. Wir hatten gerade Fish & Chips gegessen und leckten uns das Salz von den Fingern, als er direkt vor ihm landete.

Cal hielt ihm sein letztes Stück Pommes hin, aber der Vogel wollte es nicht. Er starrte ihn nur an, und seine Augen waren anders als die von allen anderen Vögeln, die ich je gesehen habe.

Ich mochte die Art nicht, wie er Cal ansah, und dass er uns nach Hause gefolgt ist, ein grauer Strich am Himmel. Und dass er schon da war, als wir ankamen.

Mum ist eine leidenschaftliche Vogelbeobachterin, und sie war mit ihren Büchern draußen und versuchte herauszufinden, was es für ein Vogel war. Sie sah sich die Augen und den Schnabel und die Krallen an, aber sie konnte ihn nicht zuordnen. Seine Flügel schimmerten in der Dämmerung wie eine Perle, mit einem leichten Grün- oder Blaustich, je nachdem wie das Licht darauffiel.

An dem Abend, bevor Cal starb, sah ich ihn draußen mit dem Vogel. Er strich ihm mit dem Finger über die Brust und der Vogel rührte sich nicht. Dann ging Cal hinunter zum Strand, und da war etwas an seinem Schatten auf dem Rasen, an der Art, wie der Vogel über ihm schwebte, fast wie ein Mond. Das Blau und das Lila der Nacht schienen ihn zu verschlingen und im Rückblick erkenne ich, dass sogar das Licht mich vor dem gewarnt hat, was kommen sollte. Ich glaube, es war ein Zeichen. Ich glaube, wir haben viele Zeichen bekommen, aber wir haben sie nicht beachtet, weil wir nicht an sie glaubten.

Ich frage mich, ob die Zukunft uns Hinweise schickt, um uns vorzubereiten, damit die Trauer uns nicht umbringt, wenn es passiert.

Rachel

Liebe Rachel,

ich glaube an eine Menge Dinge, an die du nicht glaubst — du weißt ja, wie abergläubisch ich bin.

Aber ich glaube nicht, dass die Zukunft uns Zeichen gibt. Ich glaube, wir schauen zurück und lesen die Vergangenheit mit der Gegenwart im Blick. Ich glaube, das tust du im Moment. Vielleicht musst du nach vorne schauen und anfangen die Zukunft zu lesen.

Henry

die Zukunft ist noch nicht da

HENRY

Nach dem Abendessen schicke ich Rachel eine SMS, um mich zu vergewissern, dass alles in Ordnung ist. Die Briefe, die wir uns heute Nachmittag geschrieben haben, erscheinen mir wichtig. Am liebsten würde ich sie ja anrufen, so wie früher, aber sie hat mir gesagt, dass das Lagerhaus keine Wände hat, außerdem arbeitet Rose lange, und wenn sie zu Hause ist, braucht sie ihren Schlaf.

Ich: Was machst du?

Rachel: Habe gerade den *Wolkenatlas* zu Ende gelesen. Das Buch gefällt mir. Aber ich glaube, ich habe nicht alles verstanden.

Ich: Da bist du bestimmt nicht die Einzige.

Rachel: Aber für mich ist es schon ein Roman. Die Geschichten sind miteinander verbunden. Die Figuren haben alle dasselbe Muttermal und jemand hat in meiner Ausgabe was von Seelenwanderung an den Rand geschrieben – also sieht dieser Jemand in dem Muttermal offenbar den Beweis dafür, dass es in dem Buch um Seelenwanderung geht. Glaubst du, dass Seelen wandern können?

Ich: Was ist Seelenwanderung denn überhaupt?

Rachel: Wenn die Seele nach dem Tod in einen anderen Körper übergeht.

Ich: Ich weiß nicht, ob ich daran glaube. Und du?

Rachel: Nein. Aber es ist eine schöne Vorstellung.

Ich: Du bist dir in allem immer so sicher. Ich frage mich, wie sich das anfühlt.

Rachel: Du bist dir sicher, was Amy angeht. Und du bist dir sicher, dass es richtig ist, die Buchhandlung zu verkaufen.

Ich: Ich bin sicher, dass es finanziell die sinnvollste Entscheidung ist.

Statt zu antworten, ruft Rachel mich an. Sie legt direkt los, ohne auch nur Hallo zu sagen. »Das hier ist wichtig, Henry. Sehr wichtig. Ich will, dass du dir vorstellst, wirklich konkret vorstellst, dass Howling Books weg ist. Los, mach mal.«

»Bin dabei.«

»Gut. Und jetzt will ich, dass du dir vorstellst, dass du jeden Morgen zu einem ganz normalen Bürojob gehst. Ohne Frederick und Frieda. Ohne George, ohne Martin, ohne Michael, ohne Bücher, ohne mich.«

»Okay.«

»Was genau siehst du jetzt?«, fragt sie.

»Ich sitze an einem Schreibtisch und tippe.«

»Und was tippst du?«

»Einen Brief an dich.«

»In dem Job darfst du keine Briefe an mich schreiben. Du darfst in deiner freien Zeit weder schreiben noch träumen, noch lesen. Du hast auch gar keine freie Zeit mehr. Zumindest keine unbeobachtete freie Zeit«, sagt sie und ich höre, wie sie ihre Füße unter der Bettdecke bewegt.

»Und jetzt stell dir vor, du verdienst ein ordentliches Gehalt. Stell dir vor, dass Amy zu Hause auf dich wartet, wenn du Feierabend hast. Ihr lebt in einer Wohnung. Ihr schlaft in einem normalen Bett. Du hast nur begrenzten Platz für Bücher.«

Ich höre auf mit der Vorstellerei. »Ich weiß das alles, Rachel. Ich weiß, dass das Leben ohne den Laden nicht toll sein wird, aber ich weiß auch, dass der Laden nicht ewig da sein wird. Ich kann die Zukunft nicht bekämpfen.«

»Die Zukunft ist noch nicht da«, sagt sie als Antwort auf meinen letzten Brief.

das sanfte Vor und Zurück des Meeres

RACHEL

Es war eine seltsame Woche. Statt von Cal träume ich jetzt von Henry. Ich glaube, er beobachtet mich, wenn wir im Laden sind. Jedes Mal, wenn ich zu ihm rübersehe, spüre ich, dass er mich eben noch angeschaut hat, dass ich seinen Blick nur um eine Sekunde verpasst habe. Jeden Tag warte ich darauf, dass Amy hereinkommt und seinen Blicken ein Ende setzt. Und jeden Tag kommt sie nicht.

Henry hat sich von ihr abgelenkt, indem er mit mir geredet und mir geschrieben hat. Ich fand das gar keine schlechte Idee, und so habe ich am Dienstag Joel eine SMS geschrieben und ihn gefragt, wie es ihm geht, um mich von Henry abzulenken.

Mir geht's ganz okay, hat er geantwortet. *Jetzt, wo du dich gemeldet hast, ein bisschen besser.*

Ich hatte ein schlechtes Gewissen, weil ich ihn benutzt habe, obwohl ich mir gar nicht sicher war, ob das tatsächlich stimmte. Er fehlt mir wirklich. Das hat diese Woche angefangen, nachdem ich Henry geküsst habe. Es fehlt mir, mit jemandem zusammen zu sein, der mich liebt.

Es klingt albern, aber als ich Joels SMS las, konnte ich die Wellen darin spüren. Ich wusste, dass er gerade am Strand war und aufs Wasser geschaut hat, und zum ersten Mal, seit ich in die Stadt zurückgekommen bin, hatte ich richtig Sehnsucht nach dem Rhythmus des Meeres.

Das war auch nach Cals Tod so. Deshalb habe ich jeden Abend am Strand gesessen und ich glaube, Mum ging es genauso. Cal hat uns zugleich ans Wasser gelockt und von dort vertrieben. Aber heute Abend konnte ich mir vorstellen hineinzugehen. Ich würde mit den Füßen an den Flutsaum gehen und meine Zehen würden das Salz und die Kälte gierig aufsaugen.

Nach der SMS an Joel habe ich Mum angerufen. Ich wollte ihr sagen, dass ich das Rauschen der Wellen vermisse. Als ich die Worte ausgesprochen hatte, dachte ich, sie würde weinen oder verletzt oder wütend sein. Oder zumindest reserviert. Aber sie hielt ihr Handy Richtung Wasser und ich drückte meins ans Ohr wie eine Muschel.

»Alles in Ordnung?«, fragte sie nach einer Weile.

»Ja und nein«, sagte ich. »Und bei dir?«

»Ja und nein.«

»Wann wird es wieder ja sein?«, fragte ich, doch darauf gab es keine Antwort, und so streckte sie die Hand mit dem Handy wieder aus und wir lauschten gemeinsam auf das sanfte Vor und Zurück des Meeres.

Als Henry mir an diesem Abend eine SMS schickt, will ich erst nicht antworten. Es ist gefährlich, mit ihm zu reden, weil ich dann immer mehr mit ihm reden will. Ich schalte das Handy aus und dann wieder an. Ich schaue eine Weile auf den Text und schließlich gebe ich nach und antworte.

Ich schreibe ihm, dass ich mit dem *Wolkenatlas* durch bin. Und dass ich glaube, dass alle Geschichten darin miteinander verbunden sind. Ich schaue immer wieder auf das Cover mit den vielen Seiten, die zum Himmel steigen, und frage mich, ob es Seelenwanderung gibt. Ich will über solche Sachen nicht alleine nachdenken.

Er klingt unsicher, was die Buchhandlung angeht, und ich höre auf zu simsen und rufe ihn an, weil ich weiß, dass er es bereuen wird, wenn sie sie wirklich verkaufen. Ich will ihn davon überzeugen, ohne es ihm direkt zu sagen. Doch letzten Endes wird er nur wütend. Er sagt, er kann die Zukunft nicht ändern, und ich denke an ihn und Amy und daran, wie sehr ich ihn will. »Die Zukunft ist noch offen«, sage ich und hoffe, dass er mir glaubt. Aber ich höre, dass er es nicht tut. Ich stelle mir vor, wie es sein wird, wenn er mit Amy zusammen und der Laden verkauft ist. Ich kann nicht vor mir sehen, wo ich dann bin.

»Henry«, sage ich, bevor ich auflege. »Ich will einen zweiten Versuch.«

»Was?«

»Ich will einen zweiten Versuch, was die letzte Nacht der Welt angeht. Jetzt am Sonntag, am 14. Februar. Diesmal will ich sie mit dir verbringen. Und ich will, dass du mir versprichst, dass du mich nicht wegen Amy versetzt, ganz egal was mit ihr ist. Das Ende der Welt wird am 15. Februar um sechs Uhr morgens sein. Davor will ich hören, wie Lola und Hiroko ihren letzten Song spielen. Und ich will den Sonnenaufgang sehen.«

»Warum?«, fragt er, aber ich höre an seiner Stimme, dass er die Antwort weiß.

»Weil du mir eine Apokalypse schuldest.«

»Stimmt«, sagt er. »Und ich bezahle immer meine Schulden. Kann ich dich um etwas bitten?«

»Kommt darauf an, was es ist«, sage ich, obwohl ich weiß, dass ich alles für ihn tun würde.

»Morgen ist der Freitagabend im Monat, an dem wir nicht ins Shanghai Dumplings gehen, weil sich der Buchklub bei uns trifft. Ich möchte, dass du dabei bist. Vielleicht ist es das letzte Mal.«

»Einverstanden«, sage ich und wir legen auf. Das »letzte Mal« hängt in der Luft.

Große Erwartungen
von Charles Dickens
Briefe zwischen Seite 508 und 509

Michael,

ich weiß, wie sehr es dir zu schaffen macht, dass du die Buchhandlung verlierst. Mir geht es genauso. Aber die Sache zu ignorieren ändert nichts an der Situation. Sosehr wir uns beide wünschen, dass der Laden besser läuft, er tut es nun mal nicht. Können wir bitte miteinander reden?
Es gibt mehrere Baufirmen, die uns sehr gute Angebote gemacht haben (siehe die Unterlagen, die ich dir auf den Schreibtisch gelegt habe). Alternativ könnten wir auch eine Versteigerung machen. Wenn du nicht mit mir reden willst, kannst du mir bitte die Erlaubnis geben, alle nötigen Entscheidungen zu treffen?

Sophia

_____

Sophia,

ich habe mit Frederick über den Verkauf gesprochen. Könntest du dir vorstellen uns Zeit zu geben, damit wir dich auszahlen können?

Michael

_____

Lieber Michael,

ich wünschte, ich könnte Ja sagen. Ich weiß, wie glücklich es dich machen würde. Aber hast du gesehen, was das Haus wert ist? Woher willst du so viel Geld nehmen? Ich will nicht, dass du dich so verschuldest, auch wegen der Kinder. Es schmerzt mich genauso, aber bitte akzeptiere die Dinge, wie sie sind, um Henrys und Georges willen.

Sophia

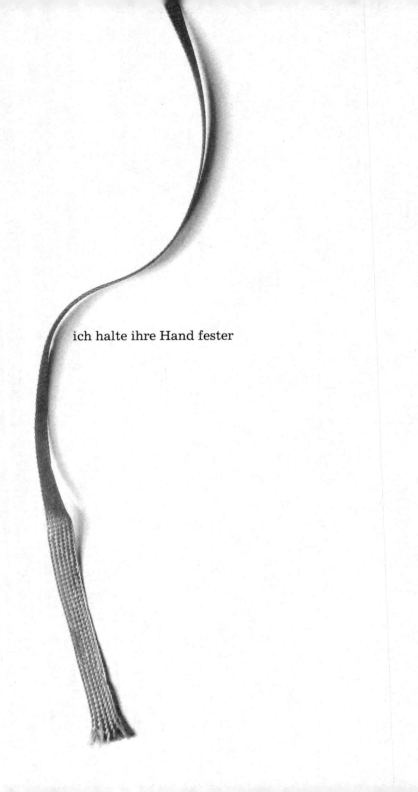

ich halte ihre Hand fester

HENRY

Der Buchklub trifft sich immer am zweiten Freitag des Monats abends um sieben. Normalerweise sind Dad, Mum, George und ich immer dabei. Heute Abend sagt Dad jedoch, er fährt weg und wir sollen uns was zu essen bestellen und das Geld aus der Kasse nehmen. »Ich bin verabredet. Eure Mutter kommt auch nicht.« Bevor ich irgendetwas sagen kann, zum Beispiel, dass ich ihn gerne dabeihätte, oder ihn fragen kann, ob alles in Ordnung ist, geht er zur Tür hinaus, steigt ins Auto und fährt davon.

Ohne ihn fühlt sich der Laden heute Abend verlassen an. *Ich* fühle mich verlassen. In letzter Zeit sieht er oft niedergeschlagen aus. Niedergeschlagen und verloren. Ich muss daran denken, was ich mir neulich unter Rachels Anleitung vorstellen sollte. Ich nehme an, Dad hat sich ähnliche Sachen vorgestellt. Ich versuche ihn mir irgendwo anders vorzustellen, ohne den Laden, aber es gelingt mir nicht.

»Wo ist Dad?«, fragt George, als sie runterkommt.

»Ich weiß es nicht genau«, antworte ich.

Sie steht eine Weile neben mir und rückt die Teller und die Weingläser zurecht, dann sagt sie: »Ich brauche deinen Rat.«

Normalerweise fragt George mich nie um Rat, nicht mal, wenn es um Englischaufsätze geht. »Es geht um Martin«, sagt sie. »Und um den Jungen aus *Stolz und Vorurteil und Zombies*.«

Das ist eine spannende Entwicklung. Wenn George mich dazu etwas fragen will, dann ist sie anscheinend offen für die Vorstellung, dass Martin der Richtige für sie ist und nicht der Typ mit den Briefen. Rachel kommt wieder herein, nachdem sie Martin nach Hause gebracht hat. Ich bitte sie, den Tisch mit dem Wein und dem Käse zu übernehmen, damit ich mit George reden kann. »Es sind nette Leute«, sage ich zu ihr. »Wenn sie kommen, gib ihnen so viel Wein, wie sie wollen, und lass sie ansonsten machen. George ist kurz davor, mir zu sagen, dass sie in Martin verliebt ist.«

Ich folge George in den Lesegarten. Wir setzen uns, und bevor ich ihr kluge Ratschläge geben kann, legt sie direkt los. »Ich weiß, du findest, ich sollte mich mit Martin verabreden«, sagt sie. »Und ich weiß, du magst ihn.«

»Er mag dich.«

»Na ja, da bin ich mir nicht so sicher. Wir reden viel. Gestern Abend war ich bei ihm zu Hause und habe seine Mums und seine kleine Schwester und den Hund kennengelernt. Er heißt Rufus.«

Sie erzählt mir, was sie schon alles zusammen gemacht haben. Ich hatte keine Ahnung. Sie waren zusammen in dem neuen Tarantino-Film. Sie haben sich *Aliens* in dem alten

Kino an der Meko Street angesehen. Sie waren bei Lola in der Garage, wo sie ihnen einen Song vorgespielt hat.

»Das ist doch großartig«, sage ich. »Das ist toll.« Ich will noch dranhängen, dass sie sich ganz klar für Martin entscheiden soll, aber ich komme nicht dazu.

»Da ist ja noch dieser andere Junge. Und ich weiß, du sagst jetzt, er ist nur ein Hirngespinst, aber ich weiß, wer er ist, und ich mag ihn schon sehr lange.« Ich sehe, wie George überlegt, ob sie mir vertrauen kann, und sich dann entscheidet. »Es ist Cal.«

»Cal?«

»Ja, Cal. Rachels Bruder.«

Das mit Rachels Bruder fügt sie hinzu, weil ich nichts sage und sie vermutlich denkt, der Groschen wäre noch nicht gefallen. Aber der ist schon in dem Moment gefallen, als sie das erste Mal Cal gesagt hat; ich habe nur versucht Zeit zu gewinnen.

George redet davon, wie gern sie Cal hat und dass er klug und schräg und süß ist, und die ganze Zeit überlege ich fieberhaft, was ich machen soll. »Er ist vor drei Jahren weggezogen«, sage ich. »Wie sollen seine Briefe in das Buch gekommen sein?«

»Tim Hooper«, sagt sie. »Tim hat Cals Briefe hergebracht und meine mitgenommen.«

»Und der geheimnisvolle Typ ist nicht zufällig Tim Hooper?«

»Tim ist ans andere Ende von Australien gezogen. Und seitdem sind auch keine Briefe mehr gekommen.«

»Was nicht beweist, dass es nicht Tim ist.«

305

»Henry, es ist Cal«, sagt sie mit Nachdruck. »Ich weiß, dass er es ist.«

»Aber er schreibt dir nicht mehr«, wende ich ein, bemüht nichts zu verraten.

»Weil er mit seinem Dad in Frankreich ist, und ohne Tim ist es zu schwierig. Ich möchte, dass du Rachel nach seiner Adresse in Frankreich fragst. Ich muss ihm diesen Brief schicken.« Sie hält einen zugeklebten Umschlag hoch. »Und wenn sie mir seine Adresse aus irgendeinem Grund nicht geben will, kann sie ihn auch selbst verschicken.«

Ich nehme den Umschlag und stecke ihn in die Tasche. Er fühlt sich seltsam schwer an, dafür, dass es nur ein Stück Papier ist. »Darf ich fragen, was da drin steht?«

Und ohne zu zögern, sagt sie: »Da drin steht, dass ich ihn liebe.«

Oh Scheiße. Ich könnte losheulen. Ich könnte auf der Stelle losheulen. Sie kommt zu spät. Er wird den Brief niemals lesen. Dabei ist es so ein unglaublicher Brief für George. Sie macht keinen Scherz, sie sagt nicht, es käme sowieso nichts dabei heraus, weil es eine allgemein anerkannte Wahrheit ist, dass wir alle zu blöd für die Liebe sind. Sie ergreift die erste echte Chance ihres Lebens und das Grausamste daran ist, dass sie und Cal perfekt zusammenpassen würden. Vielleicht sogar perfekter als sie und Martin.

Ich bin ziemlich neben der Spur, als wir wieder hineingehen. George liebt einen Toten und ich kann nichts tun.

»Was ist los?«, fragt Rachel und ich würde es ihr gerne erzählen, weil Rachel alles besser macht. Selbst wenn sie nichts tun kann, macht sie alles besser, einfach weil sie bei mir ist. Aber ich kann die Worte nicht aussprechen. Sie sind zu traurig. Dein Bruder hat ein Mädchen geliebt und sie liebt ihn auch, aber er ist gestorben, bevor sie es ihm sagen konnte. Ende der Geschichte.

»Alles in Ordnung. George ist wegen Martin ein bisschen durcheinander. Kannst du noch einen Moment hierbleiben? Ich brauche frische Luft.«

Ich gehe nach draußen vor den Laden, und während ich ein paarmal tief durchatme, ruft Mum an. »Du klingst merkwürdig«, sagt sie, als ich drangehe. Weil ich mit ihr nicht über George reden kann, rede ich über Dad. Darüber, dass es mir so vorkommt, als hätte ich ihm den Rest gegeben, als ich dafür gestimmt habe, den Laden zu verkaufen. »Er ist irgendwo hingefahren und es fühlt sich so an, als wäre er meinetwegen verschwunden.«

»Ich mache mir auch Sorgen um deinen Dad«, sagt sie. »Aber er würde dir sofort sagen, dass es nicht deine Schuld ist. Du hast die richtige Entscheidung getroffen, Henry. Ich kann jetzt nicht länger reden, aber ich verspreche, ich rufe wieder an, und ich verspreche dir, dass alles gut wird.«

Ich lege auf und will sie gerade noch mal zurückrufen, um zu fragen, ob wir das mit dem Verkauf nicht langsamer angehen können, als ich plötzlich Amy sehe.

Sie trägt ein grünes Kleid und ihre unbedeckten Schultern schimmern im Licht der Straßenlaterne wie Perlen. Es ist das

Kleid, das sie anhatte, als sie mir zum ersten Mal gesagt hat, dass sie mich liebt.

Ich versuche mir meine Freude nicht anmerken zu lassen, denn als wir das letzte Mal miteinander gesprochen haben, wurde ich danach mit Klebeband an einen Leitungsmast gefesselt. Aber ich kann nichts dagegen machen, ich freue mich wirklich, sie zu sehen.

»Das mit Greg tut mir leid«, sagt sie.

Erst will ich sagen: »Ist schon okay.« Aber es ist *nicht* okay und wir müssen darüber reden. »Es ist zwei Wochen her, dass du zugesehen hast, wie dein Freund mich in sein Auto geworfen hat. Ist es dir nicht in den Sinn gekommen, dich mal zu melden?«

»Ich wollte ja«, sagt sie. »Aber Greg und ich haben uns getrennt.«

Sofort vergesse ich, dass ich sauer bin. Sie hat sich von Dumpfbacke getrennt. Sie wirft einen Blick in den Laden und winkt mich ein Stück weiter. Ich bleibe ungefähr fünf Sekunden, wo ich bin, dann folge ich ihr wie unter einem Zauberbann.

»Ich kann das nicht mehr, Amy«, sage ich. »Du kannst mich nicht so herumschubsen. Ich kann nicht immer wieder darauf warten, dass du zurückkommst.«

»Ich werde nicht wieder gehen«, sagt sie. »Diesmal bin ich mir sicher.«

Sie klingt so überzeugt.

»Wollt ihr immer noch verkaufen?«, fragt sie und sieht zu den Buchklub-Leuten, die jetzt eintrudeln.

»Ich bin ziemlich sicher, dass der Verkauf in den nächsten Tagen abgewickelt wird.«

»Und du hast dein Ticket noch?«

»Ja«, sage ich.

Die Leute grüßen mich im Vorbeigehen und ich grüße zurück, bemüht, möglichst normal auszusehen, obwohl ich mich vollkommen unnormal fühle. Die Letzten gehen hinein und wir sind allein auf der Straße. Der Buchklub fängt an und ich sollte wieder reingehen.

»Küss mich«, sagt sie und ich tue es. Ich küsse sie mit neuem Selbstvertrauen, dem Selbstvertrauen eines Jungen, der zu seiner Überraschung erfahren hat, dass er gut küsst.

Der Kuss dauert ziemlich lange. Als wir aufhören, wissen wir nicht, was wir sagen sollen, also küssen wir uns noch ein bisschen. Die Zeit vergeht, aber ich spüre es nicht. Amy ist zurück. Dumpfbacke ist Geschichte.

Schließlich geht sie und ich schlüpfe zurück in den Laden, ein wenig benommen, aber glücklich – bis ich Rachel sehe. Dann bin ich benommen und durcheinander.

Der Buchklub hat das aktuelle Buch fertig besprochen und es werden Vorschläge für das nächste gemacht. Josie fängt an. Sie ist ungefähr vor acht Jahren zum ersten Mal hierhergekommen. Damals hat sie eine Ausgabe von *James und der Riesenpfirsich* gekauft. Ich war zehn und Roald-Dahl-Experte, und Dad schickte mich mit Josie zu den Regalen, um das Buch zu finden. Wir unterhielten uns über die Bücher von Roald Dahl. Ich fand *Hexen hexen* am unheimlichsten und ich weiß noch, wie sie lachte, als ich vorsichtshalber einen Blick auf

309

ihre Füße warf. Ich sagte Josie, dass wir alle Bücher von ihm dahätten, und sie meinte, das sei toll, aber sie wolle nur das eine. »Aber vielen Dank.«

Als sie gegangen war, erzählte Dad mir, dass sie ihren Sohn verloren hatte, und sagte, es sei nett von mir, dass ich ihr Gesellschaft geleistet habe. Ich hatte ein schlechtes Gewissen, denn ich hatte ihr nur deshalb Gesellschaft geleistet, weil sie die Bücher von Roald Dahl in- und auswendig kannte. Nicht, weil ich so ein netter Junge war.

Josies Buchvorschlag für den Club war *Hier könnte das Ende der Welt sein*. Sie hält das Buch hoch, um den anderen das Cover zu zeigen, und mir wird klar, dass sie über den Tod ihres Sohns sprechen wird. Ich hole Luft, um Rachel zu warnen, aber sie legt den Finger auf die Lippen. Als ich trotzdem zum Reden ansetze, weil ich ihr sagen will, dass das vielleicht schmerzlich für sie wird, hält sie mir den Mund zu. Ohne nachzudenken, halte ich ihr im Gegenzug die Ohren zu. »Was soll das?«, flüstert sie.

»Es geht um den Tod«, flüstere ich zurück.

»Ist schon okay, Henry«, sagt sie und zieht meine Hände von ihren Ohren.

Ich ziehe ihre Hand von meinem Mund.

Wir stehen ganz dicht beieinander, Auge in Auge, Nase an Nase, und halten uns an den Händen. Sie wirkt nicht traurig, jedenfalls nicht so wie am Anfang, als sie hier angekommen ist. »Ich will hören, was Josie sagt«, flüstert sie und dreht sich nach vorne, ohne meine Hand loszulassen.

Wenn Rachel etwas interessiert, beugt sie sich vor und ich

kann förmlich hören, wie es in ihr summt. Sie ist das klügste, intelligenteste Mädchen, das ich kenne. Ich halte ihre Hand fester, denn Josie spricht jetzt über ihren Sohn. Ich kenne die Geschichte, wie er gestorben ist, und sie ist schrecklich – das Fahrrad, das Auto, wie er von einem Moment auf den anderen fort war.

Rachel lauscht gebannt. Die Gruppe ebenso. Nach und nach sprechen auch die anderen über ihr Leben, manche im Zusammenhang mit dem Buch, das sie mitgebracht haben, andere nicht. Und jeder Einzelne von ihnen spricht über den Tod.

»Alles okay«, sagt Rachel, weil ich sie anstarre und auf Anzeichen dafür warte, dass es ihr zu viel wird. Sie deutet auf die Gruppe, gibt mir zu verstehen, dass ich zuhören soll. Als ich wieder hinübersehe, steht Frederick vorne, auf seine typische förmliche Art.

»Meine Frau Elena ist vor zwanzig Jahren gestorben«, sagt er und alle sind mucksmäuschenstill. »Wir haben zusammen ein Geschäft geführt.«

Er erzählt der Gruppe von der Nacht, in der sie starb, wie er bei ihr gesessen und ihr aus ihrem Lieblingsbuch vorgelesen hat. Ich sehe ihn vor mir, wie er liest, wie er jedes Wort leise und sorgfältig ausspricht, bevor er mit dem nächsten anfängt.

Rachel sieht zu mir. »Der Walcott«, sagen wir gleichzeitig.

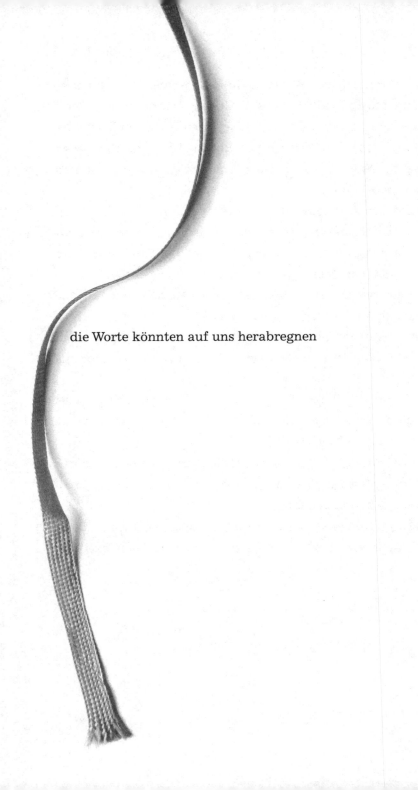

die Worte könnten auf uns herabregnen

RACHEL

Ich bin heute Abend eine seltsame Mischung. Ich bin ein Funke von Henrys Händen und die Erinnerung an seinen Kuss. Ich bin Wärme, Röte unter seinem Blick und Ruhe, weil ich mir fast sicher bin, dass er mir gehört und ich ihm. Als er hereingekommen ist, hat er meine Hand genommen und sie auf eine Weise gehalten, die es mir verraten hat. Einerseits erscheint es mir unmöglich und andererseits wie etwas, von dem ich schon immer wusste, dass es passieren würde. Ich bin all diese guten Dinge, aber auch Schmerz und Trauer, weil Josie von ihrem Sohn spricht. »Er war sieben«, sagt sie. »Er fuhr mit dem Rad. Ich auch, und ich spornte ihn an. Dann kam ein Auto um die Ecke und fuhr über den Bordstein. Es hat ihn einfach in die Luft geschleudert«, sagt sie und sieht so entsetzt aus, als hätten all die Jahre den Moment kein bisschen abgemildert. Sie starrt auf einen leeren Fleck vor ihr und ich weiß, in dem leeren Fleck ist ihr Sohn. In diesem Augenblick liegt er wieder auf dem Gehweg, wie an jenem Tag. Aber ich bin sicher, an anderen Tagen ist er in dem Fleck und strahlt sie an.

Ich merke, dass ich weine, aber es ist mir egal.

Als Nächstes erzählt Frieda von ihrem Bruder, der bei einem Flugzeugabsturz ums Leben gekommen ist. Eine andere Frau erzählt von ihrer Cousine, die Krebs hat und wahrscheinlich bald sterben wird. Henry neben mir ist angespannt, aber ich drücke seine Hand, um ihm zu sagen, dass mit mir alles in Ordnung ist. Er drückt zurück und der Schmerz in meinem Innern wird stärker, aber ich lächle und denke an den Tod in meinem Kopf und die Liebe in meiner Haut.

Frederick spricht als Letzter. Er steht auf, um seine Geschichte zu erzählen, und als er spricht, enthüllt er für Henry und mich ein paar Geheimnisse. »Meine Frau Elena ist vor zwanzig Jahren gestorben. Wir haben zusammen ein Geschäft geführt.« Er erzählt uns, dass er nach einem ganz bestimmten Buch sucht, weil es das Lieblingsbuch seiner Frau war. »Elena hat mir in unserer Hochzeitsnacht daraus vorgelesen und ich ihr Jahre später, als sie starb.«

»Der Walcott«, sagen Henry und ich gleichzeitig.

In meiner Brust ist ein feiner Dunst, eine Stille, die ich seit einem Jahr nicht mehr gespürt habe. Ich verstehe es, aber ich werde es nie richtig in Worte fassen können. Fredericks Geschichte ist anders, was die Einzelheiten angeht, und es wird immer seine bleiben. Trotzdem höre ich mich selbst darin.

Ich bin sicher, dass E und F auf den Seiten des T. S. Eliot Frederick und Elena sind. Während er spricht, kommt es mir so vor, als wäre Elena hier mit uns in der Buchhandlung. Ich denke an Cals Pfeil in *WasserFarben* und an all die anderen Markierungen und Anmerkungen in den Büchern, wo die Worte und die Gedanken dieselben sind, wo die Wörter so eng aneinandergeschrieben sind, dass sich die Linien der Buchstaben überschneiden. Ich wünschte, Mum wäre hier und könnte den Leuten vom Buchklub zuhören und die Anmerkungen in der Briefbibliothek lesen, könnte fühlen, was ich fühle, und verstehen, was ich anfange zu verstehen.

Hinterher helfe ich Henry beim Aufräumen und Abwaschen und warte die ganze Zeit darauf, dass Frederick mal einen Moment allein ist. Als es so weit ist, gehe ich zu ihm und sage ihm, dass mein Bruder Cal gestorben ist.

»Das tut mir sehr leid«, sagt er.

»Ich kann nicht mehr schwimmen. Ich gehe nicht mal mehr in die Nähe des Meeres.« Noch während ich das sage, frage ich mich, ob es stimmt. Ich frage mich, ob ich im Präsens spreche, obwohl es eigentlich Präteritum sein müsste. Ich frage mich, wie es sich anfühlen würde, wenn ich jetzt dort wäre und das Meer ansehen würde. Ich glaube, ich würde hineingehen, nicht ganz, aber so weit, dass ich das Wasser an meinen Waden spüren und mir vorstellen könnte, wie es langsam steigt.

Nachdem alle gegangen sind, setzen Henry und ich uns zusammen an meinen Laptop und suchen nach dem Walcott. Wir sind beide wild entschlossen ihn zu finden, und jedes Mal, wenn wir eine Ausgabe irgendwo in der Nähe finden, stoßen unsere Hände vor Aufregung zusammen.

Ich schreibe eine Liste der Orte, weil ich gerne Listen schreibe.

»Du bist sehr ordentlich«, sagt Henry mit einem Blick auf meine Handschrift und es fühlt sich an, als hätte er etwas Erotisches gesagt.

»Du bist sehr unordentlich«, sage ich.

»Und trotzdem bin ich derjenige, der die Abschlussprüfung geschafft hat«, sagt er.

»Du bist sehr nervtötend«, sage ich und lächle ihn an.

»Du bist sehr sexy«, sagt er, als wäre es ihm einfach so herausgerutscht.

»Du auch«, sage ich.

»So werde ich normalerweise nicht beschrieben«, sagt er.

»Es fühlt sich auch nicht wie ein normaler Abend an«, sage ich.

Wir vervollständigen die Liste mit allen Walcott-Verkäufern und beschließen, wenn heute kein normaler Abend ist, dann ist es vielleicht der Abend, an dem wir das Buch finden. Henry geht die Liste durch und sagt, wir sollen uns jetzt einen Ort aussuchen und in der letzten Nacht der Welt hinfahren.

»Dann finden wir es«, sagt er.

»Ich suche die Buchhandlung aus«, sage ich und wähle sofort Beach Side Books.

»Das ist in Beach Side.«

»Ich kann lesen, Henry.«

»Das wird in der Nähe des Strandes sein«, sagt er.

»Das habe ich mir fast gedacht.«

»Und das macht dir nichts aus?«

»Nein«, sage ich. Oder vielleicht doch, ich weiß nicht. Aber ich will es herausfinden. Der Laden ist an der Küste, aber nicht auf der Seite von Sea Ridge, und zusammen mit Henry dort hinzufahren ist die beste Art auszuprobieren, ob ich wieder bereit bin das Meer zu sehen.

Wir legen uns zum Schlafen hin und mein Arm berührt Henrys.

»Warum hat Frederick das Buch überhaupt weggegeben, wenn es ihm so viel bedeutet hat?«, fragt Henry.

»Manchmal gehen Dinge verloren«, sage ich. »Oder man erträgt es einfach nicht mehr, sie anzusehen.«

Wir liegen eine Weile still da, dann fällt Henry ein, dass sein Vater ihm eine Geschichte zum Lesen gegeben hat. Er holt das Buch aus seiner Tasche, legt sich wieder neben mich und hält das Buch über unsere Köpfe. Die Worte könnten auf uns herabregnen, denke ich. Ich sehe vor mir, wie wir sie trinken. Henry hat mich verändert. Er hat die Art verändert, wie ich um Cal weine. Die Art, wie ich die Welt sehe.

Die Geschichte heißt »Shakespeares Gedächtnis« und sie handelt von einem deutschen Shakespeare-Forscher, dem Shakespeares Gedächtnis von seiner Kindheit bis 1616 angeboten wird. Der Gelehrte nimmt das Gedächtnis an, aber er versteht nicht, dass jedes Gedächtnis seltsam und chaotisch ist. Es kommt ihm vor, als hätte man ihm das Meer angeboten, und als er es annimmt, ist ihm nicht klar, was das bedeutet. Die Erinnerungen zeigen sich in Geräuschen und Bildern und Gefühlen, und indem er das Gedächtnis eines anderen annimmt, muss er Teile von sich verlieren.

317

Henry liest die Geschichte zu Ende und klappt das Buch zu. Irgendwas beschäftigt ihn, aber er sagt nicht, was es ist. Er sagt, er muss jetzt schlafen, aber er starrt an die Decke. Ab und zu dreht er den Kopf zur Seite und lässt den Blick durch den Buchladen wandern. »Du denkst darüber nach, was passiert, wenn ihr den Laden weggebt.«

Er nickt, aber er will nicht reden. Als er denkt, dass ich eingeschlafen bin, steht er auf, geht im Laden umher und streicht dabei mit den Händen über die Buchrücken.

Nach einer Weile kommt er mit einem Buch zurück, fängt an zu lesen und schläft ein. Jetzt hat er mich wach gemacht und ich finde keine Ruhe mehr. Leise schleiche ich mich aus dem Laden und gehe zum Auto.

Bevor ich losfahre, hole ich den Karton aus dem Kofferraum und stelle ihn neben mich auf den Beifahrersitz. Ich habe angefangen über den Karton nachzudenken, als Frederick von Elena erzählt hat. Er sucht verzweifelt nach dem Walcott. Er würde alles dafür geben, einen Karton mit Elenas Sachen zu haben, und ich habe Cals weggeschlossen. Wenn es stimmt, dass ich meine Erinnerungen bin, dann gilt dasselbe auch für Cal. Heute Nacht kann ich noch nicht in den Karton hineinsehen, aber ich mag das Gefühl, ihn nah bei mir zu haben.

Ich halte den Blick geradeaus gerichtet, aber irgendwie habe ich das Gefühl, wenn ich zur Seite schauen würde, wäre Cal vielleicht da. Ich könnte ihm sagen, dass er recht hatte und dass ich Henry verziehen habe. Ich könnte ihm von Mum erzählen und davon, wie sein Tod uns für immer verändert hat.

So soll es auch sein, denke ich. Ein Tod *sollte* uns für immer verändern. Und kein Tod sollte wie der andere sein.

Plötzlich stehe ich vor Lolas Haus. Weil es schon spät ist, schicke ich ihr eine SMS. Sie antwortet, dass sie in der Garage ist. Ich gehe leise durch den Garten zur Tür.

Sie sitzt mit untergeschlagenen Beinen auf dem Sofa. Ich setze mich neben sie.

»Habt ihr euren letzten Song schon aufgenommen?«, frage ich und sie sagt, sie hatten eigentlich vor, ihn live aufzunehmen, bei ihrem letzten Auftritt am Valentinstag. »Aber Hiroko hat mir nicht verziehen, dass ich ihr gesagt habe, sie soll hierbleiben. Allerdings habe ich mich auch noch nicht bei ihr entschuldigt.« Sie lächelt traurig. »Jedes Mal, wenn ich anfange ihre Nummer zu wählen oder eine SMS an sie zu tippen, denke ich, vielleicht überlegt sie ja doch, hierzubleiben, und wenn ich die Klappe halte, kriege ich, was ich will.«

Ich lehne meinen Kopf an ihre Schulter.

»Ich weiß, dass sie nicht hierbleiben kann.«

»Nein, das kann sie nicht.«

»Ich kenne dich nicht so gut wie Henry, aber ich weiß, dass irgendwas nicht in Ordnung ist. Du erzählst mir kein Wort darüber, was mit Joel passiert ist. Du hast kein einziges Mal über dein Studium gesprochen. Und du warst kein einziges Mal schwimmen, seit du hier bist. Ich bin nicht blöd. Ich habe das alles mitgekriegt. Ich warte nur.«

Ich schaue auf die Poster von all den Bands, die sie liebt – The Waifs, Warpaint, Karen O, Magic Dirt. Ich erinnere mich, wie Henry und ich hier nachmittags auf dem Sofa herumge-

lümmelt haben, während Lola und Hiroko uns ihre Songs vor-
spielten.

Lola stupst mich mit ihrem Zeh an, eine sanfte Erinnerung,
dass sie noch da ist. Ich erzähle ihr von Cal. Die Worte tun immer noch weh, aber nicht mehr so wie beim ersten Mal, als ich
es Henry und Frederick erzählt habe. Vielleicht tun sie beim
nächsten Mal sogar noch weniger weh.

»Ich hab versucht mir das Schlimmste vorzustellen«, sagt
Lola. »Was ist das Schlimmste, das dir zugestoßen sein könnte?
Hiroko und ich haben hier gesessen und überlegt, damit ich
dir helfen kann. Aber darauf sind wir nicht gekommen.« Sie
rückt näher und legt beide Arme um mich und so schlafen wir
ein.

die letzte Nacht der Welt mit mir verbringen

HENRY

Ich kann nicht schlafen. Die Geschichte von Borges; Frederick; Rachel, die neben mir liegt und genau weiß, was ich denke – das alles hält mich wach. Ich laufe eine Weile herum, dann versuche ich zu lesen. Als ich endlich einschlafe, träume ich, dass der ganze Buchladen – die Regale und das Literatursofa, die Treppe und das Dach, jeder einzelne Quadratzentimeter – von einem wilden Garten überwuchert ist. Die Efeuranken sind so dick und fest, dass ich sie nicht von den Regalen reißen kann. Sie sind mit dem Holz verwachsen. Schließlich hilft Frederick mir, aber die Schere, mit der er das Efeu abzuschneiden versucht, ist so klein, dass es ewig dauert.

Als ich aufwache, weiß ich mit einem Mal, dass das Geschäft, von dem Frederick gesprochen hat, dieses hier ist. Er und Elena hatten einen Blumenladen und der war genau hier und jetzt ist es unsere Buchhandlung. »Er hat ihn zusammen mit dem Walcott weggegeben«, sage ich, aber Rachel ist nicht mehr da.

Kalter August

von Peter Temple

Briefe zwischen Seite 8 und 9

14. Februar 2016

Liebe George,

ich habe vorhin mit Henry gesprochen und er hat mir gesagt, dass heute das Ende der Welt ist. Wusstest du das? Ich weiß, wie sehr du Bradbury liebst, und ich wollte dich fragen, ob du die letzte Nacht der Welt mit mir verbringen willst. Wir vergessen einfach, dass Valentinstag ist. Wir tun uns als Freunde zusammen und leisten uns Gesellschaft, während wir auf das Ende warten. Was hältst du davon?

Martin

Lieber Martin,

ja, sehr gerne.

George

der Tag strömt herein – Sonnenschein und Staub

HENRY

Der letzte Tag der Welt beginnt schön und sonnig, aber das Gefühl aus dem Traum hängt mir immer noch nach. Gestern hat es mich den ganzen Tag über begleitet.

Gestern habe ich die ganze Zeit darauf gewartet, dass Amy in den Laden kommt, und war erleichtert, als sie mir gegen Mittag simste, dass sie mich erst am Valentinstag sehen will, vielleicht abends im Laundry. *Ich kann nicht*, antwortete ich. *Ich habe Rachel eine Neuauflage von der letzten Nacht der Welt versprochen. Wir sehen uns dann am 15.*

Hast du es ihr gesagt?, kam es von Amy zurück.

Was denn?

Das mit uns!

Bis jetzt nicht, zu viel zu tun. Aber ich sag's ihr noch.

Ich sah zu Rachel in der Briefbibliothek hinüber. Ich dachte an den Traum, ich dachte an George und daran, wie sie und Cal sich verpasst hatten. Ich dachte daran, wie sehr Rachel sich diese letzte Nacht gewünscht hatte, und beschloss, ihr das mit Amy und mir erst nach dem Ende der Welt zu sagen.

Danach spielten Frederick und ich zum Zeitvertreib eine Partie Scrabble und ich sagte ihm, dass ich die Suche nach dem Walcott nicht aufgeben würde. »Auch wenn der Laden jemand anderem gehört, suche ich weiter.«

Mir ging auf, dass Frederick einer meiner engsten Freunde ist. Trotz ihres Alters sind er und Frieda ein Teil meines Alltags und ich werde sie vermissen, wenn sie es nicht mehr sind.

»Das hier war euer Geschäft«, sagte ich. »Bevor es unseres wurde.«

»Ja«, sagte er, ohne vom Spielbrett aufzusehen.

»Dann werde ich es genauso machen wie du und den nächsten Besitzer besuchen.«

Er legte seine Steine und beendete das Spiel. Bei seinem Vorsprung hätte ich ihn ohnehin nicht mehr eingeholt.

»Henry«, sagte er, bevor er ging, doch er beendete den Satz nicht. Die Art, wie er es sagte, gab mir das Gefühl, wir wären immer noch in dem Traum und zerrten an dem Efeu.

An diesem Morgen stelle ich mich unter die Dusche und versuche den gestrigen Tag und dieses komische Gefühl aus meinem System zu spülen. Aber es gelingt mir nicht. Es ist noch da, als ich mich abtrockne und als ich mich anziehe, und auch noch, als ich mich rasiere.

George klopft an und kommt herein, während ich mir das Kinn abwasche. »Fröhlichen Valentinstag«, sagt sie und greift nach ihrer Zahnbürste.

»Was ist mit deinem guten alten Pessimismus passiert?«, frage ich.

»Ich habe zum ersten Mal seit sechs Jahren einen Freund in

der Schule. Es interessiert mich nicht mehr, was Stacy denkt. Es macht mir auch nichts mehr aus, dass sie mich einen Freak nennt. Ich habe jemanden, mit dem ich die letzte Nacht der Welt verbringen kann, und ich habe beinahe einen richtigen Freund. Was soll ich da mit Pessimismus?«, entgegnet sie.

»Hast du Rachel den Brief gegeben?«

»Ja.« Nein. »Mist.«

»Wieso Mist?«

»Schon gut. Vergiss es. Alles in Ordnung.«

»Genau, Henry. Es *ist* alles in Ordnung«, sagt sie.

Bevor ich etwas einwenden kann, klopft es wieder und diesmal ist es Martin. »Euer Vater hat mich raufgeschickt, damit ich George hole. Er muss los und will, dass du im Laden übernimmst.«

»Bin gleich da«, sagt George und dreht sich zu mir. »Was ist los, Hen?«

So hat sie mich nicht mehr genannt, seit wir klein waren.

»Ich bin wieder mit Amy zusammen«, sage ich.

»Das ist doch super. Dann könnt ihr eure Weltreise machen.«

»Macht es dir nichts aus, dass wir den Laden verkaufen? Willst du nicht, dass ich hierbleibe und mich um alles kümmere, damit du dich hier verstecken und glücklich sein kannst?«

»Ich liebe den Laden«, sagt sie. »Ich würde ihn sehr gerne behalten, aber wenn das nicht geht, dann gehört er eben jemand anderem und wir kommen zu Besuch her. Du brauchst kein schlechtes Gewissen zu haben.« Damit verschwindet sie aus dem Bad.

329

Ich betrachte mich im Spiegel. Eigentlich sollte ich der glücklichste Mensch der Welt sein, aber alles, woran ich denken kann, ist, dass die Beschissenheit wieder richtig Fahrt aufnimmt.

Rachel steht schon vor der Tür, als ich bei dem Lagerhaus ankomme. Sie hat ein zitronengelbes Baumwollkleid an, und ich ertappe mich bei der Überlegung, ob sie darunter wohl ihren Badeanzug trägt. Es ist mutig von ihr, mit mir zum Strand zu kommen, und es wäre noch mutiger, wenn sie tatsächlich ins Wasser gehen würde. Aber Rachel ist mutig. Bitte geh nie wieder weg, denke ich, als sie die Beifahrertür des Lieferwagens öffnet und einsteigt.

Im Radio laufen die Lucksmiths. Ich muss Rachel sagen, dass Cal der geheimnisvolle Briefeschreiber ist, aber ich beschließe, damit zu warten bis nach dem Ende der Welt, genau wie mit der Neuigkeit wegen Amy. Ich will, dass wir beide diesen Tag genießen. Rachel sieht glücklich aus. Ich freue mich für sie. Sie will eine neue letzte Nacht und ich will sie ihr nicht verderben.

»Bist du sicher, dass du mitwillst?«, frage ich.

»Hör auf dir Sorgen zu machen, Henry. Es wird schon gut gehen, und wenn nicht, ist es auch okay.«

Ich sehe kurz zu ihr rüber. Sie ist jetzt ein Hybrid. Die alte Rachel und die neue Rachel und wahrscheinlich noch ein paar andere Rachels aus der Zukunft, alle in einem Körper vereint. Sie kurbelt die Scheibe runter und der Tag strömt herein –

Sonnenschein und Staub. Ich drehe die Musik auf, bis sie den ganzen Wagen erfüllt. »Danke«, sagt sie. »Mir geht's gar nicht mal so übel.«

»Freut mich, dass ich so einen Gefühlsüberschwang auslöse.«

Wir lassen die Stadt hinter uns. Der Beton wird von Bäumen abgelöst und der Himmel weitet sich in blassem Blau. Die Straße vibriert sanft durch den Wagen und wiegt Rachel in den Schlaf.

Als sie aufwacht, sind wir in einer Kleinstadt. Sie sieht sich um und lächelt, als sie die leichte blaue Luft des Meeres einatmet. Sie schlingt die Arme um sich und folgt mir in den Secondhandbuchladen.

Der Besitzer ist nicht da, sagt das Mädchen, das im Laden arbeitet. Und er hat ihr keine Nachricht wegen des Walcott hinterlegt. »Wir haben uns gemailt«, erkläre ich ihr und sie sagt, sie schaut so gut wie nie in seine Mails. »Aber ich kümmere mich regelmäßig um die Datenbank, wenn also im Onlineverzeichnis steht, dass wir das Buch haben, dann müsste es da drüben im Gedichtregal sein.«

Ich gehe darauf zu und fange an zu suchen. »Ich glaube nicht, dass es hier ist«, sage ich, während ich die Ws durchgehe. Rachel kniet vor mir auf dem Boden, zieht Bücher heraus und liest die Texte auf den Rückseiten. Sie schaut auch hinein, auf der Suche nach Notizen, nach Geschichte. Plötzlich sieht sie hoch und ertappt mich dabei, wie ich sie anstarre. Hastig ziehe ich ein paar Bücher heraus und tue so, als wäre ich in die Suche vertieft. Sie wendet sich wieder dem Regal zu.

Nach einer Weile steht sie auf. Ich zeige ihr ein paar Bücher, die ich besonders mag. Sie blättert aufmerksam darin. »Ich habe dich zur Dichtung bekehrt«, sage ich.

»Kann sein«, sagt sie und ich bemerke einen blauen Badeanzugträger oben am Ausschnitt ihres Kleids. Ohne nachzudenken, berühre ich ihn.

»Gehst du mit mir schwimmen?«, fragt sie.

»Darauf bin ich nicht vorbereitet.«

»Ich habe dich schon in Unterwäsche gesehen.«

»Du hast mich sogar schon nackt gesehen«, sage ich.

Sie sieht mich an, ganz direkt, auf eine Weise, die mich fast umhaut. »Du hast sehr große Augen«, sage ich zu ihr. Das habe ich schon immer gewusst, aber erst jetzt wirklich wahrgenommen.

»Damit ich dir besser zuzwinkern kann«, sagt sie.

Wir stehen ganz dicht voreinander, und wenn ich Amy nicht geküsst hätte, wenn ich Single wäre, dann würde ich Rachel jetzt fragen, ob ich sie noch mal küssen darf. Ich glaube nicht, dass sie mich nur geküsst hat, um Amy eifersüchtig zu machen. Ich weiß nicht, warum ich das bisher geglaubt habe. Ich kenne Rachel. Sosehr sie sich auch verändert hat. Ich kenne sie immer noch. Und wenn sie mich nicht hätte küssen wollen, dann hätte sie es nicht getan.

»Was ist?«, fragt sie.

»Was soll sein?«

»Du lächelst.«

»Tue ich das? Keine Ahnung. Ich glaube, ich habe nur gerade etwas verstanden.«

Bevor ich weitersprechen kann, zeigt sie mit dem Finger auf etwas und sagt staunend: »Da ist ja der Walcott.«

Ich hatte nicht mal bemerkt, dass ich ihn in der Hand halte.

Wir setzen uns in ein Café, bestellen etwas zu essen und starren den Walcott an. »Irgendwie habe ich das Gefühl, das ist ein Zeichen«, sage ich.

»Geht mir genauso«, erwidert Rachel, aber keiner von uns sagt, wofür es ein Zeichen sein könnte. Wir lächeln abwechselnd uns und das Buch an und ich denke ständig daran, sie zu küssen.

»Komm, wir fragen uns Sachen, die wir immer schon mal fragen wollten«, sage ich, während wir essen.

»Worüber denn?«

»Na ja, über uns.«

»Ich weiß alles über dich«, sagt sie.

»Unmöglich. Es gibt immer noch mehr zu wissen. Ich beweise es dir. Ich stelle dir Fragen über mich und du beantwortest sie, und dann sehen wir ja, ob du richtigliegst.«

»Und wie nennen wir das Spiel – Narzissmus?«

»Wir nennen es Henry. Frage Nummer eins: Wen habe ich als Erstes geküsst?«

»Amy«, sagt sie.

»Falsch.«

»Wen denn?«

»Dich. Ich habe dich in der Vierten auf den Mund geküsst.«

»Wirklich?«

333

»Beim Kussfangen. Weißt du das nicht mehr?«

»Nein«, sagt sie. »Aber nach einem Trauma kann so was schon mal sein.«

»Frage Nummer zwei: Was ist meine Lieblingsfarbe?«

»Rot. Die Farbe von Amys Haar.«

»Falsch. Es war mal Rot, aber jetzt ist es Blau«, sage ich und sehe ihr in die Augen. »Dicht gefolgt von Zitronengelb.« Sie erwidert den Blick. Es wird nicht peinlich. Das ist Rachel. Sie wirft mit einem Stück Brot nach mir, als es ihr reicht mit dem Anstarren.

»Wie wär's jetzt mit einer Runde Rachel?«, frage ich.

Sie sieht aus dem Fenster, Richtung Meer. Sie sagt Ja. Aber das Rachel-Spiel muss am Strand gespielt werden.

die Toten bei uns behalten – durch ihre Geschichten

RACHEL

Ich sage mir immer wieder, dass es noch eine andere Erklärung für das Spiel geben muss, das Henry mit mir spielt, für
die Art, wie er mich in dem Buchladen angesehen hat. Aber es
sind meine Augen, die blau sind. Es ist mein Kleid, das zitronengelb ist. Und ich war diejenige, die er als Erste geküsst hat.
Heute ist die letzte Nacht der Welt und Amy ist ganz weit weg.
Der Walcott, das denken wir beide, ist ein Zeichen.

»Wie wär's jetzt mit einer Runde Rachel?«, fragt er und als
ich darüber nachdenke, weiß ich, dass dieses Spiel am Strand
gespielt werden muss.

Wir sind auf der Halbinsel, knapp zwei Stunden außerhalb
der Stadt, in der entgegengesetzten Richtung von Sea Ridge.
Das Meer wird anders aussehen und anders riechen. Es wird
einen anderen Namen haben. Aber es wird dasselbe unbere-
chenbare Wesen sein.

»Bist du sicher, dass du dahin willst?«, fragt Henry und ich
bin mir sicher und auch wieder nicht.

Ich denke darüber nach, seit wir aus dem Auto gestiegen

sind. Ich bin zu lange nicht am Meer gewesen. Ich habe in der Buchhandlung darüber nachgedacht, während ich zugesehen habe, wie Henry mit der Hand über die Buchrücken strich und bei denen hängen blieb, die er liebte. Ich habe darüber nachgedacht, wie er ein Leben ohne die Buchhandlung führen soll, und gleichzeitig darüber, wie ich ein Leben ohne das Meer führe. Eine trockene, buchlose Welt. Zu trist, um sie sich auch nur vorzustellen.

Beim Näherkommen höre ich das Wasser, das leise Rauschen, als es sich ausbreitet und wieder zurückzieht. Als es in Sichtweite ist, bin ich bereit. Es ist schmerzlich glatt, nicht wie die rauen Wellen, die sich zu Hause übereinandertürmen.

Henry und ich setzen uns an den Strand und blicken lange darauf. Das ist das Wasser meiner Träume und Albträume. Manchmal ist es das Wesen, das mir Cal wegnimmt, ihn mit der Strömung hinauszieht, und manchmal ist es das Wesen, das ihn zurückbringt, ausgeblichen wie der gestrandete Wal. Manchmal, wenn ich Glück habe, lebt er und greift nach den silbernen Fischen.

Ich erzähle Henry von den drei Schichten des Meeres: der Tageslichtzone, der Dämmerungszone und der Mitternachtszone, benannt nach dem Lichtgehalt darin. In der Mitternachtszone müssen die Lebewesen ihr eigenes Licht produzieren. Vor Cals Tod war das meine Lieblingszone. Die Vorstellung von absoluter Dunkelheit faszinierte mich.

»Ich wollte immer tauchen, weißt du noch?«, frage ich und Henry sagt, er hätte nie verstanden, woher ich den Mut nehmen würde.

Mit Mut hatte das nichts zu tun. Ich konnte mir einfach nicht vorstellen, dass je etwas Schlimmes passieren würde. Weder mir noch den Menschen, die ich liebte. Ich ging davon aus, dass wir für immer in Sicherheit waren.

Ich denke an all das, was ich sehen wollte: Killerwale, Tiefsee-Beilfische und Vampirtintenfische. Ich denke daran, wie ich über den Büchern gehockt habe, fasziniert von den metallisch schimmernden Drachenfischen mit ihrem martialischen Gebiss, aber auch von schönen Meereswesen in Farben, die ich in der Welt über Wasser noch nie gesehen hatte, zugleich grell und blass, schimmernd wie frischer Schnee inmitten der Dunkelheit.

»Ich habe Angst, aber ich will es zurück«, erkläre ich Henry.

»Deshalb musst du kein schlechtes Gewissen haben«, sagt er und ich frage mich, ob ich genau darauf gewartet habe: dass mir jemand erlaubt es wieder zu lieben.

»Willst du ins Wasser?«, fragt er.

»Ja, aber ich bin noch nicht so weit.«

Wir sitzen noch eine Stunde da. Ich schaue das Meer an und Henry. Er baut eine Sandburg und schmückt sie mit Muscheln. Bevor wir aufbrechen, geht er zum Wasser und spült sich die Hände ab. Ich glaube, das macht er mit Absicht, damit er mich bespritzen kann und ich das Wasser auf meiner Haut spüre.

Der Himmel schimmert rosa, als Henry mich wieder am Lagerhaus absetzt, damit ich mich für heute Abend fertig machen kann. Ich muss daran denken, was Gus zu mir gesagt hat:

»Irgendwann ist es da. Das Gefühl, dass es dir wieder gut geht. Wenn du all das machst, worüber wir gesprochen haben, dann kommt es zurück.« Es klang so, als wäre es etwas Greifbares, wie ein Paket, das mit der Post kommt.

Als ich aus dem Lieferwagen steige, erblicke ich mich in der Scheibe. Ich bin nicht mehr mein altes Ich und auch nicht das aus den letzten elf Monaten. Ich bin ein neues Ich. Diese neue Rachel ist mir noch ziemlich fremd. Wenn ich beschreiben sollte, wie sie aussieht, würde ich sagen: erwartungsvoll.

Als ich beim Laden ankomme, hat sich der Himmel zugezogen. »Heute Nacht gibt es Regen«, sage ich zu Henry.

»Ich hoffe nicht«, sagt er und lächelt nervös.

Wir gehen zum Shanghai Dumplings, wo wir uns mit seinen Eltern, George, Martin und Lola treffen wollen. »Da es die letzte Nacht der Welt ist, haben sie eingewilligt«, sagt Henry und dann verstummen wir beide. Ich warte die ganze Zeit darauf, dass er etwas sagt, wieder mit mir flirtet, Klarheit zwischen uns schafft. Ich überlege, ob ich ihm sagen soll, dass der Brief, den ich ihm vor drei Jahren geschrieben habe, kein Abschiedsbrief war.

Als wir im Restaurant ankommen, gibt Mai Li uns die Speisekarten und sagt Henry, dass seine Eltern sich schon wieder streiten. »Ich weiß nicht, worum es geht, aber es scheint schlimm zu sein. Deine Mum weint.«

Wir gehen die Treppe hoch und sehen, dass Mai Li recht

hat. Sophias Augen sind gerötet und ihre Wimperntusche ist verschmiert. Henry sieht besorgt aus. Er legt seiner Mum die Hand auf die Schulter und sie lächelt zu ihm hoch.

Wir setzen uns. Kurz darauf kommt Lola und dann auch George und Martin, und als wir endlich alle um den Tisch sitzen, breitet sich befangenes Schweigen aus.

»Was ist los?«, fragt Henry.

»Nichts«, sagt Sophia. »Wir können später darüber reden.«

»Deine Mutter hat den Laden verkauft«, sagt Michael.

»Wir haben gemeinsam beschlossen den Laden zu verkaufen«, sagt Sophia. »Wir haben hier gesessen und abgestimmt. Und dann hast du mich angerufen und gesagt, ich soll mich auf die Suche nach Käufern machen.«

»Ja, nach Käufern, die den Laden *übernehmen*«, sagt Michael. »Nicht nach welchen, die ihn abreißen.« Er blickt in die Runde. »Nicht mal das Haus bleibt stehen. Eine Baufirma kauft es, um es plattzumachen – aber keine Sorge, wir kassieren dafür ein Vermögen. Wir sind reich«, höhnt er, doch dann ist ihm sein bissiger Tonfall offenbar selbst peinlich.

»Tut mir leid«, sagt Sophia und sieht dabei mich und Lola und Martin an. »Das ist sehr unhöflich. Wir sollten später darüber reden.«

»Mach's rückgängig«, sagt George zu Sophia. »Sag ihnen, du hast es dir anders überlegt.«

»Das geht nicht«, sagt Michael leise. »Es ist zu spät. Das Haus ist weg.«

»Es kann nicht weg sein. Es ist unser Zuhause«, sagt George. »Ich habe nicht zugestimmt, dass es abgerissen wird.«

»Du hast überhaupt nicht zugestimmt«, sagt Sophia sanft. »Du hast gar nichts gesagt.«

»Aber jetzt sage ich etwas. Und vielleicht hätte ich schon eher etwas gesagt, wenn du mir nicht das Gefühl gegeben hättest, dass es noch um ganz was anderes geht. Henry, was ist mit dir?«, fragt George und schaut ihn an.

Henry sieht aus, als stünde er unter Schock. Ich nehme seine Hand und halte sie fest.

»Was lest ihr denn gerade?«, fragt Sophia, um das Thema zu wechseln, aber niemand antwortet. Da die Stille unerträglich ist, sage ich ihr, dass ich zuletzt den *Wolkenatlas* gelesen habe. »Henry hat es auch gelesen.«

»Ein gutes Buch«, sagt George halbherzig.

»Das sehe ich genauso«, sagt Sophia. »Ein tolles Buch. Die Hauptfiguren haben alle dasselbe Muttermal, oder? Sind sie alle ein und dieselbe Person?« Ihr Blick wandert immer wieder von uns zu Michael, der keinen Mucks von sich gibt.

»Nein, sie sind nicht dieselbe Person«, sagt Henry. »Aber sie haben dieselbe Seele.«

»Macht sie das nicht zu derselben Person?«, fragt George und sieht ihren Dad an. Er schüttelt stumm den Kopf.

»Es geht um Seelenwanderung«, sage ich. »Glaube ich zumindest. Oder jedenfalls um die Möglichkeit, dass eine Seele nach dem Tod in einen anderen Menschen übergehen kann.«

»Glaubt jemand von euch daran?«, fragt Martin, um George nicht hängen zu lassen. »Dass Seelen wandern können?«

»Ja, ich«, sagt George. »Und ich glaube auch, dass Seelen in Büchern sein können.«

342

Soviel ich auch darüber nachgedacht habe, meine Einstellung, was Seelenwanderung oder Geister angeht, ist immer noch dieselbe. Aber was ich gerne glauben *würde*, hat sich geändert. Mir gefällt die Vorstellung, dass Cals Seele eine Möglichkeit finden könnte zu wandern. Der Augenblick am Strand, als mir klar wurde, dass er tot ist, wäre so viel einfacher gewesen, wenn ich gewusst hätte, dass sein Wesenskern, das, was ihn zu Cal gemacht hat, irgendwo hingewandert wäre, fort, aber nicht ausgelöscht. Sich in irgendetwas verwandelt hätte – selbst Wolken wären besser gewesen als Asche.

»Hast du schon ›Shakespeares Gedächtnis‹ gelesen?«, fragt Michael Henry unvermittelt. »Da geht es auch um eine Art Wanderung. Eine Gedächtniswanderung.«

»Ja, habe ich«, sagt Henry und er sieht furchtbar traurig aus. Ich wusste, dass er sich so fühlen würde, wenn er die Buchhandlung verliert. Es ist eine Sache, sich vorzustellen, wie es ohne etwas sein wird, das man liebt. Und eine ganz andere, wenn es dann wirklich weg ist.

Alle reden, um diese schreckliche Stille zu überdecken.

Lola sagt, sie hätte *Fifty Shades of Grey* gelesen, und Henry hält sich die Ohren zu und verschwindet aufs Klo. George sagt, sie will es auch lesen, und ihr Dad hält sich ebenfalls die Ohren zu. Martin sagt, er hätte einen Peter Temple gelesen, den George ihm empfohlen hat, und das Gespräch wendet sich Krimis zu. Die ganze Zeit über höre ich nur mit einem Ohr zu.

Ich denke über Gedächtniswanderung nach. Nicht über die aus der Geschichte von Borges, sondern über die Gedächtnis-

343

wanderung, die tatsächlich immer wieder stattfindet, weil es die einzige Möglichkeit ist, wie wir Menschen bewahren können, die Toten bei uns behalten können – durch ihre Geschichten, ihre Anmerkungen in den Büchern, ihre Erlebnisse. Es ist eine sehr schöne Vorstellung und, wie ich finde, absolut möglich.

ein kleiner Lichtfleck in der Dunkelheit

HENRY

Mir ist zum Heulen zumute, als Dad sagt, dass die Buchhandlung abgerissen werden soll. Ich will losflennen wie ein Schlosshund und dann will ich einen Monat zurückspulen und eine andere Entscheidung treffen. Ich würde mein Weltreiseticket hergeben, ich würde sogar Amy hergeben, um den Laden behalten zu können. Ich wusste nicht, wie es sich anfühlen würde. Da ist ein Loch in mir, in meiner Zukunft.

Wenn ich heute Abend in meine Zukunft blicke, die Straße hinunterschaue, dann sehe ich einen hässlichen Hochhausblock mit Mietwohnungen und ich erkläre meinen Kindern, dass genau an der Stelle ein wunderschönes Haus gestanden hat – das Haus, in dem ich aufgewachsen bin.

»Wo ist es denn jetzt?«, fragen sie und ich antworte, dass ich es aufgegeben habe, um mit einem Mädchen zusammen zu sein, dem die Art, wie ich meinen Lebensunterhalt verdiente, nicht gefiel, das ein bisschen in jemand anders verliebt war und das nur zu mir zurückkam, wenn es einsam war. Kurz gesagt, euer Dad hat richtig Mist gebaut. Wenn Amy mich wirklich liebt, dann muss sie auch lieben, dass ich in einer Buchhandlung arbeite. Ich kann nicht fassen, dass ich das nicht schon eher von ihr erwartet habe.

Ich kann Dad heute Abend nicht ins Gesicht sehen. Ich schäme mich zu sehr. Ich bin zu traurig. Ich starre auf die Tischdecke und studiere das Muster, vor allem die Kreise. Ich folge ihnen mit dem Blick, und wenn ich am Ende von einem angekommen bin, wandere ich zum nächsten. Es ist dieselbe Tischdecke wie immer. Das ganze Restaurant ist damit ausgestattet. Aber diese ganzen kleinen Kreise sind mir vorher noch nie aufgefallen.

Rachel hält meine Hand und das ist so ziemlich das einzig Gute an diesem Essen. Ich glaube, ich könnte eine ganze Menge ertragen, solange sie meine Hand hält. Sie ist meine beste Freundin, obwohl ich kein Geld habe. Sie ist meine beste Freundin, obwohl sie gesehen hat, wie ich aufs Kissen sabbere. Sie hat mich aus dem Frauenklo geschleift, als ich zwischen der Kloschüssel und dem Bindenbehälter lag. Sie will immer noch die letzte Nacht der Welt mit mir verbringen, obwohl ich sie beim letzten Mal versetzt habe.

Ich versuche das Ganze im größeren Zusammenhang zu sehen. Es geht gar nicht um eine Entscheidung zwischen Amy und Rachel. Selbst wenn ich Rachel nicht als Freundin haben kann, statt nur ihr bester Freund zu sein, will ich Amy nicht, das weiß ich plötzlich mit absoluter Klarheit. Ich will nicht mit ihr auf Weltreise gehen. Ich will hier sein, bei meiner Familie, und ihnen bei den Folgen des Verkaufs zur Seite stehen.

Da das Gespräch jetzt von Seelen- und Gedächtniswanderung zu *Fifty Shades of Grey* wechselt, halte ich mir die Ohren zu und schließe die Augen. Unter meinen Lidern ist eine Welt ohne Bücher. Ich schaue mich dort eine Weile um, lasse die Ödnis, das eintönige Grau der Landschaft, die Leere und Verlassenheit auf mich wirken. Dann öffne ich die Augen wieder.

Ich verschwinde aufs Klo, um mir meine Rede zurechtzulegen, mit der ich unsere Familie wieder in das zurückverwandeln will, was sie mal war. Im Grunde reicht das, was mir am Tisch durch den Kopf gegangen ist, aber ich will es ein bisschen sortieren.

Doch als ich zurückkomme, sind alle schon im Aufbruch.

»Ich gehe *nach Hause*, in den *Buchladen*«, sagt George zu Mum und verschwindet mit Martin. Dad geht in die andere Richtung davon, obwohl ich ihm hinterherrufe. Ich weiß nicht, wohin er will, aber es sieht zielstrebig aus. Mum nimmt Lola ein Stück mit, um sie beim Laundry abzusetzen. Sie bietet Rachel und mir auch an, uns mitzunehmen, aber ich gebe ihr einen Kuss auf die Wange und sage, dass ich sie später anrufe.

»Ich weiß, das ist alles meine Schuld«, sage ich zu ihr.

»Es ist nicht deine Schuld, Henry. Niemand ist schuld.«

Rachel und ich sehen zu, wie sie ins Auto steigt, dann gehen wir los. »Wie konnte ich das bloß zulassen?«, frage ich. »Wieso war mir nicht klar, wie es sich anfühlen würde, die Buchhandlung zu verlieren? Ich habe doch sonst so ein gutes Vorstellungsvermögen.« Das sage ich den ganzen Weg zum Laundry immer wieder, um das Unglaubliche zu begreifen. »Wohnungen«, sage ich. »*Wohnungen.*«

»Es wird sich schon alles finden«, sagt Rachel immer wieder.

»Wie denn?«, frage ich, als wir vor dem Laundry in der Schlange stehen. »Wie soll sich alles finden? Das ist das Ende der Welt. Das wirkliche Ende der Welt.«

»Nein, das ist es nicht.«

»Stimmt. Das Ende der Welt wäre besser als das.«

»*Henry*«, sagt sie plötzlich. »Ich liebe dich.«

Und es ist wie ein kleiner Lichtfleck in der Dunkelheit.

Es ist großartig, unglaublich großartig. Das Leben ist immer noch beschissen, aber gleichzeitig ist es wunderbar. Ehrlichkeit und Mut sind ansteckend, deshalb nehme ich Rachels Hände in meine. Ich zittere ein bisschen, was nur normal ist, schließlich will ich ihr sagen, dass ich sie auch liebe. Ich liebe sie wirklich. Das ist wahrscheinlich allen schon eine Weile klar, nur ich habe es nicht begriffen.

»Rachel«, sage ich.

»Henry«, sagt sie und macht ein ernstes Gesicht. Mir fällt auf, dass sie sich dabei ziemlich Mühe geben muss. Sie wirkt immer noch oft traurig, aber es ist nicht mehr ihr Standardgesichtsausdruck.

»Was ist, Henry?«, fragt sie.

Und dann taucht plötzlich Amy neben uns auf, nimmt meine Hand aus Rachels und sagt: »Danke fürs Warmhalten. Wir sind seit Freitagabend wieder zusammen. Wusstest du das nicht?« Sie lächelt, dreht mein Gesicht zu sich und küsst mich.

Eins weiß ich genau: Egal wie alt und vergesslich ich mal sein werde, ich werde immer spüren, wie die Wärme von Rachels Hand aus meiner gleitet.

Ich blinzele und Rachels Gesichtsausdruck hat sich verändert. Sie lächelt. Es ist nicht echt, aber das merke nur ich. »Das ist toll«, sagt sie zu Amy. »Wirklich toll.« Sie deutet auf die Schlange, die ein Stück vorgerückt ist. »Ihr solltet reingehen. Zu Lola.«

»Ich will aber nicht. Ich habe dir eine Apokalypse versprochen und die kriegst du.«

»Schon gut«, sagt sie. »Ich gebe dich frei.« Sie macht eine Wischbewegung mit der Hand. »Wir haben einen schönen Tag zusammen verbracht und du solltest jetzt mit Amy zusammen sein, vor allem nachdem du die Buchhandlung verloren hast.«

Ich will nicht mit Amy zusammen sein. Ich will mit Rachel zusammen sein. Aber das kann ich nicht sagen, während Amy danebensteht, denn das wäre mies und so ein Typ will ich nicht sein. Aber ich kann Rachel nicht einfach so gehen lassen, deshalb bitte ich Amy, uns einen Moment allein zu lassen, und dann frage ich Rachel leise: »Du liebst mich?«

Sie sieht mich mit ernster Miene an. »Du wirst immer mein bester Freund sein. Ich liebe einfach alles an dir. Ich würde nicht ohne dich leben wollen. Aber ich liebe dich nicht auf die Weise, die du meinst. Was ich eben sagen wollte, ist, ich liebe dich als Freund.«

»Das glaube ich dir nicht.«

»Solltest du aber«, sagt sie. »Mir geht's gut.«

»Und der Kuss?«

»Der hatte nichts zu bedeuten, Henry. Ich werde wahrscheinlich zu Joel zurückgehen. Du brauchst kein schlechtes Gewissen zu haben.«

Ich glaube nicht, dass sie mich nicht liebt, aber ich glaube, dass ich sie verloren habe. Sie hat jetzt wieder das Gesicht, das sie hatte, als sie ankam. Das Gesicht einer Fremden. Ich spüre buchstäblich, wie sich in meiner Brust ein Abgrund auftut. »Kommst du nicht mit rein, um die Hollows zum letzten Mal spielen zu hören?«, frage ich, weil ich das Gefühl habe, wenn ich Rachel das nächste Mal sehe, wird sie mich komplett abblocken, wie nach der letzten letzten Nacht der Welt.

»Wir sehen uns drinnen«, sagt sie und verschwindet ein Stück weiter vorne in der Menge.

Ich setze mich draußen hin, weil ich frische Luft brauche. Ich muss mit Amy reden. Dieser Abend entwickelt sich rasant zum beschissensten meines ganzen Lebens. Ich habe die Buchhandlung verloren. Ich habe Rachel verloren. Ich habe bekommen, was ich wollte, aber jetzt kann ich nicht mehr fassen, dass ich es wollte.

»Was ist los, Henry?«, fragt Amy.

»Wir verkaufen die Buchhandlung.«

»Ich weiß«, sagt sie und lächelt. »Ihr werdet mit dem Haus ein Vermögen machen. Ich habe nie verstanden, warum ihr es nicht schon längst verkauft habt.«

Weil ich es liebe. Weil ich Bücher liebe, bis hin zu den Punkten. Ich liebe sie auf eine Weise, die jenseits von Logik und Vernunft ist. Es ist einfach so. Ich liebe sie auf dieselbe Weise, wie die Leute aus der Briefbibliothek sie lieben. Sie zu lesen genügt nicht, ich will mich durch die Seiten mit den Menschen verbinden, die sie vor mir gelesen haben. Ich will mein Leben damit verbringen, sie aufzustöbern, zu lesen und zu verkaufen. Ich will Kunden bedienen und ihnen das richtige Buch in die Hand drücken. Ich will da sein, um Al zu trösten, wenn er begreift, dass das Buch, an dem er schreibt, bereits geschrieben ist. Ich will mich mit Frederick und Frieda unterhalten. Ich will dem Buchklub zuhören. Ich will das alles. Und ich will, dass es immer so weitergeht. Und wenn das nicht möglich ist, dann will ich es wenigstens bis zur letzten Sekunde auskosten. Und ich will ein Mädchen, das mich genau so will. Staubig und mit all meinen Marotten.

»Was liebst du an mir, Amy?«, frage ich sie.

»Alle möglichen Sachen«, sagt sie.

»Nenn irgendwas davon. Bitte. Ich möchte es hören.«

Sie überlegt und sagt dann: »Ich liebe es, dass du immer da bist.«

Ich weiß, dass sie das an mir liebt. Das tut sie wirklich. Ich kratze mich am Kopf und denke darüber nach. Ich muss beinahe lachen. »Tut mir leid«, sage ich. »Aber das reicht nicht. Ich kann nicht mit dir zusammen sein, Amy. Ich brauche jemanden, der mehr an mir liebt als die Tatsache, dass ich immer leicht zu finden bin.«

»Es ist mehr als das«, sagt sie.

»Es muss aber eine Menge mehr sein als das.«

An diesem Abend wird mir klar, wie sehr Amy es hasst, allein zu sein. Die Vorstellung einer Weltreise ohne einen Freund ist für sie pure Folter. Das verstehe ich. Aber ich kann nicht dieser Freund sein. »Kannst du die Reise nicht mit Greg machen?«

353

»Er hat dich ausgezogen und mit Klebeband an einen Leitungsmast gefesselt. Er hat dich in den Kofferraum geworfen.«

»Stimmt«, sage ich. »Du solltest wirklich auf jemand Besseren warten.«

»Wenn es Rachel ist, die du willst, dann verschwendest du deine Zeit«, sagt sie. »Sie liebt dich nicht, sie hasst nur mich. Ich habe einen Brief, der das beweist.«

»Was?« Ich erinnere mich daran, dass Rachel an ihrem ersten Abend nach ihrer Rückkehr von einem Brief gesprochen hat. »Was für ein Brief?«

Amy antwortet nicht.

»Wenn du je etwas für mich empfunden hast, dann erzähl mir von diesem Brief.«

Sie gibt nach und immerhin sieht man ihr an, dass sie sich schämt. »Sie hat ihn dir in der letzten Nacht der Welt mitgebracht, damals in der Neunten. Du bist mit mir nach oben gegangen, und während du im Bad warst, habe ich in dem Buch geblättert, das auf deinem Bett lag. Rachel hatte einen Zettel hineingelegt, auf dem stand, dass du in einem Buch in der Briefbibliothek nachsehen solltest. Den Titel weiß ich nicht mehr.«

»War es der Eliot?«, frage ich.

»Ja, kann sein. Ich habe nachgesehen, als wir runtergegangen sind, und den Brief rausgenommen. Ich wollte die letzte Nacht der Welt mit dir verbringen und ich dachte, wenn du ihn liest, gehst du zu ihr.«

»Und was stand in dem Brief?«, frage ich, aber ich weiß, was darin stand – ich liebe dich. »Hast du ihn noch?«, frage ich und sie sagt, sie hat ihn in ein anderes Buch gelegt, eines, von dem sie meinte, dass ich da nicht reinschauen würde.

»Es hatte einen gelben Einband«, sagt sie und ich kneife frustriert die Augen zu. »Der Autor hatte einen japanischen Namen. Irgendwas mit K.«

»Kazuo Ishiguro?«

»Kann sein.«

»*Alles, was wir geben mussten?*«

»Möglich«, sagt sie.

Ich lasse sie stehen und schiebe mich durch das Gedränge in die Bar, um Rachel zu finden. Währenddessen gewinnt mein Optimismus die Oberhand. Ich denke über alles Mögliche nach und eins davon ist Rachels Brief. Sie hat mich mal geliebt. Wenn die Vergangenheit ebenso real ist wie die Gegenwart, wenn die Theorie vom Blockuniversum stimmt – und ich beschließe in diesem Moment, dass sie stimmt –, dann liebt Rachel mich irgendwo auf meiner Zeitleiste immer noch. Sie legt diesen Brief zwischen die Seiten des T. S. Eliot und wartet auf meine Antwort. Und irgendwo da vorne ist eine Zukunft, die darauf wartet, geschrieben zu werden. Und das Jetzt? Das gehört uns, wenn wir es uns nehmen.

Ich rufe ihren Namen, während ich mich durch die Menge schiebe, und es ist mir egal, wie ich aussehe oder klinge. Ich rufe auf ihrem Handy an, aber sie nimmt nicht ab. Ich hinterlasse ihr eine Nachricht, dass ich jetzt zum Lagerhaus gehe und dass sie auch dorthin kommen soll.

Doch gerade als ich gehen will, sehe ich Lola auf der Bühne stehen, allein. Sie spielt ein bisschen vor sich hin, so leise, dass man sie kaum hört, und die Leute fangen an sich lauthals zu beschweren. Ich winke ihr zu und als sie mich sieht, lächelt sie traurig. Die Lichter funkeln wie Diamanten. Sie wirkt verloren in ihrem Schein.

Ich schiebe mich zur Bühne vor und sie kommt zum Rand und beugt sich hinunter, damit sie mich hören kann. »Kommt Hiroko nicht?«

»Ich habe mich nicht bei ihr entschuldigt. Nicht richtig. Ich habe ihr eine Nachricht auf dem Handy hinterlassen, dass ich sie heute Abend brauche. Und dann hat sie mir eine hinterlassen, dass sie es einfacher findet, sich von einer Maschine zu verabschieden, und dass sie keinen Bock hat. Verdammt, ja, mir ist die Musik wichtiger als sie, aber sie *ist* die Musik.«

Ich verkneife mir ein »Hab ich dir ja gleich gesagt«. Wozu soll das gut sein? Stattdessen schwinge ich mich auf die Bühne. Gut, die Hollows haben wohl ihren letzten Song gesungen, aber ich bin ja auch noch da. Ich kann zwar nicht singen, aber wenigstens ist sie dann nicht so alleine.

Lola spielt einen Song von Art of Fighting an, den ich kenne. Danach kommen zwei Ben Folds. Wir wollen gerade mit dem vierten loslegen, da bricht Lola ab, weil die Leute brüllen, dass ich aufhören soll zu singen und Hiroko jetzt wohl nicht mehr aufkreuzen wird.

Lola entschuldigt sich beim Publikum und nimmt die Gitarre ab, um sie wegzupacken, als irgendwo jemand anfängt zu klatschen. Immer mehr Leute fallen ein, bis alle klatschen, und dann sehen wir, wie Hiroko sich durch die Menge schiebt, mit einer Triangel in der Hand.

»Die Zeit reichte nicht, um mein Glockenspiel mitzubringen«, sagt sie, als sie auf der Bühne steht.

»Gott sei Dank, dass du da bist«, sagt Lola.

Ich lasse die beiden da oben allein, um ihren letzten Song zu spielen.

Es ist vielleicht nicht die letzte Nacht der Welt, aber mir ist, als hätte ich keine Zeit zu verlieren.

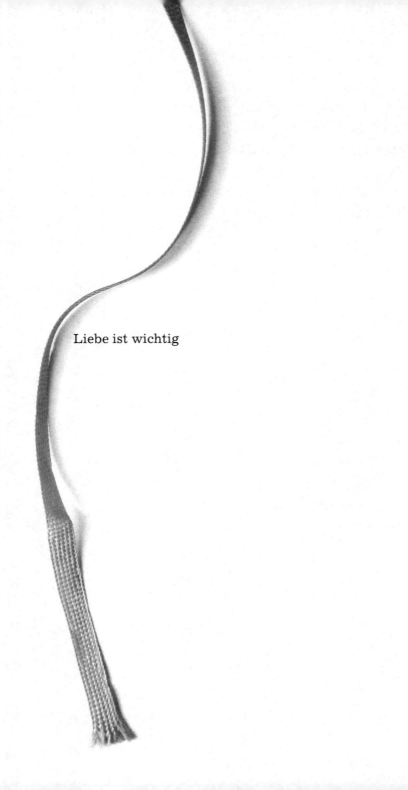

Liebe ist wichtig

RACHEL

Ich lächle, bis ich Henry und Amy hinter mir gelassen habe, dann heule ich los. Was für eine Idiotin ich doch bin. Ich schiebe mich durch die Menge, bis ich einen Platz ganz hinten im Laundry finde, wo Henry mich bestimmt nicht sieht. Mit angehaltenem Atem sehe ich zu, wie Lola allein auf der Bühne steht und auf Hiroko wartet. Dann steigt Henry zu ihr hoch, um mit ihr zu singen. Er hat viele Talente, aber das Singen gehört eindeutig nicht dazu. Trotzdem ist er großartig.

Alle flippen aus, als Hiroko auf die Bühne klettert. Die Lichter bewegen sich mit den Stimmen aus der Menge. Lola fängt an zu spielen und ich erkenne den Song sofort – es ist der erste, den sie und Hiroko je geschrieben haben. Sie haben ihn Henry und mir damals in der Garage vorgespielt. Ich will, dass die Musik lauter ist, damit ich nicht immer wieder höre, wie ich sage, ich liebe dich, und wie Amy sich fürs Warmhalten bedankt.

Wahrscheinlich hat er den ganzen Tag an sie gedacht. Während er mit mir in dem Buchladen und am Strand und im Auto war. Wieder verspüre ich den Drang, ihm einen Tritt zu verpassen. Du hast alles weggegeben, den Laden, die Briefbibliothek, alles, was du liebst, und wofür? Für *sie*.

Ich gehe zur Toilette und wasche mir das Gesicht. Katia ist da. »Na, hat's geklappt mit Shakespeare?«, fragt sie und ich sage, dass er mit Amy auf Weltreise geht.

»Pech für ihn«, sagt sie. »Klarer Fall von Fehlentscheidung.«

Ich schiebe mich durch den Club und nach draußen. Ich könnte zum Lagerhaus zurückgehen, aber ich will in den Laden. Ich will mit der Briefbibliothek weitermachen. Jetzt ist es wichtiger denn je, die Stimmen auf den Seiten festzuhalten. Sie gehen zwar nicht verloren, schließlich sind sie auf Papier geschrieben. Aber für Michael gehen sie verloren und den Gedanken ertrage ich nicht.

Ich beschließe, die ganze Nacht durchzuarbeiten, damit ich nicht an Henry und Amy denken muss. Ich klappe meinen Laptop auf und nehme einen Stapel Bücher aus dem Regal. Ich blättere durch das erste und versuche mich zu konzentrieren, aber ich bin zu rastlos.

Ich hole *WasserFarben* hervor und gehe es noch einmal durch, auf der Suche nach Zeichen von Cal. Neben einer Qualle ist eine kleine Anmerkung, aber das ist nicht seine Schrift. Ich kenne sie genauso gut wie meine eigene. Er hat dauernd irgendwas geschrieben. Auch an seinem letzten Tag, kurz bevor er ins Wasser gegangen ist, hat er etwas geschrieben. Er lag auf der Seite, den einen Arm aufgestützt, mit Mums Schlapphut auf dem Kopf und ihrer Audrey-Hepburn-Sonnenbrille. Er schrieb in eins von den Notizbüchern, die er immer benutzte, mit den perforierten Rändern, damit er die Seiten sauber herausreißen konnte.

Plötzlich spüre ich, dass jemand hinter mir steht. Ich drehe mich um und es ist George. Sie starrt auf *WasserFarben* und ich erkläre ihr, dass ich nachsehen wollte, ob Cal irgendwann mal einen Brief darin hinterlegt hat. »Ist nicht weiter wichtig«, lüge ich.

»Ja, hat er«, sagt sie und hält die Ausgabe von *Stolz und Vorurteil und Zombies* hoch. Auf dem Cover ist Elizabeth abgebildet, mit halb aufgefressenem Gesicht, sodass man ihre Zähne und Stimmbänder sehen kann.

George nimmt einen Brief heraus und gibt ihn mir.

Er ist auf dem Papier geschrieben, das Cal immer benutzt hat, auch an seinem letzten Tag. Es fühlt sich ganz dünn und brüchig an. Vielleicht bilde ich es mir nur ein, oder George hat den Brief so oft gelesen, dass er fast auseinanderfällt. Ich werde ihn später katalogisieren, ganz bestimmt. Und ich werde ihn sorgfältiger katalogisieren als alle anderen, die ich in der Briefbibliothek gefunden habe.

Stolz und Vorurteil und Zombies

von Jane Austen und Seth Grahame-Smith

Brief zwischen Seite 44 und 45

24. November 2013

Liebe George,

ich verstehe deine Sorge, dass ich ein Psychopath sein könnte. Das bin ich nicht, aber das sagen wahrscheinlich alle Psychopathen. Deshalb hier ein Beweis von meiner Schwester:

Mein Bruder ist meistens kein Psychopath.

Sie weiß nicht, warum sie das schreibt. Sie schaut sich gerade einen Dokumentarfilm an. Sie würde ihr eigenes Todesurteil unterschreiben, während sie Brian Cox sieht.

Ich hoffe, du schreibst mir weiter.

Pytheas

Im Nachhinein passt alles perfekt zusammen – die Urzeitkrebse und der kleine Pfeil in *WasserFarben*, mit dem Cal, wie ich jetzt weiß, George zeigen wollte, was er liebte.

»Pytheas war der erste Forscher, der den Zusammenhang zwischen dem Mond und den Gezeiten erkannt hat«, sage ich.

»Es ist Cal, oder?«, fragt sie.

Ich nicke.

»Ich liebe ihn«, sagt sie.

Es macht mich irrsinnig glücklich und es bricht mir das Herz.

»Glaubst du, er liebt mich auch?«, fragt sie und ich nicke wieder.

Sie lächelt. Es ist ein so strahlendes Lächeln, so voller Hoffnung, dass ich nicht hinsehen kann.

»Ich habe Henry einen Brief gegeben, den er dir weitergeben sollte. Bitte schick ihn für mich ab.«

Ich entschuldige mich für einen Moment und gehe zum Klo. Dort ist besetzt. Während ich warte, denke ich darüber nach, wie ungerecht die Welt ist. Cal hätte George haben können. Sie liebt ihn und er hat sie geliebt, und wenn er an dem Tag nicht schwimmen gegangen wäre, wären sie jetzt zusammen.

Frederick kommt aus dem Klo. »Ich will dir nicht zu nahe treten«, sagt er, als er mich sieht. »Aber ist alles in Ordnung?«

»Nein«, antworte ich.

Und dann erzähle ich ihm vor der offenen Klotür, was gerade passiert ist. Und zwar alles – dass ich George angelogen habe und dass ich ihr jetzt das Herz brechen und ihr sagen muss, dass Cal tot ist.

Meine Worte purzeln durcheinander und ich weine beim Sprechen, aber er nickt und hört zu und dann erzählt er mir noch etwas über Elena.

»Ich habe diesen Laden geliebt, als es noch ein Blumenladen war. Ich liebte es, mit Elena hier zu sein. Aber nachdem sie gestorben war, erinnerte mich alles hier an sie. Es war unerträglich. Ich habe den Laden für einen lächerlichen Preis verkauft«, sagt er. »Ich wollte ihn sogar abbrennen. Eines Nachts habe ich es versucht, aber Elena hat mich daran gehindert.«

»Hast du sie gesehen?«, frage ich. »Hast du ihren Geist gesehen?«

Er nickt und seine Augen sind dabei vollkommen ernst. »Ich bin sicher, dass sie es war, die immer wieder das Streichholz ausgepustet hat.«

»Ich weiß nicht, wie ich es George sagen soll.«

»Vielleicht fängst du am besten damit an, dass du ihr noch mal sagst, dass sie geliebt wurde.«

Liebe ist wichtig. Die kleinen Dinge sind wichtig. Ob Henry in mich verliebt ist oder nicht, er liebt mich. Ob Cal und George zusammen sind oder nicht, er hat sie geliebt und sie hat ihn geliebt.

Damit fange ich an.

»Es war Cal«, sage ich zu ihr. Wir stehen draußen vor dem Laden, damit wir unter uns sind. So sanft wie nur möglich erkläre ich ihr, dass er gestorben ist.

Sie starrt zum Himmel hinauf, der heute sternenlos scheint. Der Himmel kann nicht sternenlos sein, aber die Lichter der Stadt geben sich alle Mühe, sie zu überstrahlen.

»Er ist vor fast einem Jahr ertrunken.«

Ich rechne damit, dass sie wütend wird, aber sie steht vollkommen reglos da, nur ihre Hand drückt meine.

»Wie ist das passiert?«, fragt sie und ich fange irgendwo an. Ich weiß im Grunde nicht, wo der Anfang ist.

Ich beschreibe, wie er am Strand lag, mit Mums Schlapphut und ihrer großen Sonnenbrille, und in sein Notizbuch schrieb.

»Ich glaube, da hat er seinen letzten Brief an dich geschrieben.« Ich werde diesen Brief für sie finden. Zuerst schaue ich in dem Karton nach, und wenn er da nicht ist, fahre ich nach Hause und stelle da alles auf den Kopf.

»Mum und ich haben über die Zukunft gesprochen. Meine Zukunft. Darüber, auf welche Uni ich gehen soll, welche die besten für Meeresbiologie waren.

Er legte seinen Stift hin, nahm den Hut und die Sonnenbrille ab und lief zum Wasser. Er rief noch, ob ich nicht mitkommen wollte, aber ich blieb am Strand und redete weiter mit Mum.

Ich sehe noch vor mir, wie Cal in diesem fahlen, gelblichen Licht ins Wasser läuft, während Mum und ich im Sand sitzen und über die Zukunft sprechen.

Was die meisten Menschen sich nicht klarmachen, ist, dass Ertrinken lautlos ist. Cal war so ein guter Schwimmer – uns ist nie in den Sinn gekommen, dass er auf diese Weise sterben könnte. Er und ich waren an anderen Tagen schon viel weiter draußen gewesen. Wir waren nachts geschwommen, an gefährlichen Stellen, und uns war nichts passiert. Es ergibt keinen Sinn, dass er an dem Tag und um die Zeit gestorben ist, als das Wasser so ruhig aussah.

Er ist ertrunken, während ich Mum gefragt habe, ob ich ein Bauchnabelpiercing haben dürfte, während sie Ja gesagt und mich gefragt hat, wie so was gemacht wird. Er ist ertrunken, während ich eine Fliege weggewedelt habe. Während ich die windgekrümmten Bäume angesehen, mir Sex mit Joel ausgemalt und mit den Zehen im Sand gegraben habe.

Wir haben versucht ihn zu retten«, sage ich. »Wir haben ihn an den Strand geschleppt.«

Ich erzähle ihr nicht, wie Mum plötzlich aufsprang und zum Wasser sah. Wie ich anfing zu lachen und fragte: »Was ist denn?«, weil ich dachte, Cal machte irgendwelche Faxen.

»Ich kann ihn nirgends sehen«, sagte sie, dann zog sie ihr Kleid aus und lief zum Wasser. Vor allem diese verlorenen Sekunden quälen Mum. »Warum habe ich bloß dieses verdammte Kleid ausgezogen?«, sagte sie später zu Gran. »Warum?«

»Weil es so war«, erwiderte Gran. »Es hätte nichts geändert. Es war zu spät.«

Stattdessen sage ich George, dass Cal an dem Ort gestorben ist, den er am meisten liebte. Ich sage ihr, dass es schnell gegangen ist, weil ich weiß, dass es – außer in Albträumen – so ist. Ich sage ihr, das Letzte, was er davor getan hat, war, den Brief an sie zu schreiben.

Ich erzähle ihr von seinen Plänen für die Zukunft, von seinem Traum, im Golf von Mexiko zu tauchen, hinunter in den Green Canyon. Ich erzähle ihr von dem Canyon, von den Lebewesen, die er dort unten in der Tiefe sehen wollte, wo die Sonne niemals hinkommt. Ich erzähle ihr von dem Licht dort unten, von den Milliarden von Mikroorganismen, die in der Dunkelheit glühen. Lichtpunkte, wie schwimmende Schneeflocken.

Wir gehen zusammen zu meinem Auto. Ich hole den Karton heraus und wir setzen uns auf den Bordstein und schauen hinein. Darin sind Notizbücher und Comics und ein kleiner Globus, den ich Cal mal zu Weihnachten geschenkt habe. Außerdem die Schlüssel von seinem Fahrradschloss, ein paar Münzen, seine Schwimmbrille und ein Taschenmesser. Sein Bibliotheksausweis und eine CD. Vielleicht findet George es seltsam, dass Gran mir gerade diese Sachen gegeben hat. Aber alles in dem Karton bedeutet mir etwas. Es ist sein Leben. Ich werde diese Sachen niemals wegwerfen. Es wird nie eine Zeit geben, in der ich sie nicht mehr haben will, all diese kleinen Dinge von Cal, die ein Leben ausmachten.

Genau wie ich vermutet habe, liegt in seinem letzten Notizbuch ein Brief an George. Ich gebe ihn ihr und sie liest ihn laut vor. Cal hat George geliebt und sie hat ihn geliebt und das ist keine Kleinigkeit. Ich schaue hoch zum lichtüberfluteten Himmel und entdecke einen Stern.

Der Brief ist schön und mutig, und als ich ihn höre, weiß ich sicher, dass Henry recht hatte. Ich habe das Ganze von der falschen Seite gesehen. Was zählt, ist das Leben.

»Soll ich Martin für dich holen?«, frage ich George, als sie den Brief zu Ende gelesen hat.

»Ja, gerne«, sagt sie. »Er ist im Lesegarten.«

Ich gehe hinein und bringe ihn zu ihr.

Liebe George,

es ist Anfang März; der Sommer ist fast vorbei, aber es ist noch warm. Nicht mehr viel Zeit, um zu schwimmen.

Ich bin mit meiner Mum und meiner Schwester am Strand. Meine Schwes-

ter ist Rachel Sweetie. Ich bin Cal Sweetie. Jepp. Der große, dünne, etwas bekloppte Typ, den du schon fast dein ganzes Leben lang kennst. Bist du jetzt enttäuscht? Ich würde verstehen, wenn du enttäuscht wärst, aber ich hoffe sehr, du bist es nicht.

Ich finde, wir sollten uns mal verabreden. Damit du herausfinden kannst, ob du mich auch in echt magst.

Gleich gehe ich schwimmen. Und dann schicke ich diesen Brief an Howling Books. Bisher hat mein Freund Tim die Briefe für mich im Buch hinterlegt, aber er ist weggezogen.

Und wenn du zurückschreiben magst, dann schick den Brief an 11 Marine Parade, Sea Ridge 9873.

Alles Liebe,
Cal

das Leben passiert nicht immer in der Reihenfolge,
die wir uns wünschen

HENRY

Auf dem Weg zum Lagerhaus rufe ich immer wieder bei Rachel an, aber sie geht nicht dran. Ich hinterlasse eine Nachricht nach der anderen. »Ich hab Mist gebaut. Ich wusste nicht, was ich jetzt weiß. Ich will dich und die Buchhandlung und sonst nichts. Ich brauche keinen Haufen Geld. Und ich kann mit einer ungewissen Zukunft leben, solange du in dieser ungewissen Zukunft bei mir bist.«

Ich habe so was wie ein Liebesfieber. Ich frage den Taxifahrer, ob er nicht schneller fahren kann. Er weist mich darauf hin, dass wir überhaupt nicht fahren, weil wir im Stau stehen.

»Na super«, sage ich und recke den Kopf aus dem Fenster, um nachzusehen, was los ist. Offenbar sind vier Autos ineinandergefahren, da geht also vorerst gar nichts mehr. Ich zahle, steige aus und laufe los. Der Regen, den Rachel angekündigt hat, setzt ein.

Was kommt, ist eins von diesen Sommergewittern, die alles geben. Obwohl der Donner kracht, laufe ich weiter und bei jedem Schritt spritzt das Wasser.

Als ich am Lagerhaus ankomme, bin ich klatschnass. Ich schlage mit der Faust gegen die Tür und rufe Rachels Namen. Ihre Tante macht auf und runzelt die Stirn. »Ich weiß, ich hab Mist gebaut«, keuche ich außer Atem. »Aber ich kann es wiedergutmachen, wenn ich nur mit ihr reden kann.«

»Sie ist nicht hier«, sagt sie. »Was ist denn passiert?«

»Hat sie das nicht erzählt?«

»Ich habe sie gar nicht gesehen.«

»Mist«, sage ich mit Blick auf den prasselnden Regen. »Verdammter Mist.« Ich sehe sie an. »Ich habe kein Geld mehr.«

»Warte«, sagt sie. »Ich fahre dich.«

Ich springe aus dem Auto, sobald es hält, und renne triefnass in den Laden. Ich kann Rachel nirgends sehen. Während ich ihren Namen rufe, suche ich *Alles, was wir geben mussten.* Da aus der Briefbibliothek nichts verkauft wird, muss es da sein. »Rachel!«, rufe ich erneut, dann entdecke ich das Buch, ziehe es heraus und finde tatsächlich das dünne Blatt Papier mit Rachels Handschrift.

12. Dezember 2012

Lieber Henry,

ich lege diesen Brief zwischen die Seiten mit »J. Alfred Prufrocks Liebesgesang«, weil du das Gedicht liebst und weil ich dich liebe. Ich weiß, du bist mit Amy zusammen, aber scheiß drauf – sie liebt dich nicht, Henry.

*Sie liebt sich selbst, und zwar ziemlich. Ich liebe es, dass du liest. Ich
liebe es, dass du gebrauchte Bücher liebst. Ich liebe so ziemlich alles an
dir und ich kenne dich jetzt zehn Jahre, das will also schon was heißen.
Morgen fahre ich. Bitte ruf mich an, wenn du das hier liest, egal wie spät
es ist.*

Rachel

Als ich diesen Brief in den Händen halte, habe ich das Gefühl,
dass trotz der Sache mit der Buchhandlung noch nicht alles
verloren ist. Wir verlieren Dinge, aber manchmal bekommen
wir sie zurück. Das Leben passiert nicht immer in der Reihenfolge, die wir uns wünschen. »Rachel!«, brülle ich noch einmal.

»Hast du gerufen?«, sagt sie, und als ich mich umdrehe,
steht sie da.

»Du bist hier.«

»Ich war die ganze Zeit hier«, sagt sie. »Ich habe mit George
gesprochen und dann habe ich im Lesegarten gesessen. Alle
sind da draußen – wir trinken etwas, um uns von der Buchhandlung zu verabschieden.«

»Ich liebe dich«, sage ich.

»Du hast Amy geküsst.«

»Aber ich liebe *dich*, und bevor du jetzt was sagst: Worte
sind wichtig. Sie sind nicht sinnlos. Wenn sie sinnlos wären,
könnten sie keine Revolutionen auslösen, und sie würden den
Lauf der Geschichte nicht verändern, und sie wären nicht das,
woran du jeden Abend denkst, bevor du einschläfst. Wenn sie
einfach nur Worte wären, würden wir uns keine Songs anhören

und wir würden als Kinder nicht darum betteln, vorgelesen zu bekommen. Wenn sie einfach nur Worte wären, hätten sie keine Bedeutung und dann würde es nicht schon seit der Zeit, bevor die Menschen schreiben konnten, Geschichten geben. Wir hätten gar nicht erst schreiben gelernt. Wenn sie einfach nur Worte wären, würden die Leute sich nicht ihretwegen verlieben, ihretwegen glücklich oder unglücklich sein und, was gar nicht so selten vorkommt, ihretwegen Sex haben. Wenn sie einfach nur Worte wären, würde Frederick nicht so verzweifelt nach dem Walcott suchen.« Ich hole Luft, und als sie nichts sagt, rede ich weiter.

»Ja, ich habe Amy geküsst, aber ich sage dir jetzt, dass ich dich liebe. Und du liebst mich.« Ich halte den Brief hoch. »Da steht deine Unterschrift drunter. Man könnte das als Vertrag ansehen.«

»Aber da steht auch ein Datum drauf«, wendet sie ein.

»Ich glaube nicht, dass du mich auf einen Vertrag festnageln kannst, den ich vor drei Jahren in einem Zustand akuten Zuckerrausches unterschrieben habe.«

»Und ich glaube nicht, dass man so einen Brief auf ein Datum festnageln kann. Ein Liebesbrief sollte schon *per definitionem* zeitlos sein, was hätte er sonst für einen Sinn? Ich liebe dich, aber nur in diesem Augenblick, und danach erlischt meine Liebe? Was hat das Universum für ein Problem mit *für immer*? Die Gänse kommen doch auch damit durch.«

»Wieso die Gänse?«, fragt Rachel.

»Sie binden sich fürs Leben.«

»Das stimmt genau genommen nicht so ganz«, sagt sie und

374

dann verstummt sie, packt mich am T-Shirt und zieht mich zu sich.

»Das war eine sehr schöne Rede«, sagt sie.

»Vielleicht ein bisschen übertrieben.«

»Mir hat's gefallen.«

»Du bist meine beste Freundin. Du bist der beste Mensch, den ich kenne. Du bist fantastisch, Rachel Sweetie. Ich liebe dich«, sage ich noch einmal und dann küsse ich sie.

Später, viel später, zu einem Zeitpunkt, den ich noch nicht kenne, werde ich langsam Rachels Knöpfe öffnen. Ich werde ihr Schlüsselbein küssen und an Wassermelonen im Sommer denken, erforscht bis auf die Rinde. Ich werde darauf hoffen und mir vorstellen, dass ich unsere Leben von oberhalb des Universums sehen kann und dass sie sich gemeinsam ausbreiten, entlang der Fixpunkte unseres Daseins.

Doch in diesem Moment ist es ein Kuss. Ein Kuss, der andauert, während wir ihren Brief in den Eliot und den Eliot wieder in die Briefbibliothek legen. Ein Kuss, der andauert, während ich sie die Treppe hochführe, wo wir für uns sind. Ein Kuss, der durch all die Jahre andauert.

Doch in diesem Moment ist es nur der Anfang.

Später, im Bett, greift sie nach ihrem Handy, um ihre Mailbox abzuhören.

»Ich habe dir ein paarmal draufgesprochen«, sage ich.

»Das merke ich«, sagt sie.

»Es war mir wichtig, dass du die Situation verstehst.«

»Ich glaube, das tue ich.«

»Und, können wir zusammen sein? Du und ich?«, frage ich.

»Okay«, sagt sie.

»Okay?«

»Okay«, sagt sie noch mal und das ist es. Ich muss nicht betteln, ich muss sie nicht überzeugen, dass ich es wert bin. Es ist einfach okay und unsere Zukunft beginnt.

Sie fragt mich, ob ich Frederick schon den Walcott gegeben habe, den aus dem Buchladen am Strand. Das habe ich noch nicht und so gehen wir nach unten in den Garten, wo alle sitzen, Champagner trinken und sich verabschieden. Frank ist auch da, mit einer Brechstange in der Hand, und die Tür zwischen unserem Garten und seinem Laden steht offen. Tja, besser spät als nie.

Ich weiß nicht, wieso Mum auf einmal auch da ist. Später erfahre ich, dass sie gekommen ist, um den Dickens zu holen. Genauso traurig und mit genauso einem schlechten Gewissen wie ich, obwohl sie immer noch findet, dass es richtig war zu verkaufen.

Jetzt bin ich einfach nur froh, dass sie hier ist.

Rachel und ich setzen uns dazu und ich gebe Frederick den Walcott. So, wie er ihn diesmal ansieht, bin ich fast sicher, dass es seiner ist, aber leider ist er es nicht. Ich verspreche Frederick, dass ich weitersuche, auch wenn es den Laden nicht mehr gibt, und er nimmt mein Angebot dankbar an. »Vielleicht«, sagt er, »ist es ja die Suche, die sie lebendig erhält.«

Wir sitzen da, vermissen die Buchhandlung, obwohl sie noch gar nicht weg ist, und überlegen, was wir mit dem Bestand machen sollen. »Können wir die Briefbibliothek nicht behalten?«, frage ich.

»Sie ist riesig, Henry«, sagt Dad. »Und ich habe die Bücher alle selbst. Deshalb wollte ich ja den Katalog.«

»Wir könnten sie im Schuppen unterbringen«, schlage ich vor.

»In welchem Schuppen?«, fragt er.

»Von dem Haus, in das wir alle ziehen.«

Dad lächelt und wartet darauf, dass bei mir der Groschen fällt.

»Wir ziehen nicht zusammen um?«

»Ich möchte gerne reisen. Das Land von Shakespeare kennenlernen und mir ein paar Aufführungen im West End ansehen. Und von da aus weiter nach Argentinien. Vielleicht Spanisch lernen und Borges im Original lesen, bevor ich sterbe.«

»Du stirbst doch gar nicht.«

»Na ja, wohl nicht der nächsten Zeit, aber irgendwann. Nichts von alldem ist deine Schuld, Henry. Deine Mutter hat recht«, sagt er und nimmt ihre Hand. »Wir verdienen nur sehr wenig und keiner von uns kann nur von Träumen leben.«

»Ein paar Träume braucht man aber«, sagt Mum.

»Träume und ein bisschen Geld«, sagt er.

Mum weint genauso wie wir alle und ich weiß, dass es ihr genauso schwerfällt. Nach einer Weile merke ich, dass sie mich ansieht. »Du bist erwachsen geworden«, sagt sie, als ich frage, was sie denkt. »Das hatte ich noch gar nicht bemerkt.«

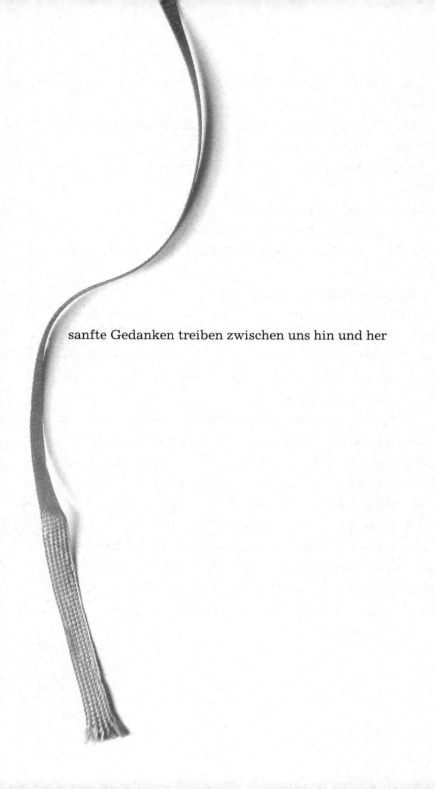

sanfte Gedanken treiben zwischen uns hin und her

RACHEL

Henry war mitten in einem Wortschwall, als ich ihn zu mir gezogen und ihn geküsst habe. Er wedelte mit meinem Brief herum und stellte den Sinn einer Liebe infrage, die mit einem Datumsstempel versehen ist.

Ich hatte mir eine richtige Rede zurechtgelegt. Ich wollte, dass er mir haarklein auflistet, warum er beschlossen hat, dass er mich liebt und nicht Amy. Wie und wann kam es zu dem Meinungswechsel? Ich wollte Beweise haben.

Aber dann kam ich zu dem Schluss, dass Beweise überschätzt werden und in diesem Fall wahrscheinlich sowieso unmöglich zu erbringen sind. Außerdem würde es den Moment ruinieren – einen Moment, auf den ich schon sehr, sehr lange gewartet habe.

Deshalb beschloss ich, die Situation in die Hand zu nehmen und ihn zu küssen. Es fühlte sich an, als wären wir in Honig gefangen. Und alles, was wir sonst noch gemacht haben, und wie es war und was wir gesagt haben, bleibt ein Geheimnis.

Als ich in Henrys Bett liege, ist das Leben nicht mehr so wie vorher, und es gibt andere Dinge als den Tod, die Linien ziehen und markieren. Wir dösen und reden und dösen wieder ein bisschen. Henrys Fenster ist offen und die warme Nachtluft weht herein. Ich lege die Füße auf die Fensterbank, um sie zu spüren.

Sanfte Gedanken treiben zwischen uns hin und her. Wir sind die Bücher, die wir lesen, und die Dinge, die wir lieben. Cal ist das Meer und die Briefe, die er hinterlassen hat. Unsere Geister verbergen sich in den Dingen, die wir zurücklassen.

Nach einer Weile gehen Henry und ich nach unten, um Frederick den Walcott zu geben. Es ist nicht der, den er sucht. Aber er ist irgendwo da draußen, sagt Henry und verspricht ihm, weiter danach zu suchen. Frederick sagt, vielleicht hält das Suchen sie lebendig, und ich verstehe genau, was er meint. Ich muss Cal immer in den Dingen suchen, die er geliebt hat.

Als ich später hineingehe, steht der Walcott mit dem Cover nach vorne in der Briefbibliothek.

Es steckt ein Brief darin und er ist für mich. Das weiß ich, bevor ich das Buch aufschlage.

Liebe Rachel,

ich hoffe, es ist in Ordnung, dass ich dir schreibe. Aber ich habe über unser Gespräch nachgedacht und den Tod deines Bruders und die große Trauer, die du sicher spürst.

Wie du weißt, habe ich meine Frau vor über zwanzig Jahren verloren. Manchmal fühlt es sich so an, als würde ich schon seit Jahrzehnten ohne sie leben, und manchmal ist es, als hätte ich sie eben erst verloren.

Ich schreibe »verloren«, aber ich hasse das Wort mittlerweile. Sie war kein Schlüsselbund oder ein Hut. Wenn ich sage, ich habe sie verloren, dann ist das so, als würde ich sagen, ich weiß nicht, wo ich meine Lunge gelassen habe.

Ich weiß, dass du verstehst, was ich meine; das sehe ich in deinem Gesicht. Irgendwann kommt die Zeit, wo die Nichttrauernden und sogar einige von den Trauernden sich wieder dem Leben zuwenden, und du sitzt da und versuchst das Unbegreifliche zu begreifen.

Wozu sollen wir weiterleben, wenn diejenigen, die wir geliebt haben, für immer fort sind? Und wie können wir uns jemals verzeihen, dass wir sie haben gehen lassen? Ohne Elena hörte die Zeit auf zu existieren. Eine Welt ohne Zeit ist schrecklich. Es gibt keine Gewissheit. Die Tage gehen schnell vorüber oder langsam oder gar nicht. Die Gesetze des Universums gelten nicht mehr und du trudelst blind umher.

Aber all das weißt du bereits, Rachel.

Du weißt, dass du dich an jedem Gesetz festhalten musst, das du findest. Ich liebe meinen Sohn und er ist das Gesetz, das immer gilt. Auch die Liebe für die Dinge, die einen glücklich machen — Bücher, Worte, Musik, Kunst —, ist verlässlich. Sie sind die Lichter in einem zerbrochenen Universum.

Du sagst, das Meer ist das Schönste, was du je gesehen hast, und zugleich das Furchteinflößendste. Genauso fühlte es sich an, als ich mich in Elena verliebte. Vielleicht sind ja alle kostbaren Dinge zugleich auch Furcht einflößend?

Geh zurück zum Meer, Rachel. Es ist ein Teil von dir, genau wie Cal.

Frederick

Am Morgen, als Henry noch schläft, nehme ich mir Stift und Papier und gehe hinunter in den Garten. Dort sitzen bereits Leute, obwohl der Laden noch gar nicht geöffnet ist. Sie sind von Frank herübergekommen, mit ihrem Kaffee und Croissants. Sie fragen mich, wann die Buchhandlung aufmacht, und ich sage ihnen die Zeiten – von zehn Uhr morgens bis je nachdem, und in Notfällen auch mitten in der Nacht.

Ich versuche nicht an die Zeit zu denken, wenn der Lesegarten nicht mehr da sein wird. Ich versuche pragmatisch zu denken. Menschen brauchen Wohnungen. Aber in diesem Moment kann ich mich nicht davon überzeugen, dass es eine gute Sache ist, wenn sie ausgerechnet hier gebaut werden.

Frank bringt mir einen Kaffee. »Geht aufs Haus«, sagt er. »Ist ja ein nationaler Trauertag.«

Ich höre ein leises Geräusch, ein Räuspern, und als ich mich umdrehe, steht Frederick vor mir.

»Danke«, sage ich, und anstatt ihm zu schreiben, frühstücke ich mit ihm im Lesegarten.

Ich sage ihm, dass ich zum Meer zurückgehen werde. »Ich will wieder schwimmen.«

382

Nachdem Frederick gegangen ist, stelle ich mir vor, dass ich wieder im Meer bin. Ich lasse mich mit Mum darin treiben, den Rücken zum Salz, das Gesicht zum Himmel.

Ein Satz aus der Geschichte von Borges geht mir durch den Kopf – der von dem Erzähler, der am Ende wieder da landet, wo er angefangen hat. Ich denke an Dinge, die ich gelesen habe, an andere Leser, die mich auf Dinge aufmerksam gemacht haben, an Kringel von Fremden, die mir den Weg gezeigt haben. Ich denke an den *Wolkenatlas*, an all die Geschichten, die am Ende eine einzige sind. Ich denke an die wunderbare, unmögliche Vorstellung, dass Cals Seele in dem Moment, als er gestorben ist, vielleicht weitergewandert ist.

An den Gedanken reiht sich ein anderer: dass er sein ganzes Leben lang weitergewandert ist, in den Menschen und Dingen, die er liebte, und einen Teil von sich zurückgelassen hat. Ich denke an das Cover vom *Wolkenatlas*, an die Seiten, die sich in Wolken verwandeln und weiter in Himmel, der ins Meer hinabregnet; und Cal, dessen Umriss aufschimmert und verschwindet.

Als ich gehen will, sehe ich Michael in einer Ecke des Gartens sitzen. Er muss schon die ganze Zeit da gewesen sein. Beim Näherkommen sehe ich, warum er nichts gesagt hat. Er hat geweint.

Ich will ihn nicht stören und gehe hinein. Ich schaue lange die Briefbibliothek an und denke an den Katalog und daran, dass das irgendwie nicht genügt. Denn ein Verzeichnis im Computer hält nicht fest, *wie* die Leute etwas markiert haben. In einer Datenbank kann man nicht sehen, wie tief sich

Michaels Strich an der Stelle ins Papier gedrückt hat, wo Pip Estella sagt, dass sie ein Teil seiner Existenz ist. *Sie waren in jeder Zeile enthalten, die ich gelesen habe, seit ich zum ersten Mal herkam.*

Die Sätze von Pip sind durchgehend unterstrichen und die Anmerkungen am Rand sehen aus wie im Fieber hingekritzelt. Ich kann unmöglich die Gründe festhalten, warum jemand diese Sätze unterstrichen hat oder wie er sich gefühlt hat, als er gesehen hat, dass schon andere vor ihm dasselbe getan haben. Ich kann es mir ausmalen, wenn ich es anschaue, aber ich kann es nicht in einer Datenbank festhalten.

Ich kann auch nicht die Gefühle festhalten, wenn ich das Buch in die Hand nehme. Ich kann die abgegriffenen Seiten nicht festhalten und die Kaffeeflecken und die Kringel um die Gedichte von Auden und Eliot. Ich kann sehen, dass die Gedichte jemandem viel bedeutet haben, wenn ich das Buch aufschlage, und das ist es, was Michael gerne festhalten möchte. Aber das geht nicht in einem Katalog.

Es gibt eine Möglichkeit, das alles festzuhalten. Nur nicht in dieser Form.

Ich erkläre es zuerst Michael und als er es hört, fängt er wieder an zu weinen.

Dann gehe ich rauf zu Henry. »Wach auf.« Ich sage es ganz nah an seinem Ohr, sodass meine Lippen seine Haut küssen. »Wach auf. Ich weiß, was wir tun müssen.«

die Welt ist nicht untergegangen

HENRY

Ich wache auf und die Welt ist nicht untergegangen und Rachel flüstert mir etwas von Bücherwanderung ins Ohr. Zumindest glaube ich das. Ich bin abgelenkt von ihrem Mund und der Erinnerung an das, was letzte Nacht passiert ist, und der Hoffnung, dass es ganz bald wieder passieren wird.

Ich setze mich auf und sie wiederholt das Wort. »Bücherwanderung. Die Briefbibliothek muss wandern. Wir müssen sie aufteilen und in anderen Buchhandlungen deponieren.«

Ich sage, dass ich die Idee schön finde, aber dass andere Buchläden sie vermutlich nicht haben wollen. »Das ist eine Spezialität von Howling Books. Die Bücher sind überall vollgekritzelt, deshalb können die Leute sie nicht verkaufen. Und wenn sie sie behalten, nehmen sie den Büchern Platz weg, mit denen sich Geld verdienen lässt.«

»Deshalb werden wir niemandem etwas davon erzählen«, sagt sie und dann erklärt sie mir, was sie vorhat. Wir werden die Briefbibliothek heimlich auf alle Buchläden in der Stadt und sogar darüber hinaus verteilen.

Stolz und Vorurteil und Zombies

von Jane Austen und Seth Grahame-Smith

Brief zwischen Seite 44 und 45

14. Februar 2016

Lieber Cal,

eins gleich vorweg: Das hier ist kein Abschiedsbrief. Ich werde dir im Lauf der Jahre noch mehr Briefe schreiben. Du bist für mich der Mensch geworden, dem ich alles erzähle, und das wird sich nicht ändern.

Ich habe deinen letzten Brief bekommen und die Antwort ist Ja. Ja, ich möchte mich mit dir treffen. Wie wär's mit Frühstück bei Frank, und dann könnten wir ins Palace gehen, wo gerade ein Doctor-Who-Marathon läuft. Und danach hätte ich Lust, ins Museum zu gehen.

Nein, ich bin nicht enttäuscht. Ich dachte mir schon, dass du es bist, oder zumindest war ich mir ziemlich sicher. Aber dann kamen weiter Briefe, obwohl du weggezogen warst, und ich habe mich eine Zeit lang gefragt, ob es vielleicht Tim ist. Aber ich wollte nicht, dass es Tim ist. Ich wollte, dass du es bist.

Erinnerst du dich noch an den Tag in der Schule, als wir draußen in der Sonne saßen und den anderen beim Sport zugeschaut haben? Das war unser erstes und einziges richtiges Gespräch, also nicht auf Papier.

Ich saß da und weinte, wegen etwas, das auf einer Party passiert war, und weil Mum nicht mehr bei uns wohnte.

Du: Hallo.

Ich: Was willst du?

Du: Was tun, damit es dir besser geht.

Ich: Keine Chance.

Da hast du mir die Urzeitkrebse gegeben.

Du: Das hier sind Meereslebewesen. Wenn du sie in Wasser tust, wachsen sie ganz schnell. Ungefähr in einer Woche sind sie ausgewachsen. Sie stammen natürlich nicht wirklich aus der Urzeit. Sie gehören zu den Salzkrebsen. Wenn die Lebensbedingungen nicht gut sind, legen die Weibchen solche schlafenden Eier, und die Embryos warten einfach darin, bis die Bedingungen wieder besser sind. Und dann schlüpfen sie und der Lebenszyklus geht weiter. Sie sind wie Zeitreisende, die abwarten, bis die Zeiten besser sind.

Ich: Du bist echt schräg.

Du: Ich weiß.

Ich hab mich riesig über die Urzeitkrebse gefreut, aber ich hab's damals nicht gesagt.

Alles Liebe,
George

Große Erwartungen

von Charles Dickens

Brief zwischen Seite 78 und 79

Undatiert

Lieber Fremder,

wenn Sie diesen Brief gefunden haben, dann haben Sie dieses Buch gefunden. Es ist ein unglaublich wichtiges Buch – nun ja, alle Bücher sind unglaublich wichtig, aber dieses Buch, diese spezielle Ausgabe des Buchs, hat eine Buchhandlung ins Leben gerufen: Howling Books. Machen Sie sich nicht die Mühe, danach zu suchen. Wenn Sie diesen Brief lesen, existiert sie nicht mehr.

Dieses Buch war das erste im Regal, das erste, das ich meiner Frau geschenkt habe, und obwohl wir nicht mehr zusammen sind, ist es ein Beweis dafür, wie sehr wir uns mal geliebt haben. Ein Beweis dafür, dass wir eines Tages in einen Blumenladen gegangen sind und ihm ein neues Leben erträumt haben.

Warum habe ich es dann nicht behalten? Weil ein Mädchen namens Rachel mich davon überzeugt hat, dass es eine andere Möglichkeit gibt. Eines Morgens fand sie mich weinend im Lesegarten. Ich weinte, weil meine Buchhandlung und damit mein ganzes Leben abgerissen werden sollte. Der Laden hatte über zwanzig Jahre unserer Familie gehört.

Die Buchhandlung ist das Haus, aber nicht nur, sagte sie zu uns. Sie besteht auch aus den Büchern darin. So wie Menschen nicht nur ihre Körper sind. Und wenn es keine Möglichkeit gibt, die Dinge, die wir lieben, in ihrer ursprünglichen Form zu bewahren, müssen wir es auf andere Weise versuchen.

Sämtliche Bücher aus unserer Briefbibliothek, in denen viele Leben ihre Spuren hinterlassen haben, sind in andere Buchhandlungen gewandert. Eins nach dem anderen haben wir sie hineingeschmuggelt und in die Regale gestellt. Manchmal ist das Ende ein Anfang.

Michael

die Fitzelchen von ihm, die durch die Welt reisen

RACHEL

Wir verbringen den ganzen restlichen Februar mit der Bücherwanderung.

Wir bringen die Bücher anderswohin, um die Erinnerungen in ihnen, die Gedanken auf den Seiten zu erhalten. Wir verteilen die Bücher heimlich in den anderen Buchläden der Stadt.

Nachts, wenn ich nicht schlafen kann, denke ich an diese Bücher und mir gefällt die Vorstellung, dass Michaels Ausgabe von *Große Erwartungen* jetzt jemand anders gehört und dass dieser andere Michaels Gedanken liest – seine Leidenschaft für Sophia, ausgedrückt in Pips Leidenschaft für Estella. Seine Leidenschaft ist da, in seinen Unterstreichungen, in seinen Anmerkungen, in der Widmung auf der Titelseite.

Im April fährt Henry uns alle nach Sea Ridge, um Cals Asche zu verstreuen. Lola, George und Martin sitzen hinten im Lieferwagen. Rose fährt mit ihrem Auto hinterher. Und Frederick, Michael und Sophia kommen auch.

Wir werden die Asche ins Meer streuen und den Wellen übergeben. Mir gefällt die Vorstellung, dass ein Fitzelchen von Cal es – sofern das Wetter und die Strömung mitspielen – vielleicht bis nach Mexiko schafft. Daran werde ich im Lauf der Jahre immer wieder denken: an die Fitzelchen von ihm, die durch die Welt reisen.

Hiroko ist in New York, aber auf der Fahrt hören wir uns die CD von ihrer und Lolas musikalischer Geschichte an. Doch ich denke nicht über Enden nach, sondern über Anfänge. Rose hat eingewilligt, dass Mum und Gran und ich alle bei ihr wohnen können, während ich die Zwölfte wiederhole. Sie hat schon angefangen in ihrem Lagerhaus Wände einzubauen. Allerdings führt aufgrund der Bauweise dann ein Zimmer ins andere. Das findet Rose nicht so toll, aber mittlerweile gefällt ihr die Vorstellung, dass sie und Gran wieder verbunden sein werden.

Henry legt seine Hand auf mein Knie, während ich darauf warte, dass das Meer am Horizont auftaucht – erst in kleinen Dreiecken und dann in großen Ausbuchtungen. Er macht sich Sorgen, weil ich zum Wasser zurückkehre, zu dem Ort, wo ich Cal verloren habe. Es wird in Ordnung sein und auch nicht. Es wird furchtbar sein und schön.

Die Vergangenheit ist bei mir; die Gegenwart ist hier. Die Zukunft ist noch nicht vermessen, noch nicht festgelegt. Frei für unsere Vorstellungen breitet sie sich vor uns aus: von Sonnenlicht erfüllt, tiefblau und dunkel.

DANKSAGUNG

Es gibt viele, viele Menschen, denen ich dafür danken möchte, dass sie mir bei *Das tiefe Blau der Worte* geholfen haben. Danke, Catherine Drayton, meine großartige Agentin – ohne dich wäre das Buch nicht fertig geworden. Danke, Claire Craig, meine wunderbare Verlegerin – du hast so viele Versionen gelesen und mir so viel wertvolles Feedback gegeben. Danke, Ali Lavau, Jodie De Vantier und Georgia Douglas, meine großartigen australischen Lektorinnen. Danke auch an meine Lektorinnen in den USA, Alison Wortche und Karen Greenberg, und an die vielen anderen Lektorinnen und Lektoren, die mein Manuskript gelesen haben.

Danke, Mel, für das tolle Cover. Danke an die Leute bei Midland für den Satz und die Gestaltung. Danke, Alison Arnold, Emma Schwartz, Elizabeth Abbott, Diana Francavilla und Kirsten Matthews, für eure treue Unterstützung und euer offenes Ohr. Danke, Gabriella, dass ich das eine Mal deinen Schreibtisch benutzen durfte, und danke, Lewis und Harriet, für eure Inspiration. Danke, Fiona Wood, Simmone Howell und Gabrielle Wang, für eure Freundschaft im Schreiben und im Leben. Während der letzten fünf Jahre habe ich mit vielen jungen Erwachsenen gesprochen, die mir großzügig Rat und Anregungen gegeben haben – danke euch allen. Danke an meine Familie für ihren Rat und ihre Liebe, vor allem an Esther, Charlie, Ella, Declan, Callum, Tom und Dan. Danke, Michael Kitson – für deinen Rat, was Schreiben und Buchhandlungen angeht, und dafür, dass du mich geheiratet hast, während ich mitten in einem Schreibchaos steckte. Und *last, but not least*, danke an die Buchhändler – alte und neue – und an die Autoren, ohne die die Welt ein schrecklicher, unendlich trister Ort wäre.

Unauslöschlich

Lara Avery
Was von mir bleibt
400 Seiten
Gebunden
ISBN 978-3-551-58373-4

Sammie ist klug, selbstbewusst und hat nur ein Ziel: den besten Schulabschluss machen und ihrer Heimatstadt so schnell wie möglich den Rücken kehren. Wäre da nicht diese unheilbare Krankheit, die ihr – so sagen die Ärzte – nach und nach alle Erinnerungen rauben wird. Doch Sammie will sie festhalten: die Erinnerung an Stuart und ihren ersten Kuss. An Maddie und den großen Streit. Und an Cooper, der wie kein anderer Sammie zum Lachen bringt. Sammie schreibt, um eins niemals zu vergessen: dass sie ihr Leben gelebt hat, bis zum Schluss.

CARLSEN

www.carlsen.de

Freundschaft über alles

Jeff Zentner
Zusammen sind wir Helden
368 Seiten
Gebunden
ISBN 978-3-551-55685-1

Ohne seine Gitarre wäre Dills Leben wirklich trostlos: Sein Vater ist im Gefängnis, seine Mutter unglücklich, und nach der Schule soll er im örtlichen Supermarkt arbeiten, um die Schulden abzubezahlen. Aber Dill sehnt sich nach einem anderen Leben, irgendwo da draußen. Seine Träume teilt er mit seinen beiden besten Freunden: Lydia, selbstbewusst und mit dem festen Plan, als Modebloggerin nach New York zu gehen, und Travis, der halb in seiner geliebten Fantasy-Serie lebt. Zusammen, glauben sie, können sie alles schaffen ...

www.carlsen.de

Der schrägste Roadtrip aller Zeiten!

Clémentine Beauvais
Die Königinnen der Würstchen
288 Seiten
Gebunden
ISBN 978-3-551-55677-6

Mireille, Astrid und Hakima sind auf Facebook von ihren Mitschülern zur Wurst des Jahres in Gold, Silber und Bronze gewählt worden – der Preis für die hässlichsten Mädchen. Doch die drei beschließen sich nicht unterkriegen zu lassen. Zusammen planen sie einen Road-Trip per Fahrrad nach Paris. Ziel: die große Party im Élysée-Palast am Nationalfeiertag. Finanzierung: Unterwegsverkauf von Würstchen. Eine chaotische, lustige und herzzerreißende Reise beginnt. Und auf der Party hat jede der drei ein ganz eigenes Anliegen …

www.carlsen.de